NHK 連続テレビ小説

おむすび

上

作 根本ノンジ

ノベライズ 青木邦子

NHK出版

NHK連続テレビ小説

おむすび 上

目次

本書は、連続テレビ小説「おむすび」第一週〜第十三週の放送台本をもとに小説化したものです。
番組と内容・章題が異なることがあります。ご了承ください。

装丁　小田切信二
キービジュアル提供　NHK
DTP　NOAH
校正　円水社
編集協力　尾崎眞佐子

第1章　おむすびとギャル

春の風が「トトロの森」（芥屋《けや》の大門《おおと》）を通り抜け、白い砂浜をきらめかせながら青い海へと吹きわたっていく。ここは福岡県の西端で、博多《はかた》から二十キロにある糸島郡《いとしまぐん》だ。糸島半島は玄界灘《げんかいなだ》に面した美しい海岸線と山々が連なる景勝地で、豊かな自然と新鮮な食材に恵まれている。

この地で農業を営んでいるのがよねだ農園で、手入れの行き届いた農地にトマト、キュウリ、ナス、ニンジンなどが実り、収穫の時期を待っている。

二〇〇四年四月。米田《よねだ》家の食卓には、いつものように糸島の食材を使った朝食が並んだ。食卓を囲む家族の光景は普段と変わらないが、この家の次女で高校生の結《ゆい》がまだ顔をそろえていない。米田家は今、結を中心に、父・聖人《まさと》、母・愛子《あいこ》、祖父・永吉《えいきち》、祖母・佳代《かよ》の五人家族なのだ。

結はまだ二階の自分の部屋にいて、真新しい高校の制服姿を鏡に映している。ネクタイを何度も結び直し、スカートの裾を少し膝上になるように短めに調整する。

食堂では、父の聖人が二階にチラチラと目をやり、結がなかなか降りてこないのでイライラして落ち着かない。

「しかし何しようとか、あいつは」

「髪ば、茶色に染めとったりしてな。そんで、化粧もして、例の長か靴下ば履いとったりな」

永吉がからかい、神経を逆なでされた聖人が怒鳴り声になる。

「つまらんこと言うな！　昨日の入学式はちゃんとした格好ばしとったろうが！」

やっと結が食堂に現れた。学校の規定を守った制服姿を見て、聖人が相好を崩す。

「お、おお、いいやないか、似合っとう、制服」

佳代からもかわいいと褒められ、結はまんざらでもない。ところが――。

「なんね、髪の毛が黒か」

永吉がボソッと言い、結が「え？」と聞き返した。

「おじいちゃん、結がギャルの格好で降りてくると思ったみたい」

愛子が困った顔をした。

「なんでギャル？」

「歩《あゆみ》がそうやったやろ」

結と永吉の会話に、聖人が一気に不機嫌になる。

「やめれ。思い出しただけで頭ん痛うなる」

聖人にとって『ギャル』と『歩』の話題は避けて通りたいようだ。

「うちがそんなことするわけないやん。だいたいギャルとかいまどき古いもん」

結が傍らの時計を見ると、もう八時を過ぎている。朝食どころではなく、台所の床に置いてある籠から採れたてのトマトを手に取り、無造作にバッグに放り込む。ついでに皿に置いてあるおむすびを、ぱくっと口に入れた。

穏やかな日差しの中を、結はおむすびを頬張りながら爽快に自転車を走らせている。田畑の間を通り抜け、海沿いの道を走り、県立糸島東高校の校門をくぐった。結は入学式を終えたばかりの一年生で、クラスはA組になった。

朝のホームルーム前の教室はにぎやかだ。隣の席から宮崎恵美《みやざきえみ》という女子生徒が、結とお守りが同じだと話しかけてきて、ふたりは気が合ってすぐに友だちになった。

幼なじみの古賀陽太《こがようた》とも同じクラスだ。陽太が気安さから憎まれ口をたたく。

「なん、高校まで同じクラスやん。もう顔見飽きたぁ、おむすび」

「おむすび？」と聞き返す恵美に、陽太が「こいつん名前」と言い、結のノートの表紙に書かれた『米田結』という名前を指した。そのまま恵美のほうを向いてニカッと笑う。

「こいつん名前。『こめ』『むすぶ』やろ。やけん、おむすび」

恵美は素直に納得するが、当の結は面白くない。

「おむすびとか言いようの、もう陽太ぐらいやし」

結の苦情に、陽太が訳知り顔でうなずいた。

「そっか。みんなはアユの妹って」

陽太に最後まで言わせず、結がその腕をぐいと引っ張ってギロリとにらむ。

「あの子はお姉ちゃんのこと知らん。余計なこと言ったら」

結の迫力に、陽太がたじたじとなる。

ホームルームのチャイムが鳴り、教室に入ってきた担任の松原保《まつばらたもつ》が出席簿を開いて名前を呼んでいく。「柚木理沙《ゆずきりさ》」と呼ばれた生徒が小さな声で返事をした。理沙はいかにも地味でおとなしそうな生徒だ。次に松原が「米田結」と呼んだ。

「お、君ね、米田歩の妹って。アユの妹やろ？」

「あー……」

結の困惑に気づかず、松原が皆の前で『歩』のエピソードを披露する。

「うちん高校の有名人。入学早々、停学になって最短記録作ったアユたい。なあ。米田」

「まー……はい……」

クラスがざわつき、理沙はなぜか机の下で携帯メールを打ち始める。

表情を曇らせた結を、陽太が心配そうに見ていた。


放課後、結は堤防に自転車をとめて寝転がった。高校生活の出鼻をくじかれた気がする。そんなことを考えていると、小学生くらいの兄弟らしきふたりの男の子が騒ぎ始めた。釣りをしていたらしい。結はムクッと起き上がり、ふたりの視線の先を追った。海面に小さな帽子が漂っている。兄のほうが釣り竿で引き寄せようとしているが、帽子はさらに流されていく。

結は後先を考えず海に飛び込んだ。その瞬間後悔したが、もう遅い。新しい制服がずぶ濡れだ。結は帽子に手をのばして引っつかみ、心の中で自分に悪態をつく。

（……なんで飛び込んだっちゃろ？　うちは朝ドラヒロインか？。……これ、絶対米田家の呪いやん……）

その時、勢いよく波をかく音がして、結と同じ年くらいの坊主頭の少年が野球の練習着のまま力強い泳ぎでぐんぐん近づいてくる。

「だいじ（大丈夫）か、つかまれ！」

結が溺れそうだと勘違いしたらしい。結は仕方なく野球少年の腕につかまり、一緒に堤防に上がった。野球少年は海水を滴らせながら、結が小さな帽子を手に握っているのを見た。

「帽子のために飛び込んだあ⁉　何考えてんだ、おめ」

「『おめ』？　それ、『おめえ』ってこと？　いや、知らん人に、そんな風に呼ばれたくないっちゃけど」

ムッとする結だが、兄弟が歩み寄ってくると表情をやわらげて帽子を渡してあげた。

「んだけど、とにかくよ、服着たまま、海に飛び込むなんて、あぶねえべ」

「あんたも服着とうやん」

結が言い返したが、野球少年はかなりの泳ぎ自慢らしい。

「俺は三歳から地元の川泳いでた。鬼怒川《きぬがわ》の河童《かっぱ》って呼ばれてたんだかんな」

「河童って妖怪やけん。一ミリも褒めとらんって」

結がピシャリと指摘し、野球少年が「そうだったんか」と肩を落とした。

不意に泣き声がして、結が振り返ると、弟のほうがべそをかいている。母親に買ってもらった帽子がビショビショになってしまったからだ。兄弟は兄が武人《たけと》、弟が勇二《ゆうじ》という名前らしい。

結はバッグからトマトを取り出した。朝、出がけに台所の籠から持ってきたトマトだ。

「これ、うちの畑でとれたトマト。おいしいよ」

「……ボク、トマト嫌い」と、勇二が首を横に振る。

「わかる。うちも子どもの頃、嫌いやった。けどこのトマトは最高やけん」

結が豪快にトマトにかぶりついた。兄の武人もトマトをもらってうまそうに食べ始めたのを見て、勇二は勇気を出してひと口かじってみる。

「……おいしい」

勇二が泣き止み、結、武人、勇二とで屈託のない笑顔でトマトを食べる。結の笑顔がはじけるのを、野球少年はまぶしげに見た。視線を感じた結が野球少年にもトマトを差し出した。

「あ、河童もいる？」

「いんね！　じゃあな！」

ハタと我に返った野球少年は、猛ダッシュで走り去った。

結は小学生の兄弟を見送り、自分も帰ろうと自転車に手をかけた。

「待ちな」

派手なメイクやファッションで装った四人のギャルが立ちふさがった。結が名前を知るのはしばらくあとなのだが、声をかけたのがひときわ派手でリーダー格の真島瑠梨《ましまるり》。クールなイメージなのが佐藤珠子《さとうたまこ》。かわいい長い爪をトングのようにしてスナック菓子を食べているのが田中鈴音《たなかすずね》で、三人は結より二、三歳年上だろう。結はもうひとりのギャルに目を見張った。同じクラスにいる地味な印象の柚木理沙が、制服を着崩して化粧をバッチリほどこしたギャルと化している。

「ね～ね～、アユの妹ちゃんだよね？」

ド派手な瑠梨が、その外見にはそぐわない親しげな口調で聞いてくる。

結は関わり合いになるのを避けて自転車に乗ろうとするが、瑠梨は行かせまいとする。

「うちら、妹ちゃんに話あるんだよね～。ハギャレンの総代表になってくんない？」

「あの、話が全然見えんっちゃけど……ハギャレンって」

ギャルたちはみな、結は当然ハギャレンを知っていると思い込んでいたようだ。

「だから『博多ギャル連合』！　略して『ハギャレン』！　うちらメンバーなの」

瑠梨の話では、かつては百人以上のメンバーがいて「チョーアゲ～」だったのが、今はここにいる四人だけしかいなくて「チョーサゲ～」になってしまった。そこでアユの妹の結の力を借り、以前の盛り上がりを復活させたいという。

「……あの、なんでうちなんですか？」

「え～、だってアユ、うちの初代総代で、チョーカリスマだったんだよ～、ほら」

瑠梨が見せた写真には、渋谷１０９を背景に十名くらいのギャルが写っている。結は写真の真ん中にいて、満面の笑みを浮かべたギャルに目を凝らした。派手な化粧をしているが、八歳年上の姉・歩だ。

「伝説のアユの妹ちゃんが総代になれば、チョー話題になるじゃん！　そしたらメンバー、チョー増えるじゃん！　うち、チョー頭よくね？」

「あの、無理です。ごめんなさい」

瑠梨たちを振り切ると、結は自転車に飛び乗って猛烈な勢いでペダルをこいだ。瑠梨の考えがチョー頭がいいとは思えないし、そもそも総代にされる真っ当ないわれなどない。

米田家の食卓には、今夜も糸島の食材を使った愛子と佳代の手料理が並んだ。テレビでは野球のホークス戦がナイター中継され、永吉が晩酌しながら夢中になって見ている。聖人、愛子、佳代は食事をしながら結の話にあいづちをうち、そのうち聖人があきれたように言う。

「なんも海に飛び込まんでも」

「やけど気がついたら、体が勝手に動いとって」

ナイター中継を見ていた永吉が、結の取ったとっさの行動に感心する。

「困っとんしゃあ人がおったら何をおいても助ける。それでこそ米田家の人間たい」

「また言いよう。俺も結も、オヤジんその呪いの被害者ぞ」

聖人が日頃のうっぷんを口にすると、永吉は心外そうに、「呪い？」とオウム返しに言う。

「呪いやろ。ガキん頃から人助けろ、人助けろって、念仏みたいに」

聖人はよほど不満がたまっているらしい。

「ばってん結が飛び込んだけん、そん男ん子に出会えたんやろ。何かのお導きかもしれんよ」

佳代の意外な発想に、結の箸がとまった。

「オミチビキ？　あの河童が？」

愛子と佳代が「かっぱ？」と同時に聞き返した。

「自分で言いよった。鬼怒川の河童って。なんかなまっとって、野球のユニフォーム着とった」

鬼怒川なら栃木か茨城だし、いずれにしても地元福岡の少年ではなさそうだ。

「なら福岡西高ん子やろ。あの辺、野球部の寮がある」

永吉は話に入ってきたかと思えば、今度はホークスが打たれたと大騒ぎしている。

結は慣れていて気にせず、堤防での話の続きをする。

「で、そのあと、お姉ちゃんの知り合いに絡まれたんよね。この辺じゃ見たことないギャルで——」

聖人の顔色が変わった。

「ギャル⁉　なんでそれを早く言わんとか。そいつらに何された？　ケガは？　お金取られとらんか？」

「大丈夫。わけわからんこと言われたけん逃げた」

「本当に歩の知り合いだったの？」

愛子が確かめた。歩は東京にいるはずだが、愛子が連絡しても携帯電話に出ないし、何をしているのかも知らせてこない。「お金貸して」など自分が必要な時だけメールを送ってくる。

「あいつ、家出る時、啖呵《たんか》切ったんだぞ。死んでも家の世話にはならんって」

「聖人もおんなじやろうもん。十八で出てった時、言うたやろ。死んでもうちん世話にはならんて」

永吉がまぜかえした。そんな聖人が今では偉そうにビールを飲んで好き勝手にしている。

聖人も黙っていない。

「俺やってこっちに戻りたくて戻ってきたわけやないねん」

「そら故郷ば、捨てたちゅうことか！」

聖人と永吉が売り言葉に買い言葉で口論するのは日常茶飯事で、次にもみ合いになる。愛子と佳代は平然と食事をしているが、結はふたりの間に割って入って永吉に水を向ける。

「あ、おじいちゃん、この監督、誰やったっけ？　この人、おじいちゃん、知り合いやろ？」

テレビのナイター中継に、ホークスの王監督《おう》が映っている。永吉が身を乗り出した。

「王貞治《さだはる》監督。国民栄誉賞第一号にして、世界のホームラン王たい。ここだけの話、王さんに一本足で打ちんしゃったほうがよかばいって勧めたとは、俺たい」

永吉のホラ話は今に始まったことではない。王監督の話も何度も聞いたが、結は初めて聞くように驚いたり、笑ったりする。そんな結を、佳代と愛子が温かく見ていた。


高校生活が始まって一週間もすると、生徒たちは部活の話で持ちきりになった。陽太は希望どおり野球部に入部したが、結はこれまで部活をしたことがなく、今後もやるつもりはない。

「うちは毎日何事もなく平穏無事に過ごせて、おいしいもんさえ食べられたら、それでいいと」

結が帰ろうとすると、書道部に入部した恵美が重そうに半紙を運んでいる。恵美を手伝って書道室に行くと、ひとりの男子生徒が毛筆に墨をふくませている。静かな佇まいも、『青春』の文字を書き上げていく美しい所作からも、結は目が離せなくなる。男子生徒がふっと結を見た。

恵美が気を利かせ、書き終えた男子生徒に、結を紹介する。

「あ、風見《かざみ》先輩、同じクラスの子で……米田結ちゃんです」

風見亮介《りょうすけ》、二年生だという。結は目が合っただけで、ドキドキが止まらない。

「君、書道に興味ない？　俺と一緒に書道せん？」

結は舞い上がった心地で半紙と向き合った。緊張しながら筆をとり、半紙に『米田結』と書いていく。結が書いた字を、風見がためつすがめつ見た。

「米田、自分の中でなんか抑え込んどうことない？　自分で無意識に我慢しとうことない？」

結はギクッとした。隠してきた悩みを、風見は字を見ただけで的中させた。

風見は字を見ると、その人の気持ちがなんとなくわかるのだという。

「書道の目的は字をうまく書くことだけやない。自分と向き合うこと。俺が教えちゃあよ」

結の鼓動が速くなり、部活はやらないという気持ちが揺らいでくる。

学校からの帰り道、恵美から書道部の入部届を手渡された。

「今度の日曜日、天神《てんじん》で書道の展覧会があるっちゃけど、一緒に行かん？」

結はためらったが、「先輩も来るって」と聞くや否や「行く！」と答えていた。


結は晴れやかな気分で帰宅した。空も快晴だ。ところが農園の動きがあわただしい。佳代が一時間後の荒天を予想し、大雨になる前に作業を終わらせなくてはならないというのに永吉は飲みに行って人手が足りない。結が佳代、聖人、愛子を手伝って、どうにか間に合わせた。

夕食後、結は自分の部屋で、入部届を手に迷っていた。農業の大変さを痛感しているから、部活をやりたいとは言い出しにくい。不意にドアがノックされ、愛子が顔を出した。結は後ろ手に入部届を隠すが、愛子の目はごまかせそうにない。観念して、書道部の入部届を愛子に見せた。

「……同じクラスの恵美ちゃんに誘われた。絶対楽しいよって。ただ、どうしようかなあって。うちには畑の手伝いがあるけん部活やりようヒマないし、それに……いくら楽しくても、なくなっちゃうかもしれんし」

結は心にある傷を抱えていて、愛子はその痛みをよく知っている。

「……結。そんなことはない。大丈夫だから。それに、畑、手伝ってくれるのは助かるけど、それで結がやりたいこと諦めるのは、お母さん寂しいよ」

愛子に励まされ、結は気持ちがすっと楽になる。愛子に問われるまま、書道部に興味を持った理由を溌剌《はつらつ》と語り始める。

「……なんか、素敵な先輩がいたんよね。すごく字がキレイで優しそうで。うちが自分の名前書いたら、悩みとか言い当てて。すごいんよ、風見先輩。うちが字書くの苦手って言ったら、俺が教えてやるって」

「オレ？　え？　え？　待って。先輩って男の子？」

結は恥じらいながらうなずいた。

「でね、今度の日曜日、先輩たちと展覧会行くことになって」

「ほほぉ〜〜。いや、なんかそういうのいいなあと思って」

愛子の心がほっこりする。思春期の結に、のびやかな時間を過ごしてほしい。


天神は福岡最大の繁華街だ。結はわくわくしながら展覧会の待ち合わせ場所に行った。そこには真面目そうな部員ばかりが数名集まっていて、期待していた風見の姿はない。

「大竹《おおたけ》部長と川島《かわしま》副部長。みんな、先輩方」

恵美が先輩たちと結を引き合わせ、結は「センパイ」を早とちりをした自分に愕然《がくぜん》とした。

しかも結が面食らったのは、展覧会そのものだ。恵美は表現力がすごいとか、巧みな筆づかいだなどと興奮しているが、結には達筆すぎてなんという字が書いてあるのかわからない。

（なん、このミミズが這いつくばったような字……）

結は心の声が表情に出ないように気を張り、会場から出た時には疲労困憊《こんぱい》していた。これで書道部に入っても活動していけるのか、不安でしかない。落ち込む結の耳に、「ギャハハ！」と聞き覚えのある嬌声《きょうせい》が飛び込んできた。

ゲームセンターの入り口で瑠梨、珠子、鈴音が大らかに笑っている。派手なファッションとかわいいネイルで、思い思いのオシャレを楽しんでいる瑠梨たちが、書道展で神経をすり減らした結にはキラキラして映る。

ところが周囲の書道部員たちは、瑠梨たちギャルに不快感を示した。

「うち、ギャルって苦手なんよね」

恵美に話しかけられ、結はつい「……う、うちも」と同調してしまった。

恵美たち書道部員から、このあと書道用品店に行こうと誘われたが、結は「家の手伝いがあって」と角が立たないように辞退した。もはや『書道』というだけで胃がキリキリしそうだ。

恵美ら部員たちと別れ、結が踵《きびす》を返した途端、ギャルの格好をした理沙と鉢合わせた。理沙がゲームセンターへと結の腕を引っ張り、瑠梨が「こっちこっち！」と手招きしている。

「来て来て、一緒にプリ撮ろー」

瑠梨たちに押されるようにして、結はプリントシール機が置いてあるフロアのテーブルに座った。結を取り囲むように瑠梨、珠子、鈴音、理沙も同じ席に着く。結とギャルたちが会ったのは偶然だが、瑠梨はこの機会を逃すまいとあの手この手でアプローチしてくる。

「これもう運命じゃね？　やっぱ、総代になるしかないっしょ！　ね〜、やろ〜よ〜、ギャル」

瑠梨と行動を共にしていても、ギャルたちの結に対する態度は必ずしも同じではない。珠子はさほど積極的ではなく、鈴音は関心があるのかないのか眠そうにお菓子を食べている。

「うち、そういうの興味ないんで。なら、これで」

結がきっぱり断ると、瑠梨の口調に深刻さが加わる。

「てかさ、アユの妹なんやし、お姉さんのためにも協力してよ」

「お姉ちゃんのため……。あの、そもそも、うちのお姉ちゃんがギャルやっとったの、だいぶ前ですよ。もうそんな影響力ないんじゃ？」

結が疑問を投げかけると、瑠梨から速攻で反論される。

「も〜アリまくり！　どんだけやし！　アユ、チョーカッコよかったんやけん！」

瑠梨が初めてアユを見たのは、十歳の時だった。瑠梨と友だちは、怖そうなヤンキーギャルに絡まれておびえていた。すると、どこからやって来たのか『ハギャレンのアユ』が率いるギャルたちが突如として現れ、瑠梨たちを怖いヤンキーギャルから救い出してくれた。

「その日から、ずっとアユに憧れて、服装も、髪型も、学校も、ハギャレンも、全部アユの後追いかけてきた」

「……しょうもな」

結はうっかり心の声を漏らしてしまい、珠子が鋭く聞きとがめた。

「今、なんつった？」

「え？　あ、いえ、その――」

結がしどろもどろになった。

急に周囲がざわつき、サラリーマンの男がふたりの警察官を伴って足早に来る。女性警察官の川合《かわい》と男性警察官の加藤《かとう》で、男が瑠梨たちを指した。

「お巡りさん、あそこです！　女の子が不良に絡まれてます！」

川合が、瑠梨たちギャルをひとりずつ見回した。

「あなたたち、ここで何しようと？」

「カツアゲしよったやろ！」

偏見を丸出しにする男に、珠子が声を荒げて反論する。

「してねーよ！　何決めつけよーと！」

加藤から何をしていたのかと再度聞かれ、瑠梨はおとなしくミーティングだと答えた。

「なんがミーティングか！　不良のくせに！」

男から悪意を感じ、珠子の眉が吊り上がった。

「不良やなくて、ギャルやし！　一緒にすんなよ、おっさん！」

「口の悪いガキやな！　そんなケバい格好して、みっともない！　おまえら、このままやったら社会のクズんなるぞ！」

男と珠子の言い争いが激しくなり、瑠梨は切り上げ時だと立ち上がった。

「めんどくさ、タマッチ、もういいよ。ほら、スズリン、行こ」

瑠梨に促され、鈴音は緩慢な動きで椅子から立ち、ふたりの後を歩いていく。不意に鈴音が足元をふらつかせた。結ははっとし、心配そうに鈴音を見送った。

よねだ農園では、聖人、愛子、佳代が、収穫した野菜を規格品と規格外品とに仕分け作業をしている。愛子は手を動かしながら、結が書道に興味を持ち、天神まで書道の展覧会に行った話をしていた。そこに結が帰ってくる。愛子は、結がゆっくり楽しんでくるかと思っていたのだが、張り切って出かけた時に比べて元気がなくなっている気がする。

結は帰宅の挨拶をすると、すぐに作業を手伝おうとした。目の前にある規格外品つまり廃棄用の箱には、形や色が悪かったり、大きさが不揃いなだけではじかれた野菜でいっぱいだ。

「前から思っとったんやけど、これってやっぱ破棄しなきゃダメなん？」

結はそのたび、もったいないと思ってきた。規格外でも十分においしい野菜類だ。

それでも聖人は割り切るしかないと言う。出荷できる野菜は、形や大きさの規格が厳しく決まっている以上、農家にはどうしようもないからだ。

「どんだけ味が良くてもも見た目が悪かったらクズになる」

結の脳裏に、サラリーマンが瑠梨たちに放った辛辣《しんらつ》な言葉がよぎる。

（おまえら、このままやったら社会のクズんなるぞ！）

結はもう一度、廃棄用の箱を見た。規格外品にされた野菜が大量に積まれていた。


翌日、登校した結は、陽太にビニール袋に詰めた規格外の野菜を差し出した。陽太が「サンキュー」と受け取る。陽太の家は漁業が生業《なりわい》だ。魚も野菜同様に、形や大きさによって売り物にならないものが結構あると、漁師の父親が不平を並べているという。

結と陽太がそんな話をしていると、恵美があわただしく結を呼びに来る。

「結ちゃん、ちょー、書道室来て。風見先輩が話あるって」

結が書道室に行くと、風見が待っている。またしても風見は、結の迷いを言い当てた。

「米田、昨日の展覧会見て、書道やめたくなったんやろ？」

結のような初心者には難しい展覧会だったが、書道はもっと楽しいもので、そのことを結にわかってほしい。入部をやめるかどうかは、そのあと決めてほしいと風見は説得する。

「だから次は米田と宮崎をもっと楽しい展覧会に連れていく。俺が」

しかも風見は、結が緊張しないように、部長と副部長には内緒にするという気遣いまでした。

自宅に向かって自転車をこぎながら、結はニヤニヤと笑みを浮かべている。家の最寄りの一貴《いき》山《さん》駅付近まで来た時、突如現れた瑠梨、珠子、鈴音、理沙に結は急ブレーキをかけた。結を待ち構えていたのは、サラリーマンのせいで中断した話し合いをやり直したいからだという。

「もう話すことないです。失礼します」

結が軽く頭を下げて行こうとすると、珠子が尖《とが》った声で引き留めた。

「うち、あんたの言ったことが許せんのやけど。言ったよね、しょうもないって」

結の口から覚えずこぼれ出たひと言だったが、珠子には聞き過ごせないひと言だった。

「うちら、真剣にギャルやっとんやけど」

「……真剣にやるって何をやるんですか？」

結が知っているのは、ダラダラ集まり、どうでもいい話をしているギャルの日常だけだ。

「どうせ、みんな、悩みなんてないんでしょ？　でも、うちは違うんです」

カチンとくる珠子を抑え、瑠梨が懐柔《かいじゅう》するような笑みを作った。

「も～、妹ちゃん、かわいいんだから、そんな顔しちゃダメじゃん。てか、うちはハギャレンを守りたいだけ。うちらの居場所、ここしかないから。だから一緒にギャルやってチョーアゲになろ～、妹ちゃん～」

結は風見のおかげで浮き立っていた気分が、ハギャレンのせいでぺしゃんこになる。

「なんで嫌がっとうのがわからないいんですか？　そんなことばっかしよったら、あの人が言ったみたいに、ホントにクズになりますよ！　とにかく、うちはギャルも、お姉ちゃんも大嫌いなんです！　やけん二度と近づかないでください！」

言い過ぎかもしれないと思いつつ、結は抑制が効かなくなった。ギャルたちを振り切るように、結は自転車を疾走させた。


よねだ農園まで戻ってくると、永吉が規格外の野菜が入った段ボール箱を軽トラックの荷台に積み上げている。破棄する野菜をどこかで売りさばいてくるつもりらしい。

いくら止めても聞き入れないと、聖人が腹を立てている。

「そげんクズば売っても、たいした金にならんやろ。食えそうなのは近所にタダで配る。やけんもうよかって」

「やっぱり、おまえは本物の農家やなかな」

永吉が言い放ち、結には軽トラックに乗れと指図した。

糸島の商店街の一角に、永吉は軽トラックを止めた。ホークスの法被《はっぴ》を着て、メガホンでリズムを取りながら、永吉が軽妙な口上で行き交う人たちを呼び込んでいる。

「さて、ここに並んだ不揃いの野菜。見てくれは悪いばってん味は一級。それもそのはず神が宿り糸島の土で育った奇跡ん野菜ばい」

野次馬がどんどん集まってくると、永吉は傍らにいる結に「よし、食え」と合図した。結が豪快にトマトにかぶりつく。実際に甘くておいしいトマトなので表情にリアリティがある。野次を飛ばした通りすがりの男性が、試しに食べてみて「うまか」と感嘆した。

「うまいに決まっとろうもん！　ほら、買うた買うた！」

トマトを買おうと集まった人たちの中に、翔也《しょうや》がいる。

結が小学生の兄弟と食べていたトマトが、とてもおいしそうだったのを覚えていて足を止めたのだ。結が気づいて言葉を交わしているのを見て、永吉が知り合いかと聞いた。

結はまるで名前を教えるように答える。

「例の河童」

「四ツ木《よつぎ》翔也だ。河童って言うな、おめ」

「うちもおめやなくて、米田結っていう名前があるっちゃけど」

永吉はトマト以外にも、翔也のためにいろいろな野菜をビニール袋に詰め込んだ。

「君、福西の野球部やろ？　なら、ついでにこれもおまけたい、もってけ、ドロボー。その代わり、甲子園で活躍ばしたら、ホークスにこなよ！」

翔也はもらった野菜を抱え、喜んで帰っていった。

スナックひみこは、永吉の行きつけの店だ。永吉は仕事を終えたあとの酒をうまそうに飲み、結はジュースでお相伴している。規格外の野菜は、タダ同然ながら売り切った。

「儲《もう》けやらどげんでんよか。雨ん日も風ん日も、みんなが精魂込めて育てた野菜やけん。一円でんよかけん誰かに買うてもらえたら、立派な商品として報われる。結、覚えとき。形が悪かろうが、見てくれがひどかろうが、この世にクズなんてもんはなか」

永吉は手塩にかけた野菜の話をしているのだが、結の胸にはずしんと響くものがある。

家に帰った結は、自分の部屋の向かいにある歩の部屋の前に立った。ドアに殴り書きのギャル文字で、『立ち入り禁止　勝手に入るな　あゆみ』という貼り紙がしてある。

（とにかく、うちはギャルも、お姉ちゃんも大嫌いなんです！）

（あの人が言ったみたいに、ホントにクズになりますよ！）

瑠梨たちに突きつけた言葉が、結に跳ね返ってくる。


風見が楽しい書道の展覧会に連れていってくれる日が来た。かわいい服に着替えた結が出かけようとすると、佳代がおむすびを詰めたお弁当箱を差し出した。結は外で風間や恵美と食事をしてくる予定なのだが、せっかくの佳代の心遣いを無にできない。苦笑しつつ受け取った。

待ち合わせの福博《ふくはく》であい橋《ばし》に着くと、風見が待っていて、恵美はまだ来ていない。

「宮崎、今日熱っぽいけん来れんって、メール来た」

ということは、結は風見とふたりきり。これをデートというのではないか。キュンとなりかけた結は、視界にティッシュ配りをしている鈴音の姿をとらえた。見つかったらジャマされそうだ。とっととこの場から立ち去ろう。歩き出した風見の背中を盾にしてコソコソついていく。チラッと見ると、立ちくらみを起こした鈴音が持っていたティッシュを地面に落としていた。

結は鈴音が気がかりだ。風見に相談してみようか。でも、きっとギャルが嫌いに違いない。それでも……。葛藤しつつ、きっかけをつかめないまま展覧会場に着いてしまった。

「……すみません、うち、ちょっと用事が。すみません、失礼します！」

あっけにとられる風見を残し、結は逃げるように走り去った。せっかくの風見との時間が、米田家の呪いのせいでおじゃんになった。ぼやきながら福博であい橋まで戻ると、鈴音は青い顔をして橋の隅に座り込んでいる。尋常ではない様子なので、結は一一九番を押した。


聖人の部屋の引き出しに、理髪用のハサミが布に包んでしまってある。きれいに磨かれているのは聖人の矜持《きょうじ》であり、時折スナックひみこに出張カットに出向くからだ。ひみこは永吉の行きつけのスナックでもあり、いろいろな話がひみこの耳に入る。永吉が規格外の野菜の件で、聖人を「本物の農家やなかな」となじった話も聞いている。

「ばってん本気で言うとらんって思うよ」

「いや、オヤジん言うとおりです。俺の本業は農業やない。こっちです」

「……やっぱり、神戸ん戻りたいと？」

「……はい、いつんなるかわかりませんが……戻って、床屋ばやりたいです」

聖人は巧みに理髪用のハサミを使い、手際よくひみこの髪をカットしていく。


総合病院の待合室で結が待っていると、鈴音が看護師に付き添われて出てきた。

「低血糖症とか言いよった。栄養が不足しとうって」

看護師から、今の食生活を止めて、母親に栄養バランスを考えた食事を作ってもらうようにという注意があり、メニューが載ったパンフレットを渡された。

「無理やもん、こんなんママに作ってもらえん」

鈴音がぽつりぽつりと打ち明けた。鈴音の父親は数年前に借金を残して亡くなり、母親はその返済のために仕事をいくつも掛け持ちして働いている。

「やけん、うちも高校やめて、バイトしよう」

鈴音がいつも食べているスナック菓子は一袋百円で、それを食事代わりにしている。ひと月三千円の食費だ。そこまで食費を切り詰めているのには、理由がある。

「うち、ネイリストになりたくて、そのために資格いるけん、お金貯めよる」

鈴音の派手なネイルは、瑠梨たちがくれる余ったマニキュアや付け爪をアレンジして作っているオリジナルだ。鈴音がその派手なネイルでまたスナック菓子を開いた。

「待って。こっち食べり。うちのおばあちゃんが握ったおむすび」

結は一つ鈴音に渡し、自分もおむすびを頰張った。鈴音は何か考えるようにおむすびを見つめた。それから食べ始めて黙ってもぐもぐ口を動かし続ける。父親が元気だった頃、家族でお弁当を作り、ピクニックで食べたおむすびを、鈴音は思い出しながら味わっている。

「……やば、懐かしすぎて、泣きそう」

泣きそうな顔でおむすびを食べ続けていると、鈴音を捜していた瑠梨、珠子、理沙が駆け寄ってきた。鈴音がみずからメールで知らせておいたのだ。

「ありがとう、助けてくれて」

瑠梨が感謝し、やっぱり総代の器だと言い出して結を閉口させる。

鈴音が控えめに口をはさむ。

「やったら……友だちは？　友だちなら、いいやろ」

「……まあ、それなら。けど総代は絶対やらないですから」

「それでもＯＫ！　よっしゃあ、アユの妹ちゃん、ハギャレン加入決定～！　チョーアゲ！」

瑠梨がはしゃいだ。ギャルたちはそれぞれ呼び名があり、瑠梨はルーリーで語尾を上げる。鈴音はスズリンで語尾を下げる。珠子はタマッチで、理沙はリサポンだ。そしてギャルたちが話し合った結の呼び名は『ムスビン』に決まった。

この日のクライマックスは、プリントシール機で撮る記念写真だ。結を真ん中にポーズをとるギャルたちに、「え？　え？　ポーズって」と結はあたふたした。理沙からハギャレンの決めポーズを教えられ、結がギャルたちを真似て同じポーズをした時、プリ機のフラッシュが焚《た》かれた。

帰宅した結は、プリ写真を上着のポケットに隠した。

「……これ、絶対誰にも見せられん」

自室のドアに手をかけたが、くるりと体を回して向かいの歩の部屋に入った。壁には安室奈美《あむろなみ》恵《え》のポスターが貼られ、派手なギャルの服や靴が残されている。そして、壁に貼られたまま色あせたプリ写真に、歩が写っていた。

第2章　ギャルって何なん？

「風見先輩、本当にすみませんでした！」

翌日、書道室に行くとすぐに、結は風見にあやまった。

「たまたま知り合いが具合悪そうにしとったの見ちゃって」

嘘ではないが、ギャルを助けに行ったとは口が裂けても言えない。

「その人が無事ならよかった。展覧会なんていつでも行けるけん。また機会あったら行こう」

風見の懐の深さに、結は感動すら覚える。字がきれいなだけではなく、心根まできれいだ。

自転車で帰宅する道々、結はニヤニヤと思い出し笑いを抑えられない。そのにやけ顔から、瑠梨から届いた携帯メールのタイトル『緊急招集』を見て笑みが消えた。

突発的な事態が起きたのかと、結は大急ぎでゲームセンターに駆けつけた。

「どうしたんですか！」

息を切らしている結に、瑠梨、珠子、鈴音、理沙がケタケタと笑い出し、特に瑠梨の笑いが止まらない。

「うちの勝ち～！　ジュース一本！　チョ～アゲ～」

『緊急招集』のメールで結が来るかどうかを四人で賭けていたのだ。珠子は来ないほうに賭けてしまったと悔しがるが、振り回された結にすれば冗談では済まない。

「あの、ここまで一時間くらいかかったんですけど！」

「知ってる～、てか、それでも来るってさすがアユの妹じゃね？　ギャルの掟《おきて》、すでに守ってるし」

ギャルの掟があるなど結は初耳だが、瑠梨はまったく悪びれず人差し指を一本立てた。

「掟その一、『仲間が呼んだら、すぐ駆けつける』」

ちなみに、掟その二は『他人の目は気にしない。自分が好きな事は貫け』で、掟その三は『ダサいことだけは死んでもするな』なのだという。

結は「……しょうもな」と言いそうになり、グッと言葉を飲み込んだ。三つの掟を守ることを約束させられた代わりに、結からも何がなんでも聞き入れてほしい頼みがある。

「お友だちになるのはいいんですけど、このこと絶対誰にも言わないでください！」


同じ頃、聖人は作業場で黙々と働いている。夕食の時間になったので作業を終えて母屋の居間に入ったが、結はまだ帰宅していない。下校時間はとっくに過ぎているはずで、愛子にどうしたのか聞いても気に留めずにのんきに食事作りをしている。聖人がみずから携帯電話をかけようとした時、結が息せき切って帰ってきた。

「どこにおった？　誰とおった？　何しよった？」

「あ、天神で書道部の人たちとハンバーガー食べよった」

「何のために天神まで行った？　店の名前は？　ずっとその店におったんか？」

聖人は矢継ぎ早に質問を繰り出した。まるで刑事の尋問だ。

愛子と佳代が、笑いにまぎらわして聖人をたしなめる。

「ちょっと落ち着いてよ、デカ長」

「そうよ、取り調べやないっちゃけん」

永吉が調子を合わせ、愛子と佳代の会話に加わる。

「『カツ丼食うか？』って言いそうやった」

「オヤジは黙っとってくれ」

聖人に一蹴され、永吉が口を尖らせる。結は自分が原因でケンカになってほしくない。

「これから遅くならんように気をつけるけん」

そう約束し、結は二階の自分の部屋へと階段を上がっていった。ベッドに倒れ込んだ途端、疲れがため息となって吐き出される。そこに瑠梨から携帯メールが届いた。

『今日ﾚよ急ﾚﾆ口乎ひ″出ιτごめωね』『冗言炎ﾅﾆ″ｶゝ5′気ﾚﾆιﾅよﾚヽτ″ね』

暗号が記されていた。


次の日、結は学校の人目につかない場所で理沙と会い、暗号を解読してもらった。

「『今日は急に呼び出してごめんね』『冗談だから気にしないでね』って書いとう」

これがギャル文字というもので、慣れたら読めると理沙は軽く請け合った。

結は慣れるなんてちっとも思えないし、しばしば瑠梨から判読できないメールが届くようになって困惑している。

実は、と理沙が裏話をする。瑠梨はずっとアユの妹をスカウトすれば「ハギャレン、ブチあがるっしょ」と、結にこだわり続けてきた。偶然、理沙が同じクラスになり、そのことを理沙が瑠梨にメールし、ハギャレンが海沿いの堤防に集まって結を待ち伏せた。紆余曲折はあったものの、結がハギャレンの友だちになってくれたのが、瑠梨にはうれしくてたまらないのだそうだ。

理沙が、瑠梨の口調でしゃべる。

「ま〜ま〜、うちらと楽しくギャルやって、チョーアゲーになろうよ〜」

「そのチョーアゲーって意味わかんないんだけど」

チョーアゲーとは、すごくうれしい時の表現。ちなみにハギャレンはだいたい博多の出身なのに方言がないのは、ギャルならギャル語を使うのがギャルにとっての筋というものらしい。

こうしてギャルに片足を突っ込んだ結は、否応なしに二重生活を送る羽目になる。平日の放課後は書道室に行き、書道部顧問の教師・五十嵐郁美《いがらしいくみ》の指導を受け、基礎から習い始めた。漢数字の『一』をひたすら書く。ほかの部員たちは手本を真似て書く臨書を行っていて、結の意識がそちらに向くと『一』の字がずれる。きれいに書きたいなど雑念ばかりで集中できない。

「だったら米田が一番好きなものを考えながら書いてみぃ」

風見にアドバイスされた。結はしばし考えると、これまでで最高の『一』を書いた。結の一番好きなもの。それは『おむすび』。書き続けるうちに、『一』は記号ではなく言葉だと風見が教えてくれた意味がわかってくる。だんだん気持ちが落ち着いてきて、楽しくなってくる。

二重生活のもう一つは、週末の土日だけ、結はギャルの友だちとして過ごす。いつものゲームセンターに集まっていると、瑠梨が『糸島フェスティバル』のチラシをひらひらさせた。

「みんな～、見て～！　書類審査通ったよ～！」

みんなは「チョーアゲ！」と喜んでいるが、結は何のことかわからず置いてきぼりだ。

瑠梨が「うちら、これに出んの」と見せたチラシには『アマチュアパフォーマンス大会　参加資格・福岡県在住のみ』『優勝者には、賞金10万&東京観光ツアー』と印刷されている。

「パフォーマンス大会？　……何をやるんですか？」

「パラパラのショー。こーいうやつ」

理沙に合わせ、ギャルたちがちょっとだけパラパラの動きをやった。

結は他人事として話していたが、それが甘い考えだと瑠梨に思い知らされる。

「もちろん、ムスビンも参加ね～。だって友だちぢゃん！」

「いや、これ、糸島でやるんですよね！　無理無理無理無理！　絶対出ませんから！」

しかも当日はテレビがアマチュアパフォーマンス大会を生中継すると聞けば、なおさら結は腰が引ける。結がギャルの友だちだと周囲の人たちの知るところとなるのは避けられない。

「こーいうメイクすれば、絶対バレないっしょ」

鈴音がプリ帳を開くと、ガングロメイクをした瑠梨、鈴音、珠子の写真が貼ってある。

「こんなバケモンみたいなお化粧、無理ですって！」

結の口を突いて出た「バケモン」はかなり胸にグサッとくるはずが、瑠梨が「チョーウケるぅぅ～」と噴き出し、みんなでギャハハと笑い合っている。どうしたって瑠梨たちギャルと友だちなんてやっていけそうになく、結はやっぱりやめたいと正直な気持ちを伝えた。

「いや、そもそもお姉ちゃんがギャルやったせいで、お父さんがすごく心配してて……ホントすいません」

　すると瑠梨は、結がギャルたち四人と一緒に撮ったプリ写真を取り出した。

「だったらこれ。ムスビンのお家に送りつけちゃおっかなあ～」

　これは明らかな脅迫だ。ギャル嫌いの聖人には絶対に見せられない写真だ。

「うちはハギャレンを守るためなら、どんなことでもするよ」

　瑠梨は口角を上げて悪魔のように微笑んだ。


　糸島東高校の書道部は、毎年恒例で野球部の応援用横断幕を作る。風見は横断幕に墨書《ぼくしょ》する大役を任された。横断幕の白布は五メートル×一メートルほどもある。一、二年生は布がほつれないように端を縫っていくのが役目で、結も一生懸命に針を動かした。地味な役目だが、みなで一つのことをやり遂げていく楽しさに、結の頭の中で『青春』の二文字が飛び跳ねた。

　充実した数日が過ぎた土曜日の昼下がり。米田家を理沙が訪ねてきた。学校にいるときの地味な女子高校生らしい装いで、「柚木理沙です。はじめまして」と礼儀正しく愛子と佳代に挨拶した。

　それから結の耳元で声を潜める。

「メール見てない？　パラパラの練習しよう」

　そういえばと、結は思い出した。瑠梨からの携帯メールに『ﾉ丶ﾟﾗﾉ丶ﾟﾗ@糸東習ιょぅ』という暗号が記されていたのを、解読できないからとそのままにしてしまった。そこで返信がないのを訝《いぶか》しんだ瑠梨が、同級生という大義名分のある理沙に頼んで結を自宅まで迎えに寄こしたのだ。

理沙はちゃっかり、天神で映画を観る約束があるなどと口実まで用意していた。

手早く支度を済ませて出かけようとする結に、佳代が野菜の入ったビニール袋を差し出した。

「結、これ、柚木さんと食べり」

結と理沙が自転車で走っていく後ろ姿を、畑から戻ってきた聖人が見送っている。


結と理沙は一貫山駅から電車に乗った。ゲームセンターに向かう途中の公衆トイレに理沙が立ち寄り、出てきた時には濃いメイクと派手な衣装のギャルに変身している。結と理沙が連れ立って歩けば、すれ違う人たちが好奇の目で見る。結はそれとなく理沙と距離を置いた。

ゲームセンターでは、結の煮え切らない態度に、珠子が不満を漏らしていた。

「ねえ、あいつ、ホント必要？　やる気ないヤツ、いらなくねえ？」

「え～、アユの妹だよ。絶対必要っしょ」

瑠梨はアユへの憧憬《どうけい》から、どうしても結をメンバーにしたい。

結がゲームセンターに入ると、この日も鈴音はスナック菓子を食べている。結はあっとひらめき、バッグから佳代が用意してくれた野菜の入ったビニール袋を取り出した。

「ミニキャロット。生で食べられるけん」

鈴音がミニキャロットをかじってみると意外にもおいしい。瑠梨や理沙も手をのばして野菜を食べ始めると、それを冷静に見ていた珠子がすっくり立ち上がって結の前に行く。

「今からうちらが踊るけん、振り覚えて」

ギャルたちと結はパラパラが踊れる近くの広場に移動した。理沙がＣＤラジカセを再生させ、珠子、瑠梨、鈴音がユーロビートに合わせて息の合ったパラパラをキレキレに踊る。なかでも珠子の踊りが群を抜いている。圧倒されて見ている結に、理沙がビートを刻みながら話しかける。

「タマッチ、うまくない？　あの人、ダンサーなんだよ」

ギャルたちの踊りは周囲の目を引き、見物人が集まって賑わってくる。最後のポーズを決めたギャルたちに拍手がわいた。その中を、珠子がつかつかと結に歩み寄った。

「覚えろって言ったよね。踊って。アユはパラパラ一発で覚えたって聞いたよ。あんたもできんでしょ、妹なんやけん」

アユが難しいパラパラを一瞬で覚えたというのは都市伝説にすぎない。珠子は無理な要求だと承知の上で突きつけ、結がどういう態度に出るのかを試している。

「うち、あんたのこと、認めてないから。認めてほしかったら、一日でも早く踊れるようになりい」

なぜあんなに追い込まれなくてはならないのか。結はすっきりしないまま一貫山駅で降りた。自転車に手をかけた時、クラクションが鳴り、聖人が近くに止めた軽トラから降りてくる。

「そろそろ帰ってくると思って迎えにきた。自転車、のせり」

結の胸で不快なもやもやが渦を巻いた。

「……そんなにうちのことが信じられんの？」

「いや、ちょっと心配やったから。歩もああやって、出かけて、朝帰ってきたことあったけん」

「……うちは違う。……うちは、お姉ちゃんと違う」

聖人の脇をすり抜けると、結は自転車に飛び乗った。ギャルも聖人も、どうして結と歩をひとくくりにするのだろうか。あふれる涙で視界が曇った。

聖人の行動は愛子を激怒させた。結を心配する親心はわからないでもない。

「だからって娘を駅で待ち伏せする？　ホント、何考えてんの」

「親が子どもの心配して何が悪い」

「度を越してんのよ、あんたは」

「おまえが甘すぎるんだ」

結は二階の部屋で、両親の言い争いに耳をふさいだ。

「ムカつく。ギャルもお父さんもみんなムカつく」


書道部全員が協力して作成してきた横断幕の布が完成した。風見が筆で文字を書き入れる本番は翌日で、すでに風見はどんな言葉を書くか決めている。

「『一致団結』にした。仲間と力を合わせて困難に立ち向かう。好きっちゃん、この言葉」

部活を終えた結は、帰り支度をして恵美と書道室を出た。下駄箱のあたりで理沙が待っていたが、無視して通り過ぎようとする。理沙が「ねえ、やろうよ」とささやき、結は「ごめん、うちじゃ無理」と早口で答えて理沙に背を向けた。

結のつれない態度は、たちどころに理沙からゲームセンターにたむろしていた瑠梨へと携帯メールで報告された。珠子は最初から、アユの妹だからという理由で結をメンバーに加えるのは筋が通らないと考えている。

「じゃあ、あいつ、クビだね。あいつ、クビにせんなら、うちがハギャレンやめるけん」

珠子がプイと出ていった。珠子が抜けたら、ハギャレンはいよいよ崖っぷちに立たされる。

海が見えるいつもの場所に、結はぼんやり寝そべって空を仰いでいる。不意に暗雲が垂れ込めてきた……と思いきや、結の眼前に瑠梨と理沙がぬっと頭を突き出してきた。瑠梨が性懲りもなくパラパラをやろうと誘いかけるが、結の返事は変わらない。

「うち、やっぱり、ギャルを好きになれないんです」

「なんで？　ムスビンのお姉さん、すごいギャルやったのに」

「だから！　お姉ちゃんが嫌いだから、ギャルが嫌いなの！」

八年前、結は居間から響いてくる聖人の怒声《どせい》で目が覚めた。足音を忍ばせてそっと居間をのぞくと、農作業姿になった聖人が、派手なギャルの格好をして朝帰りした歩を叱り飛ばしている。

あの頃の歩はたしか、今の結と同じ高校一年生だ。

（どこにおった？　誰とおった？　何しとったんや？）

（なんでいちいち言わなあかんの？　ちゃんと帰ってきただけでもいいやない）

（そういう問題やない！　だいたい、なんやその格好は！）

（これで誰かに迷惑かけとん？）

歩は反発し、聖人は激高し、相容れないふたりの間で愛子は歩の側に立った。

（そうよ。いいやない、歩が好きでやってるんやから）

（そうやっておまえが甘やかすからや）

（怒ればいいってもんやないでしょ）

心配が先に立つ聖人と、歩を受け入れようとする愛子とで必ず口論になった。

結は今、寄せては返す波を見つめながら苦い記憶をたどっている。

「――あの人のせいで、いつも両親がケンカして、家の中、ずっとギスギスしてました。お姉ちゃんが、東京に行って、やっと家が平和になったのに、またうちのせいで、お父さんが心配するようになって。うちは、あんな思い二度としたくない」

結の切実な気持ちを、瑠梨はどこまで理解したのだろうか。

「心配してくれて、チョーいい親じゃん。けど、うちらにはどーしてもムスビンが必要なの。ほら、いこ」

瑠梨が引っ張る手を、結は振り払い、その勢いのまま自転車で走り去った。


体育館にビニールシートが敷かれ、その上に白い大きな布が広げられた。布の傍らに大きな筆と墨汁が入ったバケツが置かれている。書道部員、顧問の五十嵐らが見守る中、風見が白い布の前に立ち、手に持った大きな筆をバケツの墨汁の中に入れた。

放課後の体育館は静かな緊張に包まれ、入り口付近に生徒たちの人だかりができている。その中に陽太の姿もある。

風見が墨汁を含ませた筆で、横断幕に『一致団結』という文字を書いていく。その華麗な筆さばきに結はほれぼれして、その顔には「風見先輩、かっこいい……」と書いてある。

書き終えた風見に、書道部一同と見物に集まった生徒たちから拍手が起きた。

このあとは『一致団結』と墨書された文字の周囲に、書道部員がそれぞれ朱色の墨汁で手形を押していく。陽太が見ていると、結は底抜けに明るい笑顔で風見たちと手形をつけている。陽太の中で風見への嫉妬の炎がメラメラと燃え上がってくる。

完成した横断幕が体育館の壁にかけられ、それを眺める結たち書道部員は誇らしげな表情をしている。結が抱えているもやもやが一気に吹き飛んでいく。

家に帰っても結は興奮冷めやらず、愛子や佳代に風見が書いた横断幕がどんなに素晴らしいかを話している。横断幕は今度の野球部の試合でお披露目される予定だ。

「こんばんはー、古賀の陽太でーす。ヤリイカ。父ちゃんが持ってけって」

玄関から陽太の声がした。結が玄関に出ていき、陽太からイカが入った発泡スチロールの箱を受け取った。陽太はすぐに帰ろうとせず、いつになく真面目な顔をしている。

「試合、俺、出るけん」

野球部の先輩がケガをしてしまい、一年生の陽太に出番が回ってきそうだという。

「俺、そこで絶対ホームラン打つ。だけん、おむすび、しっかり見届けてくれ」

やにわに出たホームラン宣言に、なんでわざわざ？　と結は戸惑い気味にエールを送る。

「う、うん、がんばって」

陽太は「おう！」と勇ましく応え、颯爽《さっそう》と米田家をあとにした。

試合当日となった。糸島東高校の対戦相手は、福岡西高校だ。糸島東の応援席は一塁側で、結、風見ら書道部員の手で横断幕が張られた。まもなく選手たちがグラウンドに出てくる。一塁側のベンチ前には糸島東の野球部が集まった。陽太の顔も見える。三塁側のベンチ前に並ぶ福岡西の野球部は、ガタイも良く屈強な雰囲気を感じる。

野球に詳しい風見がつかんだ情報では、福岡西は実力校が多い福岡県の中では新興勢力で、甲子園に出場するために他県から優秀な選手を集めている。今年は注目の投手が入った。

「あ、彼だ、一年生ピッチャー」

風見がブルペンにいる背番号10の選手を指し、結がその選手を見た。

「……あ、河童」

四ツ木翔也と名乗った少年がメガネをかけ、キャッチボールをしている。

いよいよ試合開始だ。試合は一進一退で進み、両校3対3の同点で九回の裏を迎えた。後攻糸島東の攻撃はノーアウト満塁で、一打サヨナラ勝ちという絶好のチャンスだ。対する福岡西は、この大ピンチにピッチャーの交代を告げた。マウンドに向かうのは、メガネをかけた河童だ。

「四ツ木翔也。栃木から野球留学で福西に来た――」

風見の解説では、翔也は中学生の頃から注目されてきた逸材だという。

プレイボールが宣言され、翔也が豪快なフォームで145キロの豪速球を投げた。バックネット裏で取材している地方紙の記者と他校のスコアラーがどよめく。糸島東はあっという間にツーアウトと追い込まれ、バッターの交代がアナウンスされた。陽太がブンブン素振りしている。

「陽太、がんばれ！」

結が声援を送り、バッターボックスに立った陽太がマウンドの翔也をにらみつける。だが、翔也の豪速球にバットを振り遅れて空振りし、ツーストライクと追い込まれた。そして次のボール。翔也の渾身のストレートに、陽太が無我夢中で振ったバットがカキーンと快音を鳴らした。結や風見らの願いをのせた打球は大空を高く舞い、翔也のグラブにパスッと納まった。平凡なピッチャーフライだ。審判のアウト宣告に、陽太がその場にしゃがみ込んだ。

翌日、朝刊の地方欄に、糸島東にとっては残念な試合の結果が掲載された。米田家でも朝食をとりながら、みなで永吉が広げた朝刊をのぞき込む。『福西十回表に大量得点　13対3』という記事の横に、145キロをマークした翔也が『福西のヨン様、誕生！』と紹介されている。ヨン様とは、韓国ドラマ『冬のソナタ』で大ブームを起こしたメガネがトレードマークの俳優ペ・ヨンジュンのことだ。愛子と佳代がヨン様と聞いて色めき立ち、永吉がじっと写真を見た。

「――トマトばあげた子やろ？」

「うん。でもメガネかけとうだけでヨン様に全然似とらん」

結は怪訝《けげん》な顔をする。食卓を囲んで福西のヨン様で話がはずみ、聖人だけがブスッとして箸を置いた。黙って席を立った聖人に、永吉は「なんば怒っとうとや？」としかめ面をする。

「ほら、この間。結のこと、心配し過ぎて、怒られた」

一貫山駅で聖人が結を待ち伏せた一件だと、愛子がほのめかした。

結も気にかかっている。あれ以来、まともに聖人と話をしていない。

この日の夕方、結は学校帰りに海が見える場所に自転車をとめた。家族や友だちのことを考えていた時、瑠梨から携帯メールが届いた。結が面倒くさそうに開くと、相変わらずのギャル文字で『ﾏ゛/゛τ゛ー回言舌ξぅょ』とある。結はいったんは解読しようとした。「マジで一回話そうよ」と書いてあるのだが、結は読めないままため息をついて携帯電話を閉じた。

「米田結」となぜかフルネームで呼ばれて振り向くと、翔也が練習着に重そうなリュックを背負って立っている。福西のヨン様のメガネはかけていない。少し乱視なので試合の時だけメガネをかけるのだという。それにしても朝刊の紙面で、翔也は大きく取り上げられていた。

「あんた、すごい選手らしいやん」

「全然すごくねえ。俺はスタミナがねえ。一回か二回ならいい球投げれても長い回は投げられねんだ。んだからこうやって重いモンおぶって、毎日走ってる」

この道はランニングコースだ。翔也はすぐに戻るから待ってろと言い、重いリュックを背負ったままダッシュで走り去った。だいぶ待ったが翔也はちっとも戻ってこない。待ちくたびれた結が自転車で帰ろうとした時、翔也がゼイゼイ息を切らして駆け戻ってきた。

「これ。イチゴだ。こないだ、おめのじいちゃんがトマトくれたから、そのお礼」

実家がイチゴ農家だからと、翔也がイチゴのパックを詰め込んだビニール袋を差し出した。福岡はおいしいイチゴの産地で、結はイチゴの目利きだ。翔也は「栃木はイチゴの生産日本一」だと自慢する。結が出来栄えをチェックすると、なるほど高品質のイチゴだ。

「でもホントにいいと、こんなにもらって」

「うちの母ちゃんがしょっちゅう送ってくんだ……そのたび手紙が入ってる。ちゃんと飯食ってるんか、腹出して寝てねえか、風呂入ってんか、歯磨いてんか、細けえことばっかり心配して」

翔也は笑いながらぼやき、ランニングの続きに戻っていった。

結はイチゴを自転車のカゴに積み込んで帰宅した。早速佳代と味見すると、夕食の支度を手伝った。聖人と愛子はまだ農作業が終わらず母屋に戻ってきていない。ギクシャクしたままの結と聖人をなんとかしたい佳代にとって、結とふたりきりの今はちょうどいい機会だ。

「お父さん、後悔しとうみたいよ、お姉ちゃんのこと」

「え……」

「お姉ちゃんがあげんなったとは、全部自分のせいやって思っとうみたい。結のこと、えらい心配するとは、後悔したくないけんなんやろうけど……いい迷惑よねえ」

佳代が話しながら、結の表情をうかがう。

結はイチゴをくれた時の翔也の話を思い返した。

（そのたび手紙が入ってる……細けえことばっかり心配して）

翔也は写真入りで新聞記事になるほどの有望投手だ。それでも翔也の母親はお風呂や歯磨きの心配までしている。親ってそうなのだろうか。結はうまく考えがまとまらない。


とあるマンションの一室に「真島」という表札がかかっている。派手なギャルの格好をした瑠梨がその玄関に入っていった。リビングではキャリアウーマン風のスーツを着た女性が、携帯電話でビジネスの用件を片付けている。通話を終えると、財布を取り出しながら瑠梨を見た。

「瑠梨、ママ、これから仕事で東京行かんといけんのよ。ごはん、適当に食べとって」

「……パパは」

「あの人のことは、あの人に聞いて」

瑠梨の母・絵利花《えりか》は財布から一万円札を抜いてテーブルの上に置くと、鳴り出した携帯電話に応えながら忙しそうに出て行った。

しばらくすると、瑠梨はコンビニで買ったお弁当をひとりでモソモソと食べた。

その夜遅く、瑠梨は天神の繁華街をウロウロ歩いていた。

「君、ひとり?」

「行くところないんやったら、一緒に遊ばん?」

怪しげなふたりの男がなれなれしく瑠梨に近づいた。


翌朝、結は農作業着に長靴を履いて農園に行った。すでに聖人と愛子が働いている。

「今日、土曜日でしょ。学校休みやけん手伝う」

「あら、珍しい。だって高校になってから、あんた、土、日いつも出かけてたじゃない」

愛子は少し訝しげだが、結はさっさと農具を手にして作業に取りかかった。聖人が目を細め、愛子と顔を見合わせた。

ひと仕事終えた十時頃に休憩を取り、結は元気よくおむすびを頬張った。

「やっぱり働いたあとのおむすびはおいしいね」

聖人がうれしそうに笑い、愛子も顔に笑みをたたえている。聖人との久しぶりに穏やかな時間を過ごしていると、結の携帯電話が鳴った。理沙からだ。結はちょっと迷い、両親から少し離れて応じると、理沙の焦った声がする。

「ルーリーから連絡来とらん?」

「来とらんけど……どうしたん?」

「連絡つかんくて」

理沙は不安そうに、鈴音と一緒に瑠梨の家に行ってみると言って電話を切った。

瑠梨は深夜に保護され、天神の交番でしょんぼり座っている。いつかゲームセンターに来た警察官の川合と加藤が繁華街を巡回していて、いかがわしいふたりの男が瑠梨にちょっかいを出そうとしている現場に出くわして保護したのだ。ところが川合がいくら話しかけても、瑠梨は一晩中だんまりを決め込んでいて手を焼いている。

これではらちが明かないと加藤が見切りをつけ、本署に引き継ぐための書類を出した。

川合は粘り強く問いかける。

「せめて親御さんの連絡先だけでも教えてくれんかいな？　悪いようにはせんけん教えて。やないと、あなたを少年係に連れていかんといけんくなるんよ。それでもいいと？」

川合が差し出したメモに、瑠梨が億劫そうに両親の電話番号を書いてつぶやく。

「……どうせ意味ないし」

川合がいくども電話をしてはかけ直すが、どちらの親の電話にもつながらない。

「ねえ、これ、本当に親御さんの番号？」

「うん。パパは中国に出張してるし、ママは仕事で東京やけん、どうせ出ないよ」

「ほかに迎えに来てくれそうな人おらんの？」

川合が親身になっている間に、奥にいたベテラン警察官の山本《やまもと》が出てきて加藤に合図を送った。いよいよ瑠梨を本署の少年課に送る手続きがなされようとしている。

結が作業の手を休めて額の汗をぬぐった時、携帯電話にメールが着信した。連絡がつかないと理沙が心配していた瑠梨からだ。結は急いでメールを開き、じっと画面を見たまま固まった。

『天ネ申@馬尺前交番レ=レ、ゑカゝら、す＜″来τ』

どうしたのかと、愛子が横から結の携帯電話をのぞき込んだ。メール画面を見た視線を結に向けると、押し黙ったまま考え込んでいる。

「どうした？」

聖人が問いかけた。


携帯電話を握りしめる瑠梨の指が小刻みに震えている。背後から電話で本署と交渉する加藤の声が聞こえ、受話器を置いた加藤が山本に報告する。

「少年係、受け入れ了解です」

川合が心配そうに瑠梨の顔をのぞき込む。

「もう一度聞くけど、本当に迎えに来てくれる人、誰もおらんの？」

うつむいた瑠梨は今にも泣き出しそうだ。

「ごめんなさい、遅くなって」

交番に入ってきた結を、瑠梨は信じられないというように見た。

「……ムスビン」

「うちは、この人の友だちです」

結が躊躇《ちゅうちょ》なく「友だち」だと警察官たちに告げると、瑠梨の目に涙があふれた。

農園で瑠梨からの携帯メールを見た結は、しばらく悩み、迷ったのちに意を決した。

（……お父さん、お母さん、ちょっと友だちの所行ってきていい？）

聖人は返事をしてくれない。

（……でも、必ず夕飯までには戻ってくる。信じて）

結が必死に訴え、聖人は信じて行かせないわけにはいかなくなる。

（……晩飯までには戻ってこい）

（うん！　ありがとう！）

結が駆け出した。瑠梨に何が起きたのかわからないまま、ただ間に合ってくれと懸命に交番まで急いだ。

交番で瑠梨と会った結は、とにかく無事でいることにほっとした。結のすぐあとから、理沙と鈴音が慌てて飛び込んできた。瑠梨の家を訪ねたり、周辺を捜していて遅くなったという。

「ムスビンも来てくれたんだ」

理沙がうれしそうな顔をする。

「だって『仲間が呼んだら、すぐ駆けつける』ギャルの掟でしょ」

結もどうにかギャル文字が読めるようになっていた。

喜んでいる結たちに、山本が気の毒そうに告げる。

「ただ未成年の君たちが迎えに来ても、帰すわけにはいかんとよ」

加藤が書類を手に立ち上がった。

「しょうがない。なら、一緒に本署に行こう」

理沙も鈴音もそれは困る。誰かいないかと焦り始めたところに、「すみませ〜ん」と愛子がまるで道でも尋ねるかのようにして交番に入ってきた。

「お母さん⁉」

「米田と申します。すみません、うちの娘とお友だちがご迷惑かけて。書類とかなんでも書きますんで」

愛子がにこやかに警察官に笑いかけた。


ようやく瑠梨の身柄が自由になった。それにしても愛子が駆けつけるとは、結は予想もしていなかった。

「なんで交番にいるってわかったん?」

「だってメールに書いてあったでしょ」

確かに瑠梨から結たちに送られたSOSのメールを、愛子は横からのぞき込んでいた。

「あれ、ギャル文字だったでしょ」

「お母さんを誰だと思ってんの?　歩の時にさんざんギャル文字、勉強したから」

これで愛子の用事は済んだ。結に夕食までに帰るように念押ししたあと、ギャルたちに挨拶して帰っていく。瑠梨、鈴音、理沙はそろって愛子に深々と頭を下げた。

「ムスビンママ、チョーいい人。うちの親とは大違い。うちのパパとママさ、別居しとうのに世間体悪いから離婚しないんだって。チョーバカじゃない?　とっくに家族崩壊してんのに」

瑠梨はつまらなそうに、結と知り合ってから初めて家庭のことを語った。

「……うちの居場所はハギャレンだけ。やけん、どんなことをしてでも守りたかった。でも、ムスビンにしたら、こんなの迷惑でしかないよね……ごめん、いやな思いさせて」

瑠梨の寂しさに直接触れてしまい、結は知らんぷりも後戻りもできない。

「あの……うちにパラパラ、教えてもらえませんか？　うまくできるかどうかわからないけど、やってみます」

瑠梨の目に、今度はうれし涙があふれてくる。

「てか、本気？　本気でやる気あんの？」

いつの間にか珠子が来ていて、結の話を聞いている。

「はい！　やります！　だから教えてください！」

瑠梨、鈴音、理沙が口々に、結を仲間に入れてほしいと珠子に頼み込む。

珠子がクイッと顎をしゃくり、踊れそうな広い場所まで先に立っていく。

理沙がCDラジカセの再生ボタンを押し、珠子、瑠梨、鈴音のフォーメーションに加わった。

ユーロービートが流れると、珠子を中心にキレキレの動きで鮮やかにパラパラを踊り始める。結はその後ろで、必死に踊りについていこうとする。

瑠梨たちは楽しそうに踊り、次第にギャラリーが集まってきて盛り上がってくる。

「……おむすび」

ギャラリーの中に、あんぐりと口を開けて見ている陽太がいた。

第3章　夢って何なん?

「ストップ！　リサポン、またズレとう。てか、一週間何しよったん？」

「あとムスビン。後半、手、左右逆」

珠子は鬼軍曹《ぐんそう》のごとき厳しさでパラパラを踊るギャルたちにダメ出しをする。理沙のパラパラですら珠子の基準を満たしていないが、ましてや結は車ならまだ若葉マークだ。

瑠梨は珠子をなだめたり結をいたわったりで気配りに忙しい。

「ま〜ま〜、ダンサーのタマッチからしたら簡単でも初心者にはムズいって」

珠子は、結に的を絞って苦言を呈する。

「ムスビンさあ、自分で覚えたいって言ったよね。で、練習しとらんとか、筋通ってなくない？　とりあえずひとりで踊ってみ」

「え？　いや、でも、うち、そろそろ門限が。だから、今日はこれで失礼します！」

結がそそくさと引き揚げる。結が叱られてばかりいるのを、陽太は物陰からハラハラして見ていたが、いきなり結が荷物をまとめて駆け出したので、慌てて追いかけた。

電車で一貫山駅まで戻った結は、大急ぎで自転車置き場に駆け込んだ。

陽太は同じ電車の別の車両に乗り、わざと遅いタイミングで駅から出てきて声をかけた。

「あ、あれ？　おむすびやん」

「陽太、今の電車乗ってたん？」

「うん、ちょっと父ちゃんに買い物頼まれて」

「でも手ぶら」

結は変だなぁと思いつつ、今はそれを気に留める余裕がない。

「ごめん、門限七時やけん！　じゃあ！」

結は自転車に乗ってぐんぐんスピードをあげていく。

米田家の夕食は野菜カレーだ。作業を終えた聖人が七時近くに食堂に来て、まだ結が帰ってきていないことに心配性の虫がうずく。

「だいたい書道部の練習って、学校休みの土日までやるもんなんか？」

居間では永吉がビール片手にナイターを見ている。

「書道ってのは字ば書くだけやなか。気力、体力、精神力、いろんな面ば鍛える必要があるったい。昔、相田《あいだ》みつを先生に書ば習ったことがあってな」

永吉はホラ話の在庫が豊富だが、聖人は相手にしない。

元気よく「ただいまー」と結が帰ってきて、聖人は大きく安堵の息をつく。

「結、今日はなんの練習やっとった？」

「え？　あー、えーと……」

不意を突かれた結がごにょごにょし、愛子が皿にカレーをよそいながら助け舟を出す。

「あれでしょ。手の動きとか？」

「そうそう！　手の動きの練習！　うち、全然うまくできなくてさ！　しかもリズム感も悪くて」

結はうまく話を合わせたつもりだが、むやみに声に力が入っている。

「書道にリズム感関係ないやろ」

聖人は解せないが、はからずも永吉のホラ話が結に味方する。

「関係ある！　相田みつを先生も言いよんしゃった！」

ホラ話だと決めつける聖人と永吉が日常茶飯事の口争いを始め、その隙に結は「お母さん、ありがとう」と愛子にささやいた。


イチゴ農家を営む井出康平《いでこうへい》が、よねだ農園に聖人を訪れた。井出は聖人の同級生でもある。跡継ぎ不足や離農する者が出てきて困っているなど世間話をしたあと、井出は糸島フェスティバルのチラシを出して聖人に見せた。

「組合から頼まれたっちゃん。当日はアマチュアのパフォーマンス大会だけやなくて、野菜をはじめ、いろんな糸島の食材ば使った直売イベントをするつもりなんよ」

糸島の食材はどこにも引けを取らないが、不景気には勝てず、市町村合併も進まない。

「こんな時こそ俺らの世代が糸島ば盛り上げていかないかん。力貸してくれ」

聖人は迷い、返事を保留した。

しばらくして愛子と畑仕事を始めると、聖人は井出から頼まれた話を断ったと打ち明けた。

「いつか神戸に戻るかもしれんのに、糸島の未来やら考える資格ない」

ふっと愛子の顔が曇った。

「今、『神戸に戻るかもしれない』って言ったけど、そのこと、私にどうするか、一回も聞いてないよね？　それに、結の気持ちも聞いてないよね？」

ひと言も言い返せない聖人に、愛子はまずは家族の同意を得てほしいと訴える。

「あの子、今、すごく楽しそうにしてる。結のあんな顔、あれ以来、初めて見た。結と、ちゃんと話すべきだと思う」


いつもの広場で、結は理沙と一緒に珠子からパラパラの特訓を受けている。この日も陽太が物陰から様子をうかがっていると、珠子が特訓を中断して仁王立ちした。

「ふたり、マジで自主練やってないっしょ？」

珠子が匙《さじ》を投げた。やる気をなくした珠子に、瑠梨が気分転換を持ちかける。

「タマッチ、待って。こういう時はパーッと行かない？」

ギャルたちの気分転換はカラオケボックスだ。浜崎《はまさき》あゆみの『Boys & Girls』を瑠梨と鈴音がマイクで熱唱し、理沙と珠子は手拍子を打って歌いながら体でリズムを取る。

結はまったく歌えず、戸惑いながらモニターに流れるカラオケビデオを見るともなく見ている。若いギャルが歌詞に合わせていかにもありそうな演技をしている。

歌い終わった瑠梨と鈴音が、理沙と珠子に「イエ〜イ！」とハイタッチした。結にも浜崎あゆみはわかるが、歌えるほど曲を知っているわけではないのでノリノリになれない。

「ムスビン、一回、あゆの歌ちゃんと聴いてみ。あゆの歌って、ギャルにとって救いやけん」

「す、救い？」

それは大げさだろうと結は思うが、理沙は真顔で歌詞の解説をする。

「そー！　あゆの歌には『孤独』とか『居場所がない』って歌詞がよく出てくるんやけど、最後には必ず『傷ついても、生きていこう』って優しく背中を押してくれると。それがギャルたちの心に沁みるんよねー」

理沙が熱く語るのは、将来やりたい夢を持っているからだ。

「うち、いつかギャルの歴史を本にするのが夢っちゃん」

鈴音はネイリスト、珠子はダンサー、瑠梨は「なんでもいいから、とりあえず社長！」になる夢を抱いている。結も将来の夢を聞かれるが、具体的なものが頭に浮かばない。

「うちん家、ひいおじいちゃんの代から農家やってるんで、将来、そこを継ぎます」

「あんたの未来、それでいいと？」

珠子は興ざめし、瑠梨、鈴音、理沙のテンションが一斉に下がった。

ちょうどその時、結の携帯メールが鳴った。愛子からで「結、もうすぐ七時だよ。どこにいるの？」と書いてある。時計を見ると七時五分前だ。結は脱兎のごとく店を飛び出した。

一貫山駅に着くと、結をつけていた陽太が、今気づいたかのように結の前に現れた。

「門限七時やろ。おじさん、大丈夫か？　俺に任せろ」

陽太は結と一緒に米田家に行き、玄関に出てきた聖人と愛子に「門限破ったの、全部俺のせいなんです！」と土下座してあやまった。結は当惑し、永吉と佳代も何ごとかと玄関に出てくる。

「おじさん、実は俺たち、付き合っとるんです！」

「はああああああ？」

結が大きくのけぞった。

年頃の娘に彼氏ができたことに聖人はかなりの衝撃を受け、縁側にぼんやり座っている。

「いつまでそこで黄昏《たそがれ》てんのよ？」

愛子が冗談めかし、佳代とあきれているところに、永吉まで寄ってくる。

「だいたい自分の子どもば信じられんで何が親か。だけん歩もあげんなったったい」

永吉は聖人のもっとも痛いところを突いた。

結は階段の途中に座り込み、横に座っている陽太に本気で怒っていた。まさかの「付き合っとる」宣言を、聖人は真に受けて腑抜けのようになったではないか。

「けど、おむすび。俺、本気で――」

それに続くはずだった陽太の発言は、聖人と永吉が言い争う大声にかき消された。またケンカだ。

結が諦めたように仲裁に行き、陽太もそのあとから階段を降りていく。

「ちょっと！　おじいちゃん、お父さん、やめてって」

「そうですよ！　落ち着きましょう、お父さん」

結に続いて、陽太がなだめると、聖人が尚更カッとして陽太の胸倉をつかんだ。

「誰がお父さんや、陽太っ！」

だが八つ当たりを愛子に叱られ、聖人は頭から湯気を立てて出ていった。

聖人が向かったのは、スナックひみこだ。ひみこが作るウイスキーの水割りを、聖人はあおるようにグイッと飲んだ。聖人と永吉のそりが合わないのは今に始まったことではなく、不仲になったきっかけはずいぶん昔にさかのぼる。

「ひみこさん、知っとうよな、オヤジが農家継ぎたくなくて、ずっとトラック野郎だったの」

「もちろん。永吉さんが若い頃、大きいトラック、運転しよんしゃったよね」


結と陽太が古い写真をしげしげと見ている。テンガロンハットをかぶった若い永吉が大型トラックの横で笑顔のポーズをとっている。陽太にかっこいいと褒められ、永吉は得意げだ。

「陽太、映画の『トラック野郎』知っとうや？　菅原文太《すがわらぶんた》の。あれは、俺がモデルたい」


「俺がモデルたい」は聖人が何度も聞いたホラ話だ。聖人はひみこを相手に愚痴っている。

「お袋と結婚して、俺が産まれて、じっちゃんが死んで、ようやく農業に専念するようになった。それなのに俺が十一歳の時――」

一九七〇（昭和四十五）年三月。大阪万博が開催された時だ。永吉は三十代後半の働き盛りで、妻の佳代と長男・聖人、その下にふたりの娘がいた。

永吉は大阪万博の開幕が近づくと、「俺がおらんと万博が開催でけん」と、十一歳の聖人に家族を託してトラックで大阪に行ってしまった。それきり万博が閉幕するまでの半年間、一日も糸島に帰ってこなかった。それだけではない。永吉は話題になる出来事があるたびトラックに乗って出かけた。たとえば世間を騒がせた長野県のあさま山荘事件の現場だ。そして帰ってくると、「あさま山荘の鉄球がついたクレーン、用意したんは俺たい」などと途方もない自慢話をした。

永吉が留守にしている間は、聖人と佳代が必死になって働いて畑を守った。

「一番許せんかったのは、金たい。どうしても許せんかった」

聖人が大学に進学したいことを知って、佳代はコッコツお金を貯めてくれた。それなのに、永吉は大事な進学資金をギャンブルか何かですべて使ってしまったのだ。

そんな折、行きつけの理髪店が突然閉店することになった。聖人が高校三年生の時だ。店主・川端《かわばた》の家庭の事情で神戸に引っ越して店を開くのだという。永吉へのわだかまりを持ち続けていた聖人は、とにかく永吉から離れたいと、川端に何度も頭を下げて神戸に連れていってほしいと頼み込んだ。永吉は怒ったが、佳代は聖人の意思を尊重してくれた。

卒業式の翌日に家を出ようとする聖人に、永吉が「糸島ば捨てるつもりや？」と語気荒く迫った。聖人は糸島が好きだ。農業にもやりがいを感じているが、その何十倍も永吉が嫌いだ。

（やったら出てけ！　そのまま帰ってくるな！）

（上等たい！　二度と帰ってくるか！　死んでもオヤジの世話にはならんけんな！）

思い返すにつれ、聖人の酔いが深くなり、苦しげに吐露する。

「……二度と糸島には帰ってこんつもりやった……あんなことさえなかったら……」

酔って居間で眠ってしまった永吉に、結がタオルケットをかけた。陽太は夕食を腹いっぱいごちそうになり、永吉のホラ話に笑い、このあと話の続きをしたくて愛子に膝を向けた。

「あの、おばさん、俺、おむすびと――」

「嘘なんでしょ。付き合ってるって。結が門限に間に合わなかったから庇《かば》ってくれたんだよね？」

愛子が最初から本気にしていなかったことに、陽太はけっこう傷ついた。

そこに佳代が笑いながら深手を負わせる。

「だってありえんもん」

落ち込んでいる陽太を、結は玄関の外まで見送りに出た。ふと、一貫山駅で何度も陽太と会ったのは偶然ではない気がして理由を聞くと、天神で結がパラパラを無理強いされているところを見てしまい、心配でたまらなくて何度もこっそり様子を見に行ったという。しかも今日はカラオケボックスに拉致された。もしや事情があるのかと、陽太は店の外で待っていた。

陽太にはギャルたちが不良に見えるし、結がその仲間だとは信じたくない。

「おむすび、脅されとっちゃろ？　俺がガツンて言ってやろうか？」

「あ、いや、大丈夫。あの子たちに糸島フェスティバルの出し物手伝ってくれって言われとうだけやけん。それ終わったらやめるつもり」

結は事を荒立てないで、誰にも知られずにフェードアウトしたい。

「うちと陽太だけの秘密にして」

「俺とおむすびだけの？　お、おう、わかった！　ふたりだけの秘密やな！」

陽太はちょっと元気が回復して帰っていく。

結は自分のベッドに倒れ込んだ。疲労が一気に押し寄せ、先が思いやられる。

翌朝、聖人が農作業に勤《いそ》しんでいると、井出が機嫌のいい足取りでやって来る。

「聖人、ありがとうな。糸島フェスティバルの実行委員長、やってくれるっちゃろ？」

「実行委員長？　なんや、それ？」

井出が定食屋で食事をしていた時、永吉がわざわざ店に来て、聖人が糸島のために身を粉にして働きたいというから、重い役職につけてやってくれと頼んだという。

「あのクソオヤジめ」

聖人が小声で毒づいた。

「今度、実行委員のメンバーで打ち合わせがあるけん。ぜひ参加してくれ。頼んだばい！」

井出は必要なことを伝えると、聖人に何か言う暇を与えずに立ち去った。


結は『一』の練習を卒業し、恵美たち同様に臨書をするようになった。ところがこの日の結は、気が散って集中できない。朝、風見から、部活のあとで話があると言われている。まさか告白？　などと想像が膨らんでにやけそうになる。部活が終わり、片付けが済むと、部員たちがひとりふたりと書道室を出ていき、結と風見のふたりだけが残った。

「ごめんな、米田、急に。みんなに聞かれたら、ちょっと恥ずかしいけんさ」

照れたような風見に、結の期待はいやがうえにも高まる。

「米田の……それ。巻き布。野菜染めやろう？」

「……やさいぞめ？」

結は風見が指している物に目をやった。佳代が野菜染めの布で作ってくれた結の筆入れだ。

「ずっと気になっとってさ。いろんな野菜の煮汁を使って、木綿とか絹とか布を染める——」

「あ～、これはおばあちゃんがうちで採れたサツマイモの皮を使って染めた布で。ほかにも家にいっぱいあって」

風見は強い関心を示し、佳代の野菜染めを見学しに米田家まで来ることになった。

翌日、結から話を聞いていた佳代は、客間に野菜染めした色とりどりの手ぬぐいやタオルを並べて風見を迎えた。風見は興奮気味に一枚ずつ見ていく。そこで佳代に指導してもらい、結と風見とで実際に作ってみることにした。この日は玉ねぎの皮を使った野菜染めだ。

佳代が次々と指示を出す。結も風見も初めての野菜染めなので、一つ一つ教わりながら協力し合って作業を進めていく。いよいよ完成間際になり、佳代の声が軽やかになる。

「布を軽く洗うて、媒染液《ばいせんえき》に三十分ぐらいつけると黄色くなる。最後に陰干しや——」

きれいな黄色に染まった布が庭に干された。結と風見は肩を並べ、風にヒラヒラする野菜染めを楽しそうに眺めた。

夕焼け空の下を、結と風見は並んで歩いた。風見は野菜染めに出会う前、展覧会に出品する作品について悩んでいた。紙以外の物に字を書いたら面白そうだという発想がわき、何かいいアイデアがないか探していた矢先、結の筆入れが目に留まった。

「俺は書道って、もっと自由でいいと思っとう」

書道には堅苦しいイメージがあるが、実際にやってみれば、字を書くことも、見ることも、ワクワクして楽しいことだとわかってくる。多くの人に書道は楽しいと知ってもらいたい。

「そういうことを伝えられる書家になりたいと思っとう」

「すごい夢ですね」

「米田の夢は？」

結が将来の夢を聞かれたのは何度目だろうか。

「え……。うちの夢は……農家を継いで、平穏無事に生活することですかね」

「そっか……」

それきり、風間との会話は途切れてしまった。

誰も彼もが夢を語るが、結には今ひとつピンとこない。


次の土曜日、結はハギャレンのメンバーとゲームセンターに集まっていた。ネイリストになりたい鈴音が瑠梨にネイルをして、ダンサーを目指す珠子がクールなダンスを披露する。結はぼんやり見ているだけだ。そろそろパラパラの練習をしに行こうかとみなが腰を上げた時、警察官の川合と加藤がスーツ姿の男性と一緒に歩み寄ってくる。

スーツ姿の男性は刑事で、望月栄治《もちづきえいじ》の名前と顔写真のついた警察手帳を見せる。

「中央警察署少年課の望月です。君たちに恐喝事件について聞きたいことがある」

最近天神界隈で、派手な身なりをした数名の未成年らしき女性が、サラリーマンから金品を巻き上げる恐喝事件が多発している。望月はそう説明したが、瑠梨たちは誰も該当する女性たちを見かけたことはないし、ましてや疑われるなどもってのほかだ。

事件はいつも土日に発生していると、望月はまだ疑いを解いていないが、顔見知りのハギャレンを信じてくれた。

「ただここに集まると事件に巻き込まれるかもしれんけん、なるべく近づかないでほしいんよ」

川合から注意され、瑠梨が皆を促してゲームセンターをあとにした。

このあとすぐに結は帰宅したが、まだ不安が残っていて愛子と佳代にこの出来事を話した。

「ゲームセンターだけやなくて、パラパラの練習してた公園もダメだって」

「なんだ、せっかくこれ作ったのに」

愛子がメモの束を見せた。一枚一枚に結のイラストが描かれていて、パラパラ漫画のようにめくると結がパラパラを踊り始める。数日前、理沙がパラパラの振り付けノートを作ってくれた。愛子がそのノートを参考にして、得意の絵で作ったのが「パラパラのパラパラ漫画」だ。

「これなら振り、覚えやすいでしょ」

結は大喜びした。あとの問題はどこで練習したらいいのかだ。


日曜日の米田家にハギャレンのメンバーが集合した。愛子と佳代が客間を片付け、パラパラの練習場所として提供したのだ。ハギャレンが踊り、愛子と佳代は手拍子を打って盛り立てる。音楽が終わり、ギャルたちが最後のポーズを決めると、愛子から拍手が起きた。

「ムスビンママ、ありがと〜」

瑠梨がお礼を言い、珠子、鈴音、理沙の「ありがとうございます!」がきれいに唱和した。

佳代がいつの間に料理したのか、台所から野菜のせいろ蒸しを持ってくる。

「はい、蒸し野菜のバーニャカウダよ〜」

よねだ農園で採れた野菜で栄養価が高く、踊ったあとのおやつには最高だ。ギャルたちは「チヨ〜おいしい！」「野菜、めっちゃ甘くね？」など食べたり、褒めたり、口が休む暇がない。

理沙が指についたバーニャカウダのソースをなめ、はたと気づいて愛子に聞く。

「けど、大丈夫ですか？　ムスビンパパ、ギャル嫌いやって」

「それなら大丈夫。うちのお父さん、今――」


集会所のホワイトボードに『糸島フェスティバル会合』と書いてあり、議長役の井出が前の席で会合を仕切っている。集まっているのは八名ほどの実行委員で、地元の農業、漁業、畜産業、役場の人たちが意見を交わし合い、実行委員長の聖人は末席で聞いている。

「魚介のコーナーはもっと大きくできんとですか？　苦しいとは農家だけやないんでね」

古賀武志《たけし》が漁業者を代表して要望を出した。武志は漁師で、陽太の父だ。糸島の漁師は、鯛漁ができない冬から春までの間は出稼ぎに行く。これからを担う陽太のような若者は、そんな苦労をしてまで漁師を継ごうとはしない。漁業離れが加速し、すぐに手を打たないと糸島の漁業は終わると武志は危機感を募らせている。

「それは畜産だって同じたい」

畜産業の橋本《はしもと》が、人手不足、肥料や飼料の高騰など現状の厳しさを強調した。

「だからこそ、このイベントば大成功させたいとです！」

井出が熱弁を振るう。イベントに来る大勢の人たちに、魚や肉や農作物に関係なく、糸島の素晴らしい食材を知ってもらおう。糸島の未来のために一致団結しよう。

聖人の胸に苦い記憶がよぎる。

（米田さん、お願いします。これが商店街の未来のためになるんです）

聖人は神戸で暮らしていた頃、今の井出たちと同じ熱意に応えようとしていた。


「ねえ、アユさんの部屋見てもいい？」

理沙がちらっと二階のほうに目をやった。瑠梨、珠子、鈴音はすっかりリラックスしていたが、ここがアユの家だと思い出し、珠子は急に緊張し、瑠梨の声が震える。

「うちらにとってアユさん、カリスマだし」

「じゃあ、結、カリスマの部屋に案内してあげて」

愛子はいとも簡単にオーケーし、結の背中を押した。

歩の部屋に入った瑠梨たちは、使い残しのマニキュアや洗濯したルーズソックスにヒートアップする。結にはついていけないハイテンションで、楽しそうに記念写真を撮りまくる。

帰り際、ギャルたちは採れたて野菜をお土産にもらい、お世話になったお礼の挨拶を丁寧にしてから米田家を辞した。結は一貫山駅までギャルたちを送っていく。

「てか、ムスビン家、チョー居心地よかった」

瑠梨はお腹と心が満たされ、鈴音や珠子、理沙も心地よい時間を過ごした。

「まずい！　お父さんの車！」

結が向こうから来る聖人の軽トラに気づき、ギャルたちはサッと壁を作って結を隠した。

「てか、ムスビンパパって、そんな怖いん？」

鈴音が不思議そうに聞いた。

ギャルたちはみな、愛子や佳代のやさしさから結の父親が怖いなど想像できない。

「怖くないです。ただお父さん、すごく心配症で。だからできるだけ、心配かけたくないだけで……。そうなったの、全部お姉ちゃんのせいなんです。いつも家族に心配かけてばっかりで……」

結は、瑠梨、鈴音、珠子、理沙を順繰りに見て唇をかむ。

「みんなにとって、うちのお姉ちゃんは、すごい人なのかもしれんけど、うちにとっては……」

米田家では、愛子と佳代がギャルたちのことを話しながら、客間を元に戻したりしている。佳代が見ても、この日のギャルたちはみな礼儀正しくて素直だった。

「なしてあの子たちが、警察ん疑われんといかんのやろう」

「外見で判断されちゃうからね。私がそうだったし」

愛子はギャルたちの抱えるもどかしさがわかる。身に覚えがあるからだ。

「名古屋の元スケバンやもんね」

佳代がさらりと言った。昔話だし、愛子がいい母親だとわかっているから言える。

「ばってん安心した。結にいい友だちがいっぱいおって……歩は、こうやって友だち連れてきたこと、なかったたね」

佳代が歩のことを思い出していると、聖人が後ろを振り返るようにして帰ってくる。

「おい、今、すごい派手な女の子たちが歩いとった。どこの子や？」

「それより、どうだったの会合」

愛子が話を逸らし、聖人は会合を包んだ熱気を思い返して渋い表情になる。

「ん？　ああ、みんな、糸島のこと、真剣に考えとって、なんか居づらかった……。なんか、神戸のこと、思い出した」

一貫山駅で瑠梨たちを見送り、家に帰ろうとした結は、愛子くらいの年頃の女性が何か困っている様子なのに気がついた。今の電車から降りてきたらしいのだが、携帯電話が先方と繋がらないようだ。重そうな大きなリュックを背負って周囲を見回している。

結が声をかけると、その女性は住所だけが書かれたメモ用紙を渡した。

「ここさ、行ぎだいんだけども電話さ、繋がらなくて」

「近くなんで案内します」

しきりに遠慮する女性から、結は重そうなリュックを受け取って代わりに背負った。ズッシリとした重さが背中にのしかかる。汗をびっしょりかきながらメモの住所まで来ると、塀に『福岡西高校糸島寮』のプレートがかかっている。結が「はて？」と首をかしげて再度プレートを見た時、女性の携帯電話が鳴り、「うん、今着いだよ」と相手と会話している。さほど間を置かずにドアが開き、「母ちゃん！」と出てきたのは、鬼怒川の河童、福西のヨン様こと翔也だ。

「手紙の返事書かなかったぐれえで、わざわざ――」

言いかけた翔也が、傍らにいる結に気づいた。

「米田結？」

結はきまり悪そうに会釈した。

「あら？　知り合いがい？　この子が親切に案内してくれだの。そうだ、これ」

翔也の母、四ツ木幸子《さちこ》はリュックからパックに入ったイチゴを取り出し、自分の畑で採れたイチゴだと言って結に差し出した。

帰宅した結が食堂で愛子や佳代とおいしくイチゴを食べているところに、聖人が顔を出し、永吉が飲みに行って不在なのを確かめた。

「……結、ちょっといいか」

聖人の声音から、愛子と佳代は話の内容を察して居間へと移った。聖人とふたりきりのシチュエーションにされ、結はまさかギャルがバレて説教されるのではとヒヤッとする。

「え？　これ、怒られるやつ？」

「いや……結……もし、家族で神戸に戻ろうって言ったら、おまえ、どうする？」

「え？　戻るの？　いつ？」

「何も決まっとらん。ただ、結の気持ちを聞きたい」

「……今、そんなこと言われてもわからんよ」

「そうか。そうやな、ごめんな、急に」

聖人はバツが悪そうに食堂を出ていき、結は胸がざわついていた。


一日の授業を終えた帰路、結は海が見えるいつもの場所に自転車をとめた。この日は先客がいて、練習着にリュックサックを背負った翔也が結が来るのを待ちながら海を眺めている。

「お礼したかったんだけど家がわがんねんだから！　ほれ」

「いらん！　イチゴ、もういらん！」

結が断っても、翔也はリュックサックからイチゴが入ったパックを次々と取り出していく。そのはずみで一冊のノートが落ちた。ノートは落ちた勢いでページが開き、結がひょいと目を向けると『四ツ木翔也のサクセスロードマップ』とあり、「夢を叶えるためにやるべきこと！」が書いてある。盗み読みするつもりはなかったのだが読んでしまった。十一歳、十二歳とそれぞれの目標が箇条書きされていて、その次は「強豪高校に野球留学（大阪or福岡）」だ。

翔也が落ちたノートに気づいた。さっと拾い上げ、そそくさとリュックサックにしまう。きちんと書かれた目標に目を見張った結は、すべて翔也が立てたのかと率直に聞いてみる。

「当たりめえだ。ここに書いた目標は全部クリアしてきた。じゃねえとメジャーリーグなんて行けねえべ」

「メジャーリーグ？」

「俺の夢だ。絶対叶えてみせる。そのために今、必死にやってんだ」

結が黙り込み、ちょっと考えてから口を開く。

「……夢ってなきゃダメなんかな。農家継いで、平穏無事に生きるっていうのじゃ、ダメなんかな」

「いや、ダメじゃねえ。農家継ぐのは、立派な夢だ。ただ……平穏無事に生きるのが夢って、ちょっと寂しくねえが？」

結は曖昧に微笑み、どこか寂しげに海のかなたに目をやった。

しばらくして帰宅した結を、愛子はつけていた家計簿から顔を上げて呼び止めた。

「結。神戸のことは、ゆっくり考えればいいからね。もしお父さんが戻るって言っても、結が糸島に残りたかったら、そうすればいいから」

「……うん」

結は生返事をして、二階に上がろうとする足を止めた。

「お姉ちゃんって、何がやりたかったん？　なんで、あんな、不良みたいになったん？」

「……お母さんは歩が不良になったなんて全然思わなかったけどな」

結は腑に落ちない面持ちで歩の部屋に入った。派手な服や化粧品が並んでいる。

「……いや、不良やろ、どう見ても」

つぶやきながら本棚を見ると、『ギャルの掟』を書いた一枚の色紙が置いてある。歩の字だ。「掟その一・仲間が呼んだら、すぐ駆けつける」「掟その二・他人の目は気にしない。自分が好きな事は貫け」「掟その三・ダサいことだけは死んでもするな」

結が初めて知った時に、危うく「……しょうもな」と言いかけた掟だった。


次の土曜日。結は天神で瑠梨たちと待ち合わせた。瑠梨の知り合いのカラオケボックスの店長の好意で、一番広い部屋を無料で貸してもらえることになったからだ。これで心置きなく練習ができると喜んでいると、珠子がいきなり路地裏に向かって歩き出した。どうしたのかわからないまま瑠梨、鈴音、理沙が追いかけて、そのあとから結もついていく。

路地裏では、ジャージをだらしなく着崩し、まだらな金髪のヤンキーギャルが三人、サラリーマンの男を囲んで携帯電話をかかげ、痴漢の証拠写真を撮ったと騒いでいる。

「バラされたくなかったら、金出せ」

ヤンキーギャルが三人がかりでの金目当ての恐喝だ。

「……あんたらでしょ、天神界隈、荒らしとうの」

珠子がつかつかと詰め寄っていく。瑠梨、鈴音、理沙が続き、結も一番後ろに従っている。ヤンキーギャルたちが珠子たちに気を取られ、その隙をついて男が逃げ出した。

「うちら、あんたらと間違えられて迷惑しとうっちゃけど」

珠子が感情を抑えながらも強く抗議し、瑠梨は柔らかい口調で意見する。

「ね〜、もう、そういうことやめようよ」

穏便にことを済ませようとする瑠梨や珠子を、ヤンキーギャルたちが嘲笑《ちょうしょう》する。「バカじゃねーの！」と囃《はや》し立てられ、珠子の拳に力が入る。瑠梨がその手を押さえた。手出しをすればヤンキーギャルたちと同じになる。

「他人から見たら、うちら同類だから」

別のヤンキーギャルがあざ笑い、三人して珠子や瑠梨をコケにしてから立ち去ろうとする。

「全然違います！」

結は義憤《ぎふん》に駆られ、自分で気づいた時には一歩前に出ていた。

瑠梨、珠子、鈴音、理沙がみな、驚きをあらわにして結を見た。

「あなたたちと、彼女たちは、全然違いますから！　この人たちは、人に迷惑をかけるような悪いことは絶対にやりません。そういうダサいことをやらない掟があるんです」

結の真剣さが、ヤンキーギャルたちには片腹痛いだけだ。結はひるまずに踏ん張った。

「それに、あなたたちと違って、みんな、服もメイクもネイルも髪型もかわいいし、礼儀正しいし、ごはんだってきれいに食べるし、みんな、ちゃんと夢を持ってるんです！　だから――」

「うるせーよ！」

ヤンキーギャルたちが逆切れした。結に殴りかかろうとし、瑠梨たちが結を守ろうとする。

「やめなさい！」

駆けつけた川合が鋭く制した。恐喝された男が警察に駆け込み、少年課の刑事・望月や加藤とともに大急ぎで戻ってきたのだ。川合が確認すると、男はヤンキーギャルたちに恐喝されたと証言し、ヤンキーギャルたちはその場で警察官たちに連行されていった。

結がへなへなとその場にへたり込んだ。

「う〜〜〜！　怖かったあああ〜〜〜！」

怖くて足が震えていたと、へたり込んだままの結の背中を鈴音がさする。

「てか、それでよくあんなこと言えたね」

結はカバンに入れてきた色紙を取り出した。歩の字で書かれた『ギャルの掟』だ。

「この『ダサいことだけは死んでもするな』って、人に迷惑をかけるような悪いことをするなっていう意味ですよね……うちは、ただ、それだけ言おうと思って」

瑠梨が、珠子が、鈴音が、理沙が結の肩を抱き、「ありがと〜！」を繰り返した。

この騒動が大事にならずに済み、結が帰宅して歩の部屋に色紙を戻した時のことだ。玄関から「ただいま〜〜〜」と声がして、結は二階から階段を転がるようにして降りた。

「お姉ちゃん？」

黒髪で清楚な雰囲気の若い女性がにこやかに立っている。

第4章　うちとお姉ちゃん

ほんの数日間旅行に行ってきたかのような気楽さで、歩は高級ブランドのボストンバッグから東京で話題の洋菓子マカロンを取り出した。お土産だという。見た目もきれいで、おいしいマカロンに、永吉や佳代はすぐに手をのばして舌鼓を打った。

同じ食卓を囲みながら、結、愛子、聖人は神妙な顔を並べている。三人でヒソヒソと、前もって歩から愛子に連絡がなかったのか、なんで急に帰ってきたのだろうなどとささやき合う。

「何コソコソ話してんの？　何か聞きたいことあるの？」

歩から単刀直入に聞かれた聖人は、結と愛子から「聞いて」と催促する視線を感じる。

「……それ、俺にも一つ」

とうとう聖人は、肝心なことを聞けずにマカロンを口に入れてごまかした。

歩はのびのびと振る舞い、疲れたから部屋で休みたいと腰を上げる。

「あ、お母さん、もし私宛てに電話がかかってきても、いないって言ってね。めんどいから」

歩が二階に上がると、残った家族が一斉に顔を寄せ合った。「電話に出るなって、どういう意味や？」「こっちにおるの誰にも知られたくないんやろ」「なんで知られたくないん？」聖人と佳代がボソボソ会話し、愛子は歯がゆくなって聖人をせっつく。

「気になるなら自分で聞きなさいよ」

「お姉ちゃん、髪の毛も黒いし、服装も全然違うし、別人みたいやったね」

結は一瞬目を疑ったほどで、永吉は妄想が膨らんでサスペンスドラマの世界に入る。

「追われとうけん、姿ば変えとうっちゃろ。男か、借金取りか、はたまた警察か」

佳代が永吉の肩をひっぱたいて叱り、二階からは「ゆい〜、ゆい〜」と歩が呼んでいる。

「今日、あんたの部屋で寝る。あんた、こっちで寝て」

歩は自分の部屋は埃《ほこり》っぽいから嫌だと、結の部屋に勝手に入ってぴしゃりとドアを閉めた。

鼻先でドアを閉められた結は、部屋の中で歩の携帯電話が鳴っているのを聞いた。その後もコール音が執拗《しつよう》に鳴り続けるが、歩は携帯電話に応じようとしない。結局コール音は夜中の二時過ぎまで断続的に鳴り続け、結はなかなか寝付けなかった。

翌朝、結は睡眠不足の顔で食卓についた。歩はまだ起きてこない。結が眠れなかった理由を家族に話していると、やっと歩が二階から降りてくる。

居間に入ってきた歩は、永吉が見ているテレビのチャンネルを断わりもなく変え、聖人が読んでいた新聞を横取りするなど、やりたい放題をしたあげくどこかへ出かけていった。

授業を終えた放課後、結の席に、陽太が周囲に注意を払いながら来る。

「おむすび、姉ちゃん帰ってきたってマジか？　街のみんなが噂しとう」

結は「えええ」とつい大きな声をあげ、口を押さえて陽太に小声で言う。

「お願い、誰にも言わんで。特に――」

結が、チラッと理沙を見る。理沙は気にせずにギャル雑誌を読んでいる。結がふぅと息を吐いた時、教室に担任の松原が入ってくる。

「米田！　アユ、帰ってきたんやってな？」

「さ、さあ」

結はとぼけてごまかそうとして、目を泳がせながら理沙をうかがう。理沙の指が猛烈な速さで携帯メールを打ったかと思うと、カバンを引っつかんで教室を飛び出した。


歩は糸島の商店街をブラブラ歩き、顔見知りに声をかけられるのが煩《わずら》わしくて家に戻った。客間でダラダラし、携帯電話が鳴っても無視していたのに、佳代が「お友だち来んしゃったよ。ギャルちゃんたち」と案内してくる。歩が逃げ隠れする暇もなく、ギャルファッションの四人が入ってきた。四人は直立不動で一列に並び、気合十分に挨拶する。

「はじめまして！　博多ギャル連合、八代目総代表、真島瑠梨ですっ！」

リーダー格の瑠梨が自己紹介したあと、佐藤珠子、田中鈴音、柚木理沙が次々に名乗った。

一方、慌ただしく帰宅した結は、玄関で靴を脱ぐのももどかしく客間に駆け込んだ。その目の前で、瑠梨たちが『ハギャレン』のマークと文字が入った旗を広げた。

「先代のミッキーさんから、これを託されました。あと、これも」

一枚の写真を出した。渋谷１０９の前で、歩がギャルたちの真ん中で笑っている写真だ。

「うちがギャルになったのも、ハギャレンに入ったのも、アユさんにずっと憧れてたからです」

現在のメンバーはここにいる四人だけだけど、「糸島のイベントでパラパラを踊って優勝し、ハギャレンのメンバーを増やして以前のような活気を取り戻しますッ」と瑠梨が意気込みを語り、珠子が「観に来てください！」と顔を紅潮させる。

「はあ？　行くわけないじゃん、そんなの」

歩は素っ気なく旗と写真を突き返した。

「てか、ギャルとかもうやめな。チョーダサいから。そのハギャレンも死ぬほどハズいから、とっとと潰しちゃいなよ」

歩にこれほど冷たくされるとは、瑠梨たちは予想もしていなかった。

「そんな言い方ないよ。みんな、お姉ちゃんに憧れて、一生懸命守ってきたんよ」

結がギャルたちの気持ちを汲むと、歩はまさか結とギャルたちが友だちなのかとあきれた。

「あんたさ、もっと付き合う子、考えたほうがいいよ」

瑠梨たちがうなだれるのを見て、結にはなぜ彼女たちがこれほど傷つかなくてはならないのか釈然としない。結は歩の妹であることに、家族がギクシャクすることに、ずっと耐えてきた。

「……こうなったの、全部お姉ちゃんのせいなんやけど。お姉ちゃんがリーダーやったけん仲間になってほしいって頼まれたんよ」

「あんた、変わってないね、できもしないこと引き受けて、苦しくなって、お人好しなお父さんと一緒じゃん。いい加減、いい子のフリするのやめなよ」

「いい子のフリなんてしてない！　うちはお姉ちゃんみたいな生き方がイヤなの！　いくら辛いことがあったからって好き勝手やって、家族に迷惑かけたくないの！」

結は感情が高ぶってきて、激しく胸が上下する。

「辛かったの、お姉ちゃんだけやない！　うちだって辛かった！　苦しかった！　悲しかった！

神戸のことも、真紀《まき》ちゃんのことも！　お姉ちゃんなんて大嫌い！」

結はずっと蓋をしてきた感情を爆発させて家を飛び出した。

呆然とする歩の横をすり抜けて、瑠梨たち四人が急いで結を追いかけていく。

結は海まで一気に走った。言葉にならない思いを、喉が張り裂けんばかりの声で叫んだ。


十年ほど遡った一九九四年十月。当時結はまだ五歳で、聖人、愛子、歩の四人で神戸で暮らしていた。

聖人はその頃『神戸さくら通り商店街』という商店街の一角で、バーバー米田という理髪店を営んでいた。かつては好況だった名残りがある昔ながらの商店街で、結たち家族はサインポールが回る理髪店の二階を住居としていた。

聖人と愛子が店で働いている昼間、結はぶかぶかのセーラー服を着て居間の鏡に姿を写している。衣替えの季節となり、中学二年生の歩はもう冬服を着ている。そこで空いている夏服を、結がちゃっかり借用しているのだ。結の横には大好きなセーラームーンの漫画が置いてある。漫画のヒロインもセーラー服で、結はヒロインと同じツインテールに髪を結ぼうと四苦八苦している。そこに歩が親友の渡辺《わたなべ》真紀と一緒に帰ってきた。

「ゆい、セーラームーンになりたいねん。ねえ、おねえちゃん、かみやって」

歩が苦笑して結の髪をツインテールにしている間、真紀がカバンからＣＤを出してＣＤラジカセにセットした。安室奈美恵 with SUPER MONKEY'S の『PARADISE TRAIN』が流れる。真紀の一押しのアーティストだと知り、歩は曲に聴き入り、すぐに大好きになった。

「ほな、このCD、あゆちゃんにあげる」

「ええの！　ありがとう！」

歩が大喜びし、同時に結の髪がかわいらしいツインテールに仕上がった。

「やった！　セーラームーンにへんしんや！」

バーバー米田では聖人が小学校教師・大崎彰《おおさきあきら》の髪を切り、愛子は待合室に来ている総菜店の佐《さ》久間《くま》美佐江《みさえ》やテーラーの店主・高橋要蔵《たかはしようぞう》の話し相手をしている。ここは顔見知りのたまり場のようだ。そこにツインテールの結が弾むような足取りで来て、歩と真紀も笑顔で降りてくる。

美佐江が総菜の入った入れ物を、歩と真紀にそれぞれ手渡した。

「うちのお総菜。タコのやわらか煮と、お野菜の揚げびたし」

「ゆい、タコすきやけど、やさいきらい」

子どもにありがちな野菜嫌いで、高橋がちょいと結をからかいたくなる。

「好き嫌い言うとったらウルトラマンになれへんぞ」

「ウルトラマンちゃうわ！　セーラームーンや！　おっちゃん、月にかわっておしおきすんで！」

結がセーラームーンのポーズをすると、ツインテールがかわいらしく揺れた。

理髪店のドアが開き、「聖ちゃん、ちょっとええか？」と整体院の院長・福田康彦《ふくだやすひこ》が顔を出した。

そのあとから市役所の若林建夫《わかばやしたてお》も入って来て、『さくら通り商店街アーケード設置計画』の資料を聖人に差し出した。

「みなさんから要望のあった商店街にアーケード設置する計画。いよいよ動き出すことになりまして。それで商店街側の責任者をどなたかにお願いしよう思いまして」

聖人ら居合わせた人たちの表情が明るくなる。商店街に活気を取り戻したいというのは共通の願いだ。では誰が責任者として適任かというと、聖人の真面目な人柄が見込まれた。

「責任者？　いや、俺みたいなよそ者にはムリやって」

聖人が神戸に来たのは十七年前だ。その後、愛子と所帯を持ち、福岡の頃から世話になった理髪店・川端から独立し、歩と結という娘を育てている。福田たち商店街の人々にとって、聖人はよそ者どころかとっくに神戸の人間だ。若林も、聖人の人望に信頼を寄せている。

「米田さん、お願いします。これが商店街の未来のためになるんです」

福田や美佐江たちから口々に頼まれ、聖人は迷いを吹っ切った。

「やります」

「お父さん!?　も〜、また安請け合いして」

愛子が危惧したとおりだ。聖人は頼まれたら断れない性分で苦労するのが目に見えている。

聖人にすれば、夫婦ともに神戸の人間ではないのに温かく迎えてくれた恩返しをしたい。

「今、役に立たんでいつ役に立つんや。俺に任せてください」

聖人は商店街を一軒一軒説得して回った。アーケードを設置するには費用がかかり、反対する者がいるのは覚悟している。なかでも渡辺靴店の店主・渡辺孝雄《たかお》が強硬に反対してまともに話を聞こうともしない。孝雄は真紀の父親でもある。

この日も聖人が孝雄を説得している渡辺靴店に、真紀が歩と一緒に帰ってきた。

「真紀。もうここん家の子と遊ぶな」

孝雄はダメだの一点張りで、妻に先立たれてからますます意固地になっている。

十二月になった。バーバー米田の二階で、歩と真紀は安室奈美恵の歌を聴いたり、ファッション雑誌を見たり、夢を語り合い、ずっと親友同士でいようと約束の指切りをした。

「真紀、おるんやろ」

階下から、孝雄の怒声が聞こえ、歩と真紀は仕方なく階下に降りた。店には聖人、愛子のほかに福田、美佐江らが集まっていて、強引に真紀を連れ帰ろうとする孝雄に意見する。ことに聖人は、商店街をめぐる父親同士の対立に仲良しの娘たちを巻き込みたくない。

みなから責められた孝雄は、頭に血が上り、聖人を卑怯だと非難した。

「子どもをだしにして、俺にアーケードの設置を認めさせたいんやろ！」

結は待合室にいて、絵の上手な愛子にねだってスケッチブックに描いてもらったセーラームーンをうれしそうに見ていたが、やかましく騒ぎ立てる大人たちの間にトコトコと割って入った。

「みんな、なかよく！　ケンカしたあかん！」

大人たちが虚をつかれ、歩が急いで結の口をふさいだ。それをいいことに、孝雄は真紀の腕をつかんでバーバー米田から出ていった。

糸島の海は凪《な》いでいるが、結の心は大きく波打っている。ケンカを止められなかった。セーラームーンにはなれなかったと、小さな胸を痛めたことが思い出されて涙がこみあげる。

「ムスビン……。もう、今日でハギャレンの活動やめる」

結が振り向くと、瑠梨がしょんぼり立っていて、珠子、鈴音、理沙も覚悟を決めた悲しげな顔をしている。崇めていたアユから「潰しちゃいなよ」と言われたら、もうハギャレンを続ける意味がない。結に迷惑をかけたと謝って、瑠梨、珠子、鈴音、理沙は去っていった。

同じ頃、歩は荷物をまとめ、愛子にも行き先を告げずに家を出ていた。暗くなりかけた博多・中洲《なかす》を歩いていると、かつてハギャレンと敵対していた天神乙女会《てんじんおとめ》の大河内明日香《おおこうちあすか》がメンチを切ってくる。今はキャバクラ嬢をやっていて、やたら派手な格好が目立っている。

「やっと会えた。うち、あんたときっちり勝負つけたいって思ってたんよ」

歩と明日香が勝負の場に選んだのは、カフェバーＨｅａｖｅｎＧｏｄだ。ふたりは博多ラーメンの大食い競争で勝負をつけようとしている。いい加減食べ飽きたところで、歩が勝ちを明日香に譲った。これで手打ちだ。明日香が先にカフェを出て、あとから歩も帰ろうとする。

「やっぱりここだったか。じゃあ、私、バーボン。ロックで」

母の愛子がにっこり笑いかけて、驚いている歩の隣に座った。

「なんでここにいるってわかったの」

「あの時の歩と同じだよ」

ギャルだった頃の歩が、この店でよく仲間と集まっていたのを愛子は知っている。だから歩の行動を予想してこの店に来てみた。あの時――神戸での歩も同じ発想で動いた。

一九九五年一月。聖人たちと孝雄はアーケード設置の件で対立したまま新年を迎えた。

夕方、聖人と愛子が理髪店の掃除をしている時、歩が大慌てで店に駆け込んできた。

「お母さん、結、どこ？　二階におらんけど」

結の姿が家の中に見当たらない。愛子が蒼白になり、歩と手分けして結を捜しに行こうとする。そこを学校帰りの真紀が通りかかり、事情を聞くと、歩と一緒に結を捜しに走っていく。

店には福田、高橋や美佐江が駆けつけ、聖人は警察に連絡しようと受話器を手に取った。

「うちの真紀、また来とるんやろ！」

孝雄が乗り込んできたが、結が行方不明だと知り、ことの深刻さに押し黙った。真紀も心配して歩と一緒にあちこち捜している。孝雄は帰るに帰れなくなり、気まずく店にとどまった。

結はこの時、薄暗くなった神社の境内に貯金箱を抱えて入っていた。賽銭箱の前に立ち、貯金箱に入っている小銭を全部出す。寒風に木々がざわめき、カラスが不気味な声で鳴く。ビクッとした結は大事なお金を落としてしまい、拾おうとするけれど怖くなってしゃくりあげて泣いた。

突然、「結！」と呼ぶ声が聞こえた。歩が駆け寄ってきて、結をしっかりと抱きしめた。真紀も近寄ってきて、べそをかいている結の髪をやさしくなでた。

バーバー米田まで三人で帰ると、愛子が泣き笑いで結を抱きしめた。店に集まっていた商店街の人たちは一様に安堵の息をついた。

聖人がどうしてひとりで神社に行ったのかと理由を聞くと、結がまっすぐに父親を見つめた。

「ゆい、かみさまにおねがいしにいってん。みんな、ケンカせんと、なかようなりますようにって」

結の願いが大人たちの胸を揺さぶり、みなの視線が店の片隅にいる孝雄に集まった。

「ナベさん、子どもにこんな思い、させるのやめましょう」

孝雄は何も答えず、顔をそむけて店から出ていく。そのあとを真紀が追いかけた。

アーケード設置については、孝雄以外はほぼ賛成している。当初の計画どおり、翌二月からの着工が決まった。


カフェバーHeavenGodで、愛子はグラスを軽く傾けた。

「結がいなくなって大騒ぎになって。でも歩だけ、結が行きそうな場所気いついて。あれと同じ」

「……あったなあ、そんなこと」

だからといって歩がこのまま家に帰れば、結の感情を逆なでするだろう。

「そんなことないよ。歩のおかげで、やっと結の本音が聞けたんやから」

糸島に引っ越してから、結はほとんど神戸の話をしようとしなかった。愛子はそのことがずっと心に引っかかっていた。

「歩だって、みんなと神戸の話をするために帰ってきたんやないの？　お母さんも話したい。だからお家、帰ろう」

愛子がグラスの酒を飲み干し、東京に戻るという歩を引き留めた。


その頃、米田家では、佳代がおむすびを握って結の部屋に運んでいった。

結はベッドに突っ伏している。

「……いらない」

「ばってんおいしいものを食べたら悲しいこと、忘れられるよ。どげんする?」

「……食べる」

結がおむすびを食べるのを、佳代は慈愛に満ちた笑みを浮かべて見つめている。

結の机には、愛子が作ったパラパラのパラパラ漫画が置いてある。

「ばってんちょっと残念やねえ。だってもうギャルちゃんたちとイベント出らんのやろ」

佳代がパラパラ漫画をめくると、イラストの結が踊り出した。

佳代が階下に降りていくと、結はハギャレンと撮ったプリ写真を手に取った。ハギャレンと出会った当初はしつこくて腹が立ち、やがて少しずつ彼女たちの抱えている寂しさがわかってきた。

結はじっとプリ写真を見つめ、おもむろに携帯メールを打ち始める。

愛子と歩が玄関の戸を開くと、佳代がおむすびの皿を手に階段を降りてきた。佳代に促されるように、歩は二階に上がり、結の部屋の前に立った。ドアをノックしようとするがためらいを消せない。しばらく迷ったのち、歩は階下へと戻っていく。

次の日、結はゲームセンターで瑠梨、珠子、鈴音、理沙と会った。前夜『ぉ原頁ぃιナニぃ事カ゛ぁι）ます（お願いしたいことがあります）』とメールを打ち、来るのを待っていた。

「うち、思ったんです。ハギャレンは、もうお姉ちゃんのものやなく、みんなのものだって。あの人が言ったからって、みんなの大切な場所をなくしたらダメだと思うんです。ハギャレンはダサくなんてない。それをイベントで証明しましょう」

結が糸島フェスティバル『アマチュアパフォーマンス大会』への参加を呼びかけた。

何日かした土曜日。米田家を陽太が訪れた。愛子がパソコンで家計簿をつけようと思い立ち、以前から結に頼まれていた陽太がセットアップしに来たのだ。

「ねえ、あれはできる？　今流行ってる日記みたいな」

愛子がブログに興味を持ったのは、得意な絵なども描けて楽しそうだからだ。陽太は家にあって使わないスキャナーを持ってくると約束し、結の姿がないので遠慮がちに聞いてみる。

「……今日、おむすびは？」

「明日の本番に向けて、追い込みだって」

いよいよ翌日、糸島フェスティバルが開催される。

結たちはパラパラの練習を再開していた。ことに結は遅れを取り戻そうと必死にがんばった。珠子の指導に従い、理沙との自主練に励んだ成果が出ている。ただ余裕がないのか表情が硬い。

決めポーズを取ると、瑠梨はかなりの手ごたえを感じて珠子の感想を求めた。

「うん、振りは完璧」

珠子が合格点を出し、結もみなと一緒に喜んだのだが、それもつかの間。

「ただムスビンだけ、何か足りんのよね」

「何が足りないんですか？」

結は今からでも直したいが、珠子は「うーん……」と言葉ではうまく表せないようだ。

「てか、気合い入れれば大丈夫っしょ！」

沈みかけた気持ちを払拭するように、瑠梨が朗らかにみなを励ました。

　一方米田家では突如、永吉が『アマチュアパフォーマンス大会』にマジックで参加すると言い出した。その女性アシスタントを歩に押し付けようとして顰蹙《ひんしゅく》を買い、こりずに愛子か佳代に頼もうとする。どちらからもそっぽを向かれた永吉は、プイとどこかに出かけていった。

　ついに『糸島フェスティバル　２００４』当日となった。聖人は実行委員の腕章を付け、井出ら実行委員と入り口に看板を設置した。会場は屋台などが出て、お祭りのように賑わっている。

　ハギャレンはいったん米田家に集合した。結に派手な衣装を着せ、爪にネイルを塗る。まな板の鯉になっていた結だが、瑠梨がファンデーションを塗ろうとした時だけ抵抗を試みる。

「うわっ、泥やん！　顔に泥塗られよう！」

　結は目にカラコンが入り、長いまつげをつけ、正真正銘のガングロギャルに変身した。

　愛子が襖の向こうから、出かける時間が近づいたと声をかけてくる。

「あ、ムスビンママ～、ちょっと見て」

　瑠梨が「じゃーん」と襖を開くと、愛子がガングロギャルの結に目を見張る。

「すごいカワイイ！」

　メイクをした瑠梨たちにとっても、マジかわいくギャル化した結の出来栄えは自信作だ。とはいえ、瑠梨はどうしてもアユこと歩へのこだわりを捨てきれない。

「アユさん、見に来る？」

「行かないって。どっか行っちゃった」

　愛子と瑠梨の会話に、結はリップを手に押し黙った。仕上げのリップは自分でと、瑠梨から手渡されたまま動きが止まっている。愛子に声をかけられ、結は気を取り直した。鏡を見ると、ギャル仕様の結が映っている。結は唇にリップを塗り、自らの手でガングロギャルを完成させた。それを合図に、結の胸が高鳴ってくる。

ハギャレンは連れ立って糸島フェスティバル会場に入った。屋台の一つで、陽太が父・武志と浜焼きをやっている。結は陽太と「がんばれよ」「うん！」とアイコンタクトを交わし、『アマチュアパフォーマンス参加者・待機所』の貼り紙の方向へと向かっていく。

司会者がマイクを手に、特設ステージの壇上に現れた。

「それではアマチュアパフォーマンス部門のスタートです！」

フェスティバルはテレビで生中継され、カフェバーＨｅａｖｅｎＧｏｄでも流されている。歩は興味なさそうにビールを飲んでいたが、携帯電話に着信したメールを見たとたん表情が変わる。

糸島フェスティバルの会場近くの道では、翔也がランニングに汗を流している。伴走しているのはキャッチャーの野崎幸太郎《のざきこうたろう》だ。幸太郎はかなり息があがっていて、ひと休みできないかと周囲を見回すと、ちょうどいいイベントが目の前で開催されている。

「ちょっと寄っていこう。たまには息抜きも必要だってイチローが言ってたぞ」

幸太郎はいい加減な作り話で、翔也をイベント会場へと引っ張っていく。

イベント会場の特設ステージでは参加者によるプログラムが進行していて、地元の小学生で八歳の女の子が『ラヴ・イズ・オーヴァー』をしっとりと歌い上げている。

結は参加者の待機所で、手に携帯電話を握りしめ、緊張して出番を待っている。

ステージ前の客席に、愛子と佳代が入ってくる。結たちハギャレンの出番を確かめようとパンフレットを開いた愛子は、次に催されるプログラムに「えっ」となって佳代をつつく。

壇上の司会者が次のアマチュアパフォーマンスを紹介する。

「さあ、続いてはエントリーナンバー5番。『ミスターA吉のマジックショー』です。はりきってどうぞ！」

『オリーブの首飾り』の曲が流れ、シルクハットにタキシードの永吉がスナックひみこのママ・ひみこをアシスタントに登場した。永吉は堂に入った華麗なマジックを披露し、ひみこもアシスタントを手際よく務めている。

「ラストは大ネタ。私がこの箱に入って、剣ば刺してもらう脱出のマジックです」

永吉が見事な剣さばきで紙を切り、本物だと証明してから箱に入る。ひみこは一抹の不安が残り、箱に錠を下ろしながら「本当に大丈夫?」とささやき、箱の中の永吉が「大丈夫たい。刺さらんようになっとう」とささやき返した。

照明が変わってドラムロールが流れる。ひみこが「ハッ！」と剣を箱に突き刺した。

「あいたーーーーす！（痛でえええええええ！）」

永吉の悲鳴に、ステージ裏で見ていた聖人や井出たちが大慌てでステージに駆け上がって箱ごと永吉をステージ袖へと移動させていく。ひみこもあたふたと袖へと退いた。

客席では愛子と佳代が同時に立ち上がり、佳代が愛子を押しとどめた。

「次、結たちやけん、愛子さんはここで見とき」

永吉と反対側のステージ袖では、ハギャレンが待機中だ。瑠梨、珠子、鈴音、理沙が円陣を組み、結がその輪に加わると、瑠梨の号令で「ハギャレン！」「最強ー！」と気合を入れる。

「続いては『博多ギャル連合』の皆様による『パラパラダンス』です！」

司会者に紹介され、ガングロメイクの結たちが特設ステージに登場した。客席のどよめきは必ずしも好意的ではないが、瑠梨は果敢にマイクを握った。

「ど〜も〜！　うちらは博多ギャル連合、略して――」

「ハギャレン！」

結、珠子、鈴音、理沙の声がきれいにそろった。

「パラショーやるためにチョーがんばったんで、みんな、ブチあがろー！　ミュージックスタート！」

瑠梨が会場全体をあおり、メンバーが音楽に乗ってキレのあるパラパラを踊り始める。

結が客席を見ると冷めた雰囲気で、怪訝そうないくつもの顔を向けられる怖さに緊張感が一気に高まった。踊りはリズムに乗れず、ひとりふたりと席を立つ客が視界に入って集中できない。アッと思った時には振りを間違え、焦れば焦るほどメンバーの動きとズレていく。瑠梨たちはみな笑顔で踊っていて、ステップを踏みながらひとりひとりが結のそばで「ムスビン、笑顔！」と元気づけ、「ほら、クロスしてーくるっとピース！」など結がノリやすいように誘導する。

ひとりじゃない。結は勇気づけられ、メンバーとの呼吸がだんだん合っていく。

そんなステージとは対照的に、客席のテンションはなかなか上がってこない。音楽がサビに差しかかり、珠子が一段とリズミカルな踊りで前に出ていき客席に呼びかける。

「みんなも一緒にー！　両手をあげてーいえいいいえい！　クロスしてーくるっとピース！」

「みんな、ブチあがろー！」

瑠梨がテンションアゲアゲに叫ぶと、客席の子どもたちが音楽に合わせて踊り始める。

永吉はさほどのケガではなく、ステージ袖からパラパラのパフォーマンスを見物している。佳代が手拍子を打ち、永吉とひみこも楽しくノッてくる。聖人はまったく結に気づいていない。

ステージでは、ハギャレンのパラパラが佳境を迎えている。結は楽しそうに踊る仲間たちの笑顔に囲まれて緊張が解けていく。ただ一緒に楽しめばいい。自然に体が動き、踊りながらステージの前へと進んでいく。

「みんなも踊ろう！　両手をあげてーいぇいいいぇい！　クロスしてーくるっとピース！」

客席がどんどん活気を帯び、陽気な手拍子に沸き立ってくる。愛子も大きく手拍子を打つ。

書道部が何人か来ていて、大竹部長が「つまらん」とムスッとする横で、恵美が「バリ楽しいですよ！」と気持ちよさそうに手拍子を打つ。

陽太はもちろん、翔也、幸太郎も手拍子をする。

結は自分でも驚いている。踊ることがこれほど楽しいなんて初めて知った。瑠梨も珠子も鈴音も理沙も心から踊りを楽しんでいる。結は心の中で「楽しい！」と歓声をあげていた。

翔也が何かを感じ、ステージ上の結に目を凝らした。

「?……もしかしてあれって」

客席が盛り上がる中、歩がひとりで現れる。愛子が気づいて歩み寄った。

「来てくれたんだね」

「結からメール来た」

歩が携帯電話を開いてメールの画面を見せた。結はステージに上がる直前、歩に『糸色文寸見τレまιレ、カゝら゛来τ（絶対見てほしいから来て）』とメッセージを送っていた。

愛子はメールのギャル文字を見て、その目をステージで踊る結に向ける。

「結、子どもの頃みたいな顔してるね」

特設ステージの結の笑顔と、セーラームーンが大好きだったあどけない笑顔が重なった。

結は今、まぶしいほどの笑顔で踊っている。やがて音楽が終わり、ギャルたちが決めポーズをとると、客席から割れんばかりの拍手が沸き起こった。

「ムスビン、わかった？　足りないもの」

「はい！」

珠子に聞かれ、結は晴れ晴れとして答えた。客席に一礼し、顔を上げた結は、愛子の隣にいる歩に気がついた。歩もそれがわかったのだろう。すっと背を向けると会場を後にした。

エントリーされたすべてのパフォーマンスが終了し、参加者が特設ステージに集合した。結たちハギャレンのメンバーと、永吉・ひみこのマジックコンビが同じステージに上がっている。

審査委員長の早川瞳《はやかわひとみ》が登壇し、優勝者を発表するためにマイクを持った。

「それでは第一回糸島フェスティバル・アマチュアパフォーマンス大会。優勝者は……」

ドラムロールが流れ、参加者がみな固唾《かたず》をのんだ。

「……エントリーナンバー3番。ラヴ・イズ・オーヴァーを歌った糸島小学校二年生の林亜美《はやしあみ》さんです！」

林亜美が跳び上がって喜び、永吉が素早く審査委員長からマイクを奪った。

「なし優勝は俺やないとか！」

聖人が泡を食ってステージに駆け上がった。

「オヤジ、みっともないけんやめろ！」

聖人と永吉とでマイクを取り合い、審査委員長も巻き込んでの取り合い合戦になる。

その隙をついて瑠梨がひょいとマイクを奪い、カメラに向かってとっておきの笑顔を作る。

「うちら、仲間と一緒に筋通してギャルやってまーす！　みんな、うちらと青春しよう！　メールしてねー！」

理沙がハギャレンのメールアドレスが書かれたスケッチブックを掲げる。

「マジ楽しいから、待ってるよ！」

みなで手を振ったりしているのを見て、結もぎこちなく呼びかける。

「えっと、待ってまーす」

永吉が回り回ってマイクをつかんでいる。何か言おうとして、結の声に気を取られた。

「ん？　今の声？　結か？」

永吉の声がマイクを通して会場に流れている。ギクッとする結に、永吉が目をむいた。

「やっぱり、結ばい！　何しようとか、そげな化粧ばして！」

聖人には信じられない。いや、信じたくなくて結本人に聞いてみる。

「結なんか？」

客席の反応もさまざまで、恵美はびっくりし、陽太は結のことを心配する。翔也が「……やっぱり、米田結」とつぶやいた。

結は逃げるようにステージを駆け下りた。走り抜けようとする結の前に、けっして見られたくなかった相手が立っている。

「か、風見先輩⁉」

「すごかったな！　びっくりしたよ！　な、優里亜《ゆりあ》」

風見は隣にいる女の子、神崎《かんざき》優里亜に話しかけた。

「うん！　面白かった！」

優里亜は風見と同じクラスで、英語が得意な才色兼備といわれている。

結は言葉もなく、風見と優里亜が仲良く立ち去っていく後ろ姿を見送った。

結の肩をポンと理沙がたたいた。しょんぼりする結を、瑠梨、珠子、鈴音が抱き寄せた。


海が見えるいつもの場所に、結とハギャレンがたたずんでいた。みな化粧を落としている。結は潮風に吹かれてぼんやり海を眺め、瑠梨、珠子、鈴音、理沙が所在なく見守っている。こんな時は、ありきたりの慰めなんか役に立たない。

「ま～ま～、今日はそっとしておこー」

瑠梨が目で合図し、ハギャレンのメンバーが結を気にしながら帰っていく。

陽太は離れたところで様子を見ている。結がひとりになったのでそばに行こうとすると、先に翔也がすっと結の傍らに近づいていく。陽太はどうしようか迷った。そこに理沙が戻ってくる。

理沙は翔也がいることに気づかず、結をひとりにしてあげてほしいと陽太を連れていった。

「米田結」

「……なんだ、河童か」

「見たぞ、おめの踊り」

「……あんたも笑いに来たん？」

「いや、感動した。おめ、あんな楽しそうな顔すんだな」

「……どういう意味」

「だって、いつも寂しそうな顔してっから。最初にここで会った時も――」

トマトにかじりついた結の笑顔がはじけた。つい見とれていた翔也は、結の笑顔にすっと影がよぎったことに気がついた。その次に会ったのは、翔也がイチゴを渡した日だ。ひとりで海を見つめていた結の後ろ姿が、声をかけるのをためらうほど寂しかった。

結はまだ翔也には話していないが、最初は歩の存在をクラス中に知られてしまった日で、次は聖人とぶつかってギクシャクしていた頃だ。

翔也がそっと結の顔をのぞき込む。

「なんで、あんな顔、いつもしてんだ」

「……たぶん、あの日から」

「あの日って」

「……九年前。一九九五年一月十七日」

潮風が強く吹き、結の髪がなびいた。

第5章　あの日のこと

聖人は『さくら通り商店街アーケード設置計画』の責任者として、設置を実現するために奔走していた。そうした多忙な中で一九九五年を迎え、結は六歳になっていた。

この年の一月十六日は、理髪店が定休としている月曜日で祝日の振替休日でもある。夕方、バーバー米田に集まったのは、アーケード設置に尽力する商店街の福田、美佐江、高橋そして市役所職員の若林だ。

若林がアーケード設置賛成者リストから顔を上げた。

「商店街の意見まとめてくれて。さすが、米田さんや」

「でも結局、ナベさんは説得できんかったから」

聖人は返す返すも残念だ。

「ただいま！」と、歩と真紀が声まで仲良くそろって店に入ってくる。結は店の隅でセーラームーンのお絵描きをしていて、歩と真紀が帰ってきたのでパッと喜色を浮かべた。

歩は手にブティックの紙袋を持っている。真紀に誘われてショッピングに行ったトアロードは洗練されたファッションの発信地といわれている。

「めっちゃ楽しかった。真紀ちゃんが服選んでくれてん。真紀ちゃん、めちゃめちゃセンスいいねん」

歩が紙袋からオシャレな服を出すと、愛子がかわいくて似合いそうだとニコニコする。

真紀はモデルになりたいという夢を抱いている。商店街の要蔵や美佐江らは、父親の孝雄は偏屈なのに娘の真紀は素直ないい子だと、真紀の夢がかなうのを応援している。

「そや、結ちゃんにこれ。セーラームーンって、こんなん使って変身するやろ。これ、あげる」

真紀がかわいいブローチを差し出した。結のために買ってきたものだ。

「まきちゃん、ありがとう！」

キラキラ光るラインストーン風の飾りがついたブローチに、結は夢中になる。

「でも真紀ちゃん、歩と遊んでナベさんに怒られへんか？」

聖人が気づかわしげに聞いた。真紀は孝雄から、歩と遊ぶのを禁止されているはずだ。

「お父ちゃんは関係ないです。うちとあゆちゃんは親友ですから」

大人を泣かせるセリフをさりげなく残し、真紀は「じゃあ、明日、学校で」と明るく手を振って帰っていった。


日付が変わった十七日の午前五時四十六分頃――。

米田家は二階の居間に聖人と愛子が布団を敷き、結と歩は子ども部屋に布団を並べて眠っている。

結の枕元には大切なものが置いてある。真紀からもらったブローチと、愛子と結が描いたセーラームーンのイラストだ。

時計の針が五時四十六分五十二秒を刻んだ。天井の電灯が揺れ始め、次第に激しくなる。歩が目を覚ました次の瞬間、凄まじい縦揺れに襲われ、歩は隣で寝ている結に覆いかぶさった。

暗闇の中で、窓ガラスが割れる音や、タンスが倒れた衝撃を感じる。ようやく揺れが収まり、結が「……おねえちゃん、おもい」と寝ぼけた声を出した。

「結！　歩！」

聖人と愛子が隣の居間から切羽詰まった声で呼びかけ、ふたりがかりで歪んだ襖をこじ開ける。愛子が飛び込んできて歩と結を抱き寄せ、聖人は落ち着かせようと大丈夫だと繰り返した。

結はこの恐ろしい地震の瞬間を覚えていない。歩が重かったのと、聖人と愛子にしっかり抱きしめられたのは覚えているが、そのあとまた眠ってしまった。

結が目を覚ましたのは八時くらいで、愛子と歩がパジャマの上から上着を羽織っている。

「……ここどこ？」

「宝井《たからい》小。大きな地震が起きたから避難してきたの」

愛子は、結が寒くないようにと羽織っている上着を直してやる。幸い家族にケガはなかった。聖人がいないのは外の状態がどうなっているのかを確かめに行ったからだ。

避難先の神戸宝井小学校は、どの教室も周辺から避難してきた家族であふれ返っている。結たちがいる教室には、商店街で顔なじみの福田や高橋も妻とともども避難している。娘の菜摘《なつみ》を抱いた美佐江と夫の義之《よしゆき》が、愛子に手招きされて同じ教室に入ってきた。

「美佐江さん、真紀ちゃん、見てへん？」

歩は教室中を見回して真紀を捜していて、美佐江が知っているのではないかと尋ねてみた。

美佐江が混乱した中での記憶をたどり、孝雄は別の小学校のほうに向かった気がすると言う。それなら真紀も一緒に避難したのだろう。ともかく無事なのだと、歩は胸をなでおろした。

聖人が外から戻ると、廊下まで大勢の人でごった返している。誰かの携帯ラジオから、アナウンサーが読むニュースが途切れ途切れに聞こえてくる。

朝六時前に近畿地方を強い地震が襲い——阪神高速道路の落下により——死亡したと——神戸市内の被害状況なんですが、建物、家屋倒壊によって生き埋めの通報が相次ぎ——。

阪神・淡路大震災の発生だった。日本で初めて最大震度7を記録した直下型の大地震で、発生直後は混乱をきわめ、情報が錯綜していた。

聖人は人をかき分けるようにして愛子や結のいる場所に戻った。外はひどい被害状況だと話しているそばから、ひとりの住民が真っ青な顔で駆け込んでくる。

「両親が、両親が、一階の下敷きになっとる！　頼む！　助けてくれ！」

教室の避難者たちはみな、自分たちのことで一杯いっぱいで手を貸すどころではない。

「……助けに行かんと。困っとう人がおるんなら、助けに行かんと」

聖人が立ち上がった。子どもたちを愛子に託して動き出し、聖人の気概に引きずられたように福田、高橋ら男性たちが出ていく。愛子、美佐江ら女性たちは不安げに身を寄せ合った。

「……ねえ、おなかへった」

結は前夜の夕食後は何も食べていない。朝避難所に来て、今はもう夜の八時なのだから無理もないのだが、結だけではなく、みなが空腹を抱えて我慢していると愛子が説いて聞かせる。

周囲がわっと沸いたのは、地元有志のボランティアで三浦雅美《みうらまさみ》と仲間の女性たちがおむすびを届けに来たからだ。白米だけで具はないが心のこもったおむすびだ。避難所の人数が多いので、おむすびはふたりに一つ。高齢者と子どもが優先され、ますます貴重なおむすびだ。

ボランティアの女性たちが手分けしておむすびを配り、雅美が結たちのところに来る。

「お嬢ちゃんたち、大変やったね。(愛子に) 数が少のうてえごめんなさいね。はい、どうぞ」

「すみません、ありがとうございます」

愛子が受け取り、おむすびを半分に分けて結と歩に手渡した。

「やったー! いただきます!」

結が小躍りして喜び、ひと口食べてあれっと何か納得できないでいる。

「……おばちゃん。これ、つめたい。ねえ、チンして」

愛子が慌てて謝るが、雅美は怒るでもなく、幼い結にもわかるようにお話しする。

「お嬢ちゃん、今な、電気もガスも止まってて、チンできひんねん」

雅美たちボランティアは握りたてのホカホカのおむすびを食べてほしくて家を出たのだが、道路も街も壊れていて先に進むのに長い時間がかかり、この小学校にたどり着いた時にはおむすびは冷め切ってしまった。生まれも育ちも神戸だという雅美は、こみ上げる思いで涙ぐむ。

「おばちゃん。なんでないてんの?」

「大好きな神戸の街が、あんなんなってんの見たら、もう悲しくて悲しくて……」

不思議そうに見つめる結に、雅美は無理やり笑みを浮かべ、結は手にした冷たいおむすびをじっと見つめた。

愛子たちは不安で眠れない夜を過ごした。朝になってようやく聖人や福田、高橋らが外から戻ってくる。着ている服は埃や泥にまみれ、ところどころ裂けている。

「結局みんなあかんかった……」

聖人が肩を落とし、福田や高橋が口々に外の悲惨な状況を語る。

壊れた街のあちこちで火災が発生し、ほかの町から消火に来た消防車は瓦礫で道がふさがれ、現場に着いても肝心の水が出ないなど消火活動に支障をきたしている。線路が崩れ、阪神高速道路の一部が倒壊するなど、生活に必要なあらゆるものの機能が停止している。

この時点ではまだ全容はつかめていないが、のちにこの震災により六四三四名の命が失われ、行方不明者三名、負傷者四万人以上という戦後最悪の被害をもたらしたことが判明する。

愛子が少し休ませようとするのに、聖人はまた立ち上がった。

「いや、家を見てくる。ずっとほかの手伝いしとって、まだ行ってへん」

「うちも行っていい？」

歩がCDを取りに行きたいと言い出し、愛子が頻発する余震を警戒した。

「あかん！　また地震起こるかもしれへんでしょ」

「うちもまきちゃんからもらったやつ、とりいく」

結も聞き分けのないことを言う。どれほど恐ろしいことが起きたのか実感がない。

「お父さんが捜してくるから、ここにいとき」

聖人が言い聞かせ、福田や高橋ら男性たちがまた外へと出ていった。

入れ違いに教師の大崎が来る。救援物資が届いたのだが、それを配る人手が足りないのだ。大崎の要請で、愛子や美佐江たち残っていた女性たちが連れ立って出ていった。

大人たちが周囲から誰もいなくなると、歩は結の手をぎゅっと握って教室を出ていく。

結と歩が瓦礫を避けて自宅付近まで来ると、聖人が倒壊した建物の前で声も出ずに立ち尽くしている。ふたりのすぐあとから、黙っていなくなった結と歩を心配して愛子が走ってくる。かつての自宅は二階部分が下まで落ち、一階の店舗スペースが無残に押し潰されている。

「……ねえ、これなに？」

「……俺たちが暮らしとった、家や……お父さんとお母さんが仕事しとった、店や」

聖人が悲痛な面持ちで結に答え、倒れて粉々に砕けたサインポールに目をやった。

まだ信じられない結は、瓦礫の中に光るものを見つけた。ラインストーンの割れた欠片《かけら》だ。真紀がくれたブローチの破片だった。

結は泣きべそをかいて、聖人と愛子に連れられて避難所の小学校に戻った。歩も元気がない。

聖人たちが元の教室に入ると、孝雄が頭や腕に包帯を巻いた痛々しい姿で座っている。孝雄は別の小学校ではなく中央病院にいたといい、抜け殻同然にカップ酒を飲んでいる。

「おじさん、真紀ちゃんは？　ねえ、真紀ちゃんはどこ？」

歩がにじり寄った。なぜ真紀がいないのか。どこにいるのか。じれったそうに聞く。

孝雄は暗い顔で、消え入りそうな声を出す。

「……死んだ。……タンスが全部倒れて……その下敷きになって……」

渡辺靴店の建物は無事だったが、真紀という中学生の尊い命が失われた。

「……なんで真紀なんや。なんで俺やなかったんや」

孝雄が肩を震わせてむせび泣く。

歩の目にも見る見るうちに涙があふれてくる。

「……また明日ねって言うたのに……また買い物行こなって言うたのに……」

歩は悲しみに沈み、真紀が亡くなった衝撃から何も喉を通らなくなる。

震災から二、三日がたち、聖人が避難所と倒壊した自宅を往復してきた。

「家から、使えそうな物持ってきた」

聖人が段ボール箱を抱えてくる。中には理髪用のハサミなどが入っていて、聖人が箱の底からボロボロになったクッキーの空缶を取り出した。

「おまえの宝物やろ」

歩がゆっくりと手を出し、クッキーの空缶を受け取った。


糸島フェスティバルの会場は、看板が取り外され、聖人ら関係者が片づけをしている。

歩は帰宅して、帰省してから初めて自分の部屋に足を踏み入れた。室内は歩が出ていった時のままで、歩の胸を懐かしさとやるせなさが交錯する。やがて棚の奥からクッキーの空缶を引っ張り出し、そっと蓋を開けて数枚の写真を取り出した。歩と真紀が天真爛漫に笑っている写真だ。そして写真の下には、安室奈美恵 with SUPER MONKEY'Sの『PARADISE TRAIN』のシングルＣＤがある。

（ほな、このCD、あゆちゃんにあげる）

真紀の笑顔がありありとよみがえってくる。歩はCDをプレイヤーにかけた。イヤホンから流れる曲に涙がこみあげる。数枚の写真の中に、歩と真紀が並んでポーズを取っている写真がある。そのポーズこそ、ハギャレンの決めポーズだった。

結は涙を浮かべ、夕暮れの海を見つめながら波の音を聞いている。翔也に神戸での出来事を語り終えたところだ。波の音に奇妙な音が混じるので隣を見ると、翔也が嗚咽《おえつ》をもらしている。

「……なんであんたが泣くん？」

「……だって……だって……」

翔也は涙で顔をぐちゃぐちゃにして号泣し、結はあっけにとられた。

「おう、結、ここにおったんか！」

永吉が走ってくるので、翔也は慌てて涙を拭く。

「あれ？　福西のヨン様やないか！　せっかくやけん、おまえも来い！」

「来いってどこに？」

結が聞くと、永吉が破顔一笑する。

「決まっとろうもん！　打ち上げたい！」

米田家では愛子、佳代、ひみこが糸島の郷土料理を作り、ハギャレンの四人が手伝って打ち上げの準備をしている。わいわい言う声が二階まで聞こえ、歩が逃げ出そうとして階下に降りかけた時、永吉に連れられて結と翔也が玄関に入ってくる。歩は慌てて二階に戻る。

居間に入った結を、みなが待ってましたとばかりに「おかえりー」と迎えた。翔也も歓待され、さらに恵美と陽太が加わった。永吉いわく「全員でねぎらうのが打ち上げ」なのだ。

夜になると、井出、陽太の父の武志、橋本、草野《くさの》、大村《おおむら》たちが続々とやって来て座についた。ただ、実行委員長の聖人は残務があってまだ帰宅していない。

大人たちは酒宴が始まり、未成年たちは皿に並んだ料理をはしから片付けていく。台所では愛子、佳代、ひみこがつまみを作っている。佳代は味見などしながら、急きょ永吉からマジックのアシスタントを押し付けられたひみこに謝った。

「あの人、思いついたら、後先考えんで動きんしゃあけん」

愛子が「でも……」と神戸でのことを振り返る。

「おじいちゃんのそういう性格のおかげで、私たちが今、糸島にいるから……」


阪神・淡路大震災発生から五日目、避難者は三十一万人以上に達していた。この頃には全国から大勢のボランティアが集まり、避難所で炊き出しなどの支援活動が行われた。

結たち米田家が避難している宝井小学校でも、電気の復旧が進み、食料の配給が少しずつ増えていた。一月の厳寒にも耐えている人たちに、温かいうどんはうれしい差し入れだ。結がうどんをすする横で、歩は無表情にヘッドホンでＣＤを聴くだけで何も食べようとしない。

さらに二日が過ぎた。小学校の会議室では、聖人や若林たちが必要物資の打ち合わせをしている。その最中、聖人は校内放送で呼びだされて、知り合いが来て待っているという校舎入り口に向かった。

聖人が校舎入り口に行くと、ペットボトルの段ボールを抱えた永吉が駆け寄ってくる。

「おまえ、生きとったか！　子どもたちは、愛子さんは無事か？」

永吉は教室に駆け込み、結を抱き上げ、愛子の無事を確認してやっと人心地がつく。

「歩、おじいちゃんばい！」

永吉は教室の片隅でヘッドホンをしている歩のそばまで行くが、歩は無表情にチラッと永吉を見ただけですぐに目を背けた。

愛子が目で永吉に合図し、歩に声の届かないところまで距離を取る。

「親友が亡くなってから、誰とも話さへんし、あんまりごはんも食べなくて」

永吉が来てから三日が過ぎた。宝井小学校でも炊き出しができるようになったが、歩は相変わらず食事をとろうとしない。

「……よし、糸島に来い。今から家族全員で糸島に行くばい」

永吉がさっさと決めようとし、聖人は勝手に決められても無理だと取り合わない。

「世話になった神戸が今、大変なことになってるんや。それを放っといて行けるわけない」

聖人としても結や歩のことを最優先にしたいのだが、商店街のまとめ役として責任がある。

愛子はふたりの話を聞いていて、少し離れて座っている歩と結に視線を走らせた。

「お父さん。歩と結のことを考えたら、糸島に行ったほうがいいと思う」

それでも聖人は思い切れない。聖人たちのやりとりを聞いていた福田が、子どもにとって何が一番大事なのかで決めるのがいいと助言する。

「聖ちゃん、こっちのことは気にせんでええから故郷に行くべきや」

若林は市役所の立場から、聖人が家族と糸島に行くようにと勧める。

「米田さん、これから仮設住宅の建設が始まります。市としてはひとりでも多く行き場のない人に住んでもらいたい。帰れる場所がある人は、そっちに行ってもらえると助かります」

聖人はしばし逡巡《しゅんじゅん》し、迷いを吹っ切って愛子に告げる。

「オヤジと一緒に先に糸島に行ってくれ。俺はもう少し残って、神戸のためにやれることをやる」


愛子たちは永吉に連れられて糸島に着き、米田家の敷居をまたいだ。結は避難所で再会するまで永吉を覚えていなかったし、今日からここが「おうち」だと言われて戸惑った。

「ご無沙汰しています。愛子です。歩と結です」

愛子が挨拶し、佳代は温かく迎えた。結がはにかみ、歩はこれから生活を共にするというのに無愛想にヘッドホンで音楽を聴いている。

二階には、結と歩それぞれの子ども部屋まで用意されている。歩が与えられた部屋に突っ立っていると、結がはしゃぎながら「うちのへやあっちやて！」と飛び込んでくる。

「おむすび握ったと。食べり」

佳代がおむすびをのせたお盆を持ってきて、歩の前に差し出した。

「歩、おいしいもん食べたら悲しいこと、ちょっとは忘れられるけん、食べり」

歩は一瞥しただけだが、結はむじゃきに喜んでおむすびに手をのばした。

「おねえちゃん、おいしいよ！」

佳代は震災という恐ろしい体験と、深い喪失感を抱えた歩をいたわった。

「ここ置いとくけんね、好きな時に食べり」

佳代はお盆ごとおむすびを置くと、結の手を引いて歩の部屋を出ていく。

歩がおむすびを一つ手に取った。口の中においしさが広がり、涙があふれてくる。


糸島フェスティバルの打ち上げは真っ盛りを迎えている。歩は階段の上から騒々しい居間の様子をうかがい、今度は大丈夫だろうと忍び足で階段を下りていく。玄関に手をかけようとした時、向こうから戸が開いて聖人が帰ってくる。歩と聖人が同時に「あ」となり、歩は身を翻して二階へ駆け戻った。

玄関には足の踏み場もないほどたくさんの靴が並び、居間から賑やかな声が聞こえる。

「おぉ、聖人、帰ってきたか！　おつかれ！」

井出はべろべろに酔って上機嫌で、同じく酔っぱらった武志ら実行委員のおじさんたちが『博多祝いめでた』を歌えば、妙に意気投合したギャルたちが歌に合わせてパラパラを踊る。

「みんな完全に出来上がっとうな」

ひとりだけしらふの聖人に、井出が無理やり日本酒の入った湯呑《ゆのみ》を持たせた。

「なら諸君！　糸島フェスティバル、実行委員長、米田聖人君の労をねぎらい、かんぱい！」

乾杯の音頭とともに、聖人は湯呑にあとからあとから注がれる酒をグイグイ飲まされる。

したたかに酒を飲んだ聖人は台所に逃れ、結にこっちに来いとジェスチャーで招く。

「結、あの子たちは誰や？　どこで知り合った？」

「まあいろいろあって」

もにょもにょ口を濁す結に聖人は、まさか毎週土日に出かけていたのは天神でギャルたちと遊んでいたのではないかと疑念が芽生える。

「書道部の自主練って言っとったよな！　お父さんに嘘ついとったんか！」

「い、いや、嘘はついとらん！　自主練とは言ったけど『書道部の』とは一回も言わんかった！」

苦しい言い訳だが、愛子が味方してくる。

「そう。お父さんが勝手に勘違いしてただけ」

「なんやその屁理屈は！」

聖人は酔って据わった目で、無礼講で永吉や翔也に絡んで楽しむギャルたちを見やる。

「……まさか、結まで、あんな連中と……これじゃ、歩と同じじゃないか」

やってられない心境におちいり、聖人はとうとう手酌《てじゃく》で大酒を食らう。


一九九五年七月。結たちが糸島に来て迎えた最初の夏に、聖人は神戸での復興活動に一区切りつけて糸島の家族と合流した。半年ぶりに家族とくつろぐのを心待ちにしていたが、歩は二階の部屋から降りてこようとしない。聖人は懸念を覚え、歩の日々の様子を聞き急いだ。

「じゃあ、ほとんど中学行ってへんのか？」

「うん。でもCDとか雑誌が欲しいって言うたり、神戸にいた頃より話すようになった」

愛子は気長に歩の心の回復を待つつもりでいる。

二階にいる歩は、最近買ってもらった安室奈美恵 with SUPER MONKEY'S の『TRY ME ～

私を信じて〜』を聴いたり、ギャル雑誌を読んだりして自分の時間を過ごしている。

　佳代が気にする神戸の状況は、復興が進んでいる地域と、瓦礫すら撤去されていない地域が混在している。聖人が理髪店を営んでいたさくら通り商店街は、運よく全壊をまぬがれた。

「仮設なら床屋を再開できる。もうすぐ結も歩も夏休みやろ。そのタイミングで神戸に戻ろう」

「いかん」と、永吉が言下に否定する。せっかく歩が少しずつ落ち着いてきたというのに、神戸に戻れば元の木阿弥《もくあみ》になりかねないではないか。

「歩がここまで回復するとに、どげん愛子さんが苦労してきたか」

「聖人、私もまちっと待ったほうが良かて思うよ」

　佳代が同じ考えなので、永吉は気を良くしたのか結を見て目尻を下げる。

「結も、ようやっと小学校に慣れてきたとこたい。なあ、結」

「……うん」

　結は四月から小学生になり、糸島の学校に通学している。歩のことで愛子が手一杯なのを気づかって黙っているが、結は地元の子どもたちから関西から来たよそ者扱いをされていた。

　あれはいつだったか。いじめっ子にからかわれて、結は半べそをかいていた。

（おまえら、女の子、イジメて楽しいんか？　俺が相手になっちゃあ！　かかってこい！）

　勇ましく立ち向かってくれた男の子がいて、いじめっ子たちはスゴスゴと退散した。

（俺は陽太。古賀陽太や）

（うちは……）

（知っとう。おむすびやろ。おまえの名前、お米を結ぶて書くんやろ。おむすびやん。心配せん

でいいけん。おまえを守ってやれって、永吉のじっちゃんに頼まれとう）

結は永吉や佳代、陽太に支えられて、どうにかこうにか毎日を送っている。

さらに半年が過ぎた一九九六年一月。結たちが糸島に引っ越して一年がたった。

歩は部屋でひとり、ギャル雑誌を手に安室奈美恵のＣＤを聴き、真紀と一緒に撮った写真を見つめている。しばらくすると、歩がすっと顔を上げた。

聖人は居間で小冊子『神戸だより　１９９６年１月号』に掲載された神戸の復興に関する記事を読んでいる。震災から一年、現在の写真も載っていて活気を取り戻しつつあるのがわかる。

「歩が高校に行きたいって」

愛子が話しかけながら入ってきた。歩が県立の糸島東高校を受験する気持ちになったという。

「こっちで生きていく覚悟を決めたんやない」

聖人は『神戸だより』に目を落とし、ゆっくりと小冊子を閉じた。

四月。歩は無事に糸島東高校に合格した。登校初日の朝。歩は髪の毛を金髪に染め、派手なメイクに派手なネイルをほどこし、制服をギャル風に着崩してルーズソックスを履いた姿で居間に現れ、家族を仰天させた。この格好で高校に行くつもりだ。

「なんや、その格好は」

聖人が激怒するが、歩は制止を振り切って出ていった。聖人が追いかけようとするのを、愛子が止めた。なんであろうと、とにかく歩は前向きになってきた。

「あの子の好きにさせたげよう。部屋から出てきただけでも、すごい進歩やない」

その日の夕方。

「初日にこんな格好で登校してきた子は、創立以来、初めてです」

クラス担任の松原保から、聖人と愛子は高校に呼び出されて厳重に注意された。

聖人は汗顔の至りでひたすら謝罪するが、歩はギャルの格好をやめる気はさらさらない。このままでは退学だと聖人は困り果て、愛子はそのままの歩を受け入れようとする。

「歩、通信でもなんでもええから高校だけはちゃんと行きなさい。その代わり、次の高校は何があっても絶対に卒業しなさい。約束できる？」

歩がこくりとうなずいた。


そしてひと月後の五月に事件が起きた。聖人と愛子は、福岡中央警察署に呼び出された。

「おたくの娘さんが、天神で傷害事件を起こしまして」

少年課の刑事・梅木《うめき》の説明によると、場所はゲームセンターで、歩と十七歳の女性がゲームの順番を巡ってトラブルになり、歩が相手を突き飛ばしてケガを負わせたのだ。幸い相手は軽い打撲で済んだため、被害届は提出されずに済んだ。

帰宅した歩はギャルの格好を着替えもせずにポケベルを見ていて、聖人にはふてくされているとしか思えない。

「なんで暴力なんて振るったんや」

「……悪いのん向こうやし」

愛子は歩の言い分に耳を貸そうとするが、聖人は裏切られた思いで憤っている。

「どんなことがあっても暴力を振るったおまえが悪い」

結は台所から顔だけ出し、両親と姉の言い争いを心細く見ている。

つと歩が立ち上がった。まだ話の途中だと青筋を立てる聖人を、歩が立ったまま見下ろす。

「マジ、ウザい」

カッとなった聖人がたたこうとし、「やめて」と愛子の鋭い声でかろうじて自分を抑える。

「たたけばええやん」

憎まれ口をきいて二階に上がっていく歩に、聖人が大声で言い放つ。

「歩、お父さん、ウザがられても、煙たがられても、おまえが不良をやめるまで言うからな」

「あんなん不良って言わへんから」

怒りのやり場がない聖人と、ふたりの間で苦慮する愛子を、結はどうすることもできない。


聖人は涙ぐんで酒臭い息でしゃくりあげた。

「……やけん、俺はできることなんでもやったつもりや。それなのに……それなのに……」

糸島フェスティバルの打ち上げは続いていて、泥酔した井出と武志がわざわざ台所まで迎えにきて、聖人を酒宴の輪へと引っ張っていく。

結が台所に残っているので、翔也が帰りの挨拶をしようとやって来る。

「んじゃあ、俺、そろそろ」

そのあと恵美と陽太も帰っていくと、それを待っていたように瑠梨、珠子、鈴音、理沙が来る。

「ムスビン、ちょっといい？」

歩が三度目の正直で家を出ようした時、ドアがノックされた。ドアを開けると、結を先頭に瑠梨、珠子、鈴音、理沙が立っている。瑠梨が一歩前に出る。

「アユさん、お願いがあるんですけど。やっぱり、うちら、ハギャレン、無くしたくないです」

珠子、鈴音、理沙がハギャレンを続けたいと訴えて、歩に頭を下げた。歩は続けたいなら続ければいいと言うが、ギャルたちにとっては尊敬するアユに認めてもらうことにこそ意味がある。

「……私、ギャルじゃないんだけど。私、ニセモノだから」

歩はハギャレン結成の頃から自分はギャルではなかったというが、いったい何を言いたいのか瑠梨、珠子、鈴音、理沙には見当がつかない。結ですら、歩の真意をはかりかねている。

シーンとした中に、聖人の怒鳴り声が大音量で響く。

「冗談やなかばい！　ちきしょーめ！　俺やって、必死やったったい！」


愛子と佳代が何事かと居間に急ぐと、泥酔した聖人が一升瓶を抱えてくだを巻いている。聖人が自分からここまで痛飲するなどめったにないことだ。永吉はなんで止めなかったのかと、佳代が咎《とが》めるように見るとのんきに部屋の隅で寝落ちしている。

酩酊する聖人を、井出ら実行委員が総がかりでなだめるようとするが手に負えない。

聖人は自分を受け入れてくれた神戸を襲った大地震により、街が崩壊し、大勢の人たちが亡くなったというのに自分が無力で胸が苦しかった。別の町に逃れる当てもなく、神戸での生活を余儀なくされている人たちも多い。

鬱鬱《うつうつ》とした思いを聖人が絞り出すのを、結が二階から降りてきて聞いている。

「やけん、なんでもいいけん自分がやれることやろうとした！　困っとう人たちを助けたかった！　それの何が悪いとや、ちくしょー！」

「誰も言ってないでしょ、そんなこと」

愛子がグラスの水を差しだした。

「自分でもわかっとう！　そのせいで家族、後回しにして、地震で傷ついた歩や結のこと、きちんと考えてやれんかったとはわかっとう」

歩は階段の途中に座り、聖人の言葉に耳を傾けている。

「だけん……だけん、歩がグレたんは俺のせいたい。俺が人のことばっかり構っとうけん、あげんことになって……それもこれも米田家の呪いのせいたい……」

聖人は酔った目で、うん、うんと相槌を打つ井出を見た。

「康平知っとうやろ！　俺がガキの頃からオヤジに言われとったの！　『おまえはクソ真面目すぎる！　つまらん！』って。そうたい！　俺は、つまらんクソ真面目な性格たい！」

聖人は悔やんでも悔やみきれない思いを吐き出していく。地震の時にしっかりと向き合えなかったせいで、歩の傷を深くしてしまい、父親としてふがいない。

「だけん、歩ばなんとかしたかった……あいつがウザいって言うても、天神まで捜しに行ったし、なんべんも駅まで迎えに行った。それが歩のためになるて思ったたっちゃん……間違っとったのはわかっとう。やけど……やけど、俺も何してやったらいいか……わからんで……」

聖人は涙で声を詰まらせる。

「……なのに結にも同じことばして、結まで不良んなって……俺は父親として情けんなか」

結の胸にさまざまな思いがつのる。反抗し、なんとなく和解したのに、ギャルがバレた。

聖人は号泣し、そのままイビキをかいて寝てしまった。

「みんな、最後の最後にごめんやったね」

佳代が申し訳なさそうに一同に頭を下げた。

井出、武志たちがお開きにしようとした時、永吉がムクッと起き上がった。

「……たく、辛気臭いことば言うてから。ひみこさんのところで飲み直すばい」

いつから起きていたのか知らないが、永吉は実行委員の面々を引き連れて出ていく。

ギャルたちは心配そうに、じゃまにならない脇のほうで固まっている。

「なんか、ごめんね」

結が気恥ずかしくなって謝った。聖人を見ると、本音を語り尽くして疲れたらしく爆睡している。

結は駅まで瑠梨たちを送っていくからと家を出た。

愛子と佳代しかいなくなると、歩が階段を下りてくる。

「聞いてた？　お父さんの大演説。ホント、お酒の力、借りないとなんにも言えないんだから」

愛子が苦笑して、歩の顔を見る。

「じゃあ、次は歩の番だね」


駅へ向かう夜の道を、瑠梨、珠子、鈴音、理沙は、楽しい時間を過ごした余韻で笑いさざめきながら歩いていく。結はやや遅れて歩き、ギャルたちの背中に語りかける。

「……あの……じゃあ、うちはこれでやめますんで」

「やめる？」

瑠梨が聞き返す。

「はい。今日で、ギャル、やめます。みなさん、短い間ですが、お世話になりました」

第6章　うち、ギャル、やめるけん

翌日は早朝から、結は農園に行って愛子と佳代の畑仕事を手伝った。

「これから土日、畑仕事手伝うけん。中学の時はやっとったやん」

「そげんことしたらギャルちゃんたちと遊べんっちゃない？」

佳代は結が楽しんでいると思っていたし、佳代自身も若い子との交流がなくなるのは残念だ。

「最初からイベントまでって約束やったし。うち、そもそもギャルなんて嫌いやけん」

結は黙々と作業を続けている。

結が決めたことを残念がる人がもうひとり。居間に戻った愛子と佳代から、結がもうギャルをやらないと聞いて、永吉は名残惜しそうにパラパラに似て非なる踊りをする。

「結が、ギャルばやめた？　なら、あの盆踊りんごたあと、もうやらんとか？」

歩は階段を下りてきて、永吉たちの会話に足を止めた。

夫婦の部屋では、聖人が二日酔いでダウンしている。前夜、深酒が過ぎたのは覚えているが、もしや誰かに絡んだのか、言わずもがなのことをしゃべったのか記憶がない。

「じゃあ、アレは？」

愛子が思わせぶりに聞き、聖人がアレとは何かと聞いても教えない。

放課後、結は書道室に行って、書道部顧問の五十嵐に退部届を出した。

「……すみません、急に。家の仕事、手伝わんといかんくて」

風見は黙って墨をすり、結の退部理由を聞いている。ギャルとは無関係らしい。

「そういうことやったら、休部でもいいんやない？　筆の扱いにも慣れてきて、書道の面白さがわかってくるのは、これからやけん。やめるなんてもったいない」

「……すみません、風見先輩、いろいろ教えていただいたのに」

結は一礼し、書道室をあとにした。

廊下に出た結を、恵美が追いかけてくる。

「本気なん？　もしかして、風見先輩に彼女がおったけん？」

「……そりゃ、風見先輩のこと、素敵やなあって思ったよ」

風見がいたから入部したし、やさしさに胸がときめいたこともあった。

「けど、やめるのはそれが理由じゃないけん。……本当に、家の手伝いが忙しいんよ」

結は明かすことのできない胸の内を笑顔で隠し、「がんばって」と恵美を応援した。

夕方、聖人は二日酔いから復活し、農園に行って愛子や佳代と作業を始めた。働き始めて間もなく、結が学校から帰ってくる。

「書道部、やめてきた。お父さん、二日酔いやろ。うちやるけん」

制服を着替えてくるからと、結は急ぎ足で家のほうに向かった。

「……どうしたんや、結のやつ」

聖人が目で結を追いかける。

「やっぱり、聖人のアレのせいやろうね」

「でも覚えてないいんだって、アレ」

佳代と愛子が、意味ありげに言葉を交わす。

「アレアレアレアレ言いようけど、アレってなん？　俺は何したと？」

「だから――」と愛子が含み笑いをする。

（だけん、歩ばなんとかしたかった………地震の時、ちゃんと向き合えんかったけん……）

（……それなのに結にも同じことして、結まで不良になって……俺は父親として情けねえ）

「――って、わーわー泣いたの」

泣いて取り乱す父親を見れば、結もギャルを続けられないだろうと佳代が思いやる。

「でもこの機会に、みんなで神戸のこと、話そうよ」

愛子の提案に、聖人はたじろいだのかタイミングが大事だと御託を並べる。

「今やない。俺がタイミング見計らって――」

聖人が言い終わらないうちに、永吉が元気満タンで歩いてくる。

「おい。今晩、みんなですき焼き、やるばい」

ぐつぐつと鍋でおいしそうな牛肉が煮えている。

「いや～、歩が帰ってから、ようやっと家族だけで食卓ば囲めたな。みんなでゆっくり語り合うやないか」

永吉は嬉々として鍋奉行におさまっている。

「タイミング、最悪や」

聖人がぶつぶつ言い、歩の隣に座ることになった結は落ち着かなく身じろぎする。

「私が頼んだの。おじいちゃんに家族全員を集めてほしいって」

歩が家族を集めたのは、このままずっと糸島で暮らすのか、それとも神戸に戻るのか、これからどうしたいのか、それぞれの考えを聞いておきたいからだ。

「私は、家族、みんなで神戸に行きたいと思ってる」

歩がみずから意思表明し、永吉は明らかに不本意そうだ。

「何ば言いようとか、歩。みんな、糸島におるに決まっとろうが。なあ、聖人？」

永吉は色よい返事がもらえると思っているが、聖人は「え？　いや、まあ、そのお……」と歯切れが悪い。

愛子がパッと手を挙げた。

「はーい。じゃあ、お母さんから言います。糸島でも、神戸でも、子どもたちが『ただいま』って帰ってこられる場所だったら、どこでもいい」

佳代もちょっと手を挙げる。

「おばあちゃんもその意見に賛成」

歩は愛子と佳代を順繰りに見て、聖人で目を止めた。

「お父さんは、どうしたいの？」

「どうって……俺は、神戸に戻って、床屋ばやりたい――って思っとったけど、そげん簡単な話やない。もし、俺とお母さんがおらんくなったら、うちの畑はどげんなる？　それに康平や糸島のみんなと、ここば盛り上げたいっちゅう気持ちもある」

聖人の意見に、永吉は満足そうだ。だが、聖人の歯切れが悪いのには別の理由もある。

「それにいくら神戸に戻りたいて思っても、床屋を一からやるんなら相当な金がかかる。ハッキリ言うて、そげん金はうちにはない。気持ちだけじゃ、どげんもならんったい」

「じゃあ結は？　結はどう思ってるの？」

歩が話を振り、結はものすごく大切な選択をこんな形で迫られることに反発を覚える。

「お姉ちゃん、ホント勝手よね。勝手に東京行って、連絡もせんで急に帰ってきたと思ったら、みんなで神戸に戻ろうって、何それ。うちにやっと平穏な生活が戻ってきたのに、なんでまためるようなこと言うん？　もう大人なんやけん、行きたかったら神戸にひとりで行けばいいやん」

結がこんなふうに自分の考えをさらけ出すのはめずらしく、みな箸を止めている。

「うちは神戸になんて行かんけん。高校卒業しても、ずっと糸島におる」

虫の居所が悪くなった結は、不快さを紛らわせるようにすき焼きを食べる。

この日から、結はこれまで以上に熱心に農作業を手伝った。朝は聖人や愛子より早くから農園に出て働き、歩が話し合いをしようとしてもすげなく断って取り付く島もない。

ハギャレンたちは、これまでどおりゲームセンターに集まっている。糸島フェスティバルのパラショーに感動したカナ、メグ、レナが、新人ギャルとしてハギャレンに加わった。

珠子は新人を歓待するのはもちろんだが、ギャルとしての心得を説くのも忘れない。

「うちら厳しい掟あるから、それだけは筋通して、守ってね」

早速ミーティングをしているところに、歩がふらりと現れて懐かしそうに店内を見回した。

「……最近、誰か、結と連絡取ってる？」

歩に聞かれ、理沙がおずおずと答える。

「うち、ムスビンと同じクラスなんですけど、話してもくれんで」

瑠梨は将来の夢をみなで語り合った時、結だけが興味を示さなかったことを思い返した。

「いずれ自分は結婚して、糸島で農業するんだって」

理沙は米田家からの帰り、聖人と遭遇しそうになった時の結の慌てぶりを脳裏に描く。

「――すごく過敏になっとって。きっとギャルになったこと、クラスメイトとか部活の人より、お父さんにバレるのが一番嫌やったんやないかなって思うんです」

「……そっか。ありがとう、ごめんね、じゃまして」

帰ろうとする歩に、瑠梨が気になっていることを問いかけた。「……私、ギャルじゃないんだけど。私、ニセモノだから」と言った意味だ。

「意味って、言葉のまんま。私なんかより、みんなのほうがちゃんとギャルやってるよ」

歩が笑って立ち去り、瑠梨たちは煙《けむ》に巻かれた気分で見送った。


昼寝を満喫している永吉を、玄関の呼び鈴がじゃまをする。家人は誰もいないらしい。仕方なく永吉が寝ぼけ眼で玄関の戸を開ければ、見知らぬ若い男性が立っている。

「自分、アユさんの付き人の佐々木佑馬《ささきゆうま》ッス。アユさん、いますか？」

「いや、今は出かけとりますが……」

「でも無事なんスね！　よかったあ！　実はアユさん、突然、撮影現場からいなくなっちゃって。大女優のアユさんが消えて、現場大混乱なんス！」

「……だ、だ、だ、だいじょゆう⁉」

永吉の眠気がすっ飛び、脳細胞が目を覚まして突如、活発に動き出す。

聖人は野菜の出荷を終え、助手席に結を乗せて軽トラックで家に向かっていた。すると自宅近くの道端に「米田家こちら」と書かれた謎の看板が設置され、永吉と見知らぬ若い男性を中心に地元の草野、大村らが集まって人だかりができている。陽太までうろうろし、愛子と佳代はやや遠巻きに成り行きを見ている。

聖人と結は軽トラックを降りて、戸惑っている愛子に何の騒ぎかと聞いた。

「みんな、歩を見に来たって」

永吉はやたらと張り切っている。

「聞いてたまがるな！　歩、東京で女優ばしよったったい！　しかも大女優らしかばい」

それが証拠に付き人もいる。永吉のそばにいる若い男性が、佐々木佑馬と名乗った。

結は集まった野次馬を不審げに見ながら陽太のそばに行く。

「陽太たちはなんで？」

「なんか女優になったアユ姉ちゃんが、ここで撮影するって聞いて。映画とかなんとかって」

陽太はちょいと半信半疑っぽい。

「あら？　有名人が里帰りするバラエティーって聞いたっちゃけど」

「俺は密着ドキュメンタリーって聞いたばい」

大村と草野とで聞いた話が食い違っている。

そこに大女優の歩が、おんぼろ自転車をキーコキーコとこぎながら戻ってくる。

「えー、サインは順番に――」

にわかサイン会を企む永吉を押しのけ、佑馬が歩に駆け寄った。

「やっと見つけた！　一緒に帰るっス！」

歩がギョッとなり、油の切れた自転車をUターンさせて逃走する。

「アユさん、待って！　ずっと電話してたのに、なんで出てくれなかったんスか！」

佑馬が猛ダッシュで追いかけた。

「こら、歩！　待たんか！」

永吉は年齢を忘れたように、ふたりを全速力で追いかけていく。

主役がいなくなったので、愛子は野次馬たちに頭を下げて引き取ってもらった。

「まさか歩が女優なんて、びっくりだね」

「別に。どうでもいい」

結がプイと家の中に入っていった。

その様子が気になって陽太も家に入ると、結は台所でイライラと麦茶を飲んでいる。

「ホント、あの人何しに戻ってきたっちゃろう……」

「なあ、おむすび、これから夜釣りいかん?」

陽太が息抜きに誘う。結とは幼馴染なので心身が疲弊しているのがわかる。

結は家の仕事があるからと、けんもほろろに陽太の誘いを断った。

「ていうか陽太も家手伝ったら。卒業したら、漁師継ぐんやろ」

「いや、俺は漁師、継がん。自分のやりたいことやる。だけんおむすびも——」

結は残っている作業があるからと、陽太がまだ話しているのに台所を出ていった。


「母ちゃんがイチゴジャム送ってきたんで、こないだ、ごちそうになったお礼だべ」

翔也が米田家の作業場に来て、結にイチゴジャムを差し出した。結は口だけでお礼を済ませ、手は休めずに慣れた作業をテキパキとこなしていく。集中しているように見えるが——。

「でも、顔は前に戻ってる。最初に会った時とおんなじ。寂しそうな顔に戻ってる。踊ってた時、あんなに楽しそうな顔してたのに。もうやんねえのか、あれは。もったいねえべよ」

結は耳をふさぎたくなる。何をしようとやめようと、誰にも干渉されたくない。

「もうやらんって決めたと、ギャルも、書道も、全部」

「なんで」

「どうせ一生懸命やっても、意味ないけん。どうせいつか、みんな消えてしまうけん」

翔也はそれは違うと伝えたい。なのにうまく言葉にできず、それに今は何を言っても結に拒まれそうで、どうすることもできずに作業場を出ていった。

糸島東高校の掲示板に、『書道部快挙！　全日本高等学校書道コンクール　優秀賞　風見亮介（二年）、佳作　宮崎恵美（一年）』の記事が書かれた校内新聞が貼り出された。

結の頬が自然にゆるみ、横にいる恵美の腕を取ったりする。

「すごいやん、恵美ちゃん」

結と恵美が話している後ろから、風見が声をかけてくる。

「米田。また一緒にやらん？」

結の笑みがすっと消え、風見に一礼すると掲示板の前から離れていく。下駄箱の前で疲れたようにため息をつき、靴を履き替えている時、理沙がすすっと近寄った。

「こないだ、アユさん、うちらのとこ来たよ。ムスビンのこと聞きに」

結はどうでもよさそうに、「あっそ」と理沙の前を行き過ぎようとする。

「あ、これ。プレゼント」

理沙が何か入っている紙袋を結に押し付けた。

ちなみに歩はカフェバーＨｅａｖｅｎＧｏｄでバイト中だ。佑馬を振り切ってこの店に駆け込んだ日から、元天神乙女会の明日香の部屋に泊めてもらっている。だんだんお金も残りわずかになり、いつまでも明日香の居《い》候《そうろう》でいるわけにもいかなくて始めたバイトだ。

明日香は客として店に来て、歩のエプロン姿にガッカリした。ハギャレンのアユはいつも堂々として、オシャレで、カッコいいギャルのリーダーだった。それが今ではバイトリーダーだ。

「東京で何があったか知らんけどさ、このまま逃げとうわけにはいかんっちゃない？」

明日香の指摘が、歩の胸にグサッと刺さった。

糸島町の集会所には井出を中心に武志、橋本らが集まっていて、聖人も参加している。

「実は、先日の糸島フェスティバルの大成功をきっかけに、市議会議員の先生方と話ばする機会がありまして、こげな案が出ました。資料ばめくってください」

井出が事前に配った資料を、聖人は手に取って開いた。

「大規模直売所？」

井出と市議会議員たちとで構想を練り、道の駅よりずっと大きい、日本で一位二位を争う規模の直売所を作ったらどうかという案が有力視されている。農作物だけでなく、海産物や畜産物、加工品など糸島産にこだわった広範囲の特産品を扱う直売所だ。

「糸島をあげての大プロジェクトになります。みんな、力ば貸してください」

「糸島んためやったら、いくらでも力ば貸すぞ」

武志が発奮し、橋本たちもやる気満々だ。

聖人は大規模直売所の資料を家に持ち帰り、愛子と佳代にも見せた。

「いよいよ、腹くくらんといかんな」

糸島に残るか、神戸に行くか。糸島の井出たちはみな聖人の協力を期待している。


結は海が見えるいつもの場所まで来て、理沙から渡された紙袋から中身を取り出した。手作りのプリ写真帳だ。ハギャレンの思い出の写真が切り抜いて貼られていて、イラストやギャル文字のコメントが添えられている。ページをめくっていくと、糸島フェスティバルでギャルの格好をして勢ぞろいした写真があり、「うちら一生、マブダチ！」とギャル文字で書いてある。

そして最後のページを開いた時、結はこみ上げる涙を止められなくなる。

「米田結」

翔也に呼ばれた。結は顔を背けて涙をぬぐい、プリ帳をしまって帰ろうとする。

「うちの高校は、今年の夏、甲子園に行けなかった。来年、俺は二年生になる。たぶん背番号1。エースを任されんだろう。俺がチームを引っ張って、必ず甲子園に行く」

翔也の話は『サクセスロードマップ』の続きなのか、結には何を言いたいのかわからない。

「おめ、言ったべ。どうせ一生懸命やっても、意味がね。どうせいつか、みんな消えるって。俺は消えねえ。何があっても消えねえ。俺が、一生懸命やることの意味を証明してやっから」

翔也は燃えるような目で結を見つめた。熱血スポーツアニメのテーマソングが流れてきそうだ。翔也の熱いメッセージが、結には重すぎてかえって負担に感じられる。

「ま、夢に向かって、がんばってくださいよ」

かわいげのない言い方をした結は、突然くずれ落ち、翔也が慌てて支えようとする。


米田家へと続く暗い道を、歩はおんぼろ自転車を必死にこいだ。米田家にたどり着いた時、玄関から翔也と佑馬が出てくるが、歩は見向きもせずに二階へと駆け上がる。佑馬は逃げた歩を追いかけたものの途中でまかれ、永吉と戻ってきてからずっと歩を待って米田家に滞在している。

「結！」

歩が部屋に駆け込むと、結に付き添っている愛子が「しっ」と指を口元にあてた。

「今、病院から戻ってきたところ。過労だって」

結はベッドで静かに眠っている。大事には至らず、十分な休養をとれば問題なさそうだ。

佳代が痛々しげに結を見る。毎朝早くから畑仕事を手伝い、高校に行き、帰宅すればすぐに農園を手伝ってきた。土日も働いて、それなのにあまり眠れない日々が続いていたらしい。

歩が心配そうにのぞき込み、そっと結の手を握った。幸いケガもしていない。

「……よかった……本当によかった……」

幼い結が迷子になり、歩が神社で泣いている結を見つけた日のことがよみがえる。

（おねえちゃん！）

（結！　よかった……本当によかった……）

泣いている結を、歩はしっかりと抱きしめた。真紀が一緒に捜してくれたのだった。

歩がその時のことを思い出して涙ぐんでいると、結がうっすらと目を開けた。

「……お姉ちゃん？」

結は不思議そうに、涙を浮かべている歩を見た。

「……今な、ゆい、夢みててん」

結は夢の続きにいるのか、関西弁の幼児口調で話し始める。

「……うちな、神社で迷子になってな……お姉ちゃんと真紀ちゃんが迎えに来てくれてん……めっちゃうれしかった夢」

「……結、それ、夢じゃないよ。うち、あん時、必死で捜したんやから、結のこと。真紀ちゃんと一緒に。あんた、見つけた時、めっちゃうれしかったわ」

歩が微笑み、今にも涙がこぼれ落ちそうだ。結も涙を浮かべ、歩の手を握り返す。

愛子と佳代も目を潤ませ、心を通わせた結と歩を温かく見守っている。


この夜、結のためにと、佳代は特製スープを手作りして部屋に持っていった。

「大豆とトマトんスープ。これば飲んだら元気が出るよ、栄養パンパンやけん」

結はスープを受け取り、ひと口飲んで表情を明るくする。

「……ホントやん。体に栄養がパンパンに入っていく気がする……」

結がスープを飲み終えた時、タイミングを見計らったように歩が部屋に入ってくる。歩は撮影の仕事を再開するため、翌日には東京に帰る予定だ。その前にどうしても結と話したい。急に糸島に戻り、みなで神戸に行きたいなどと言い出した、その理由を聞いてほしい。

「……私さ、真紀ちゃんのお墓参りに行きたかったんだ。ただ、どうしてもひとりじゃ行けなくて。みんなと一緒なら行けるかもしれないって思って。だから……」

「……そうやったんや」

結は物心ついてから、歩のこんな気弱な一面を見たことがない。歩が糸島に帰ってきた時の傍若無人な振る舞いは、心細さの裏返しだったのかもしれない。

「……あの日から、真紀ちゃんがいなくなったこと、どうしても認めたくなくて……」

一九九五年一月の阪神・淡路大震災で、歩は大親友の真紀を失った。

（……また明日ねって言うたのに……また買い物行こなって言うたのに……）

避難所に永吉が迎えに来て、糸島での生活が始まり、生活が一変しても、真紀に二度と会えないという心の痛手から立ち直ることはできなかった。

　それでも新学期を迎え、歩なりに糸島の中学で新しい環境になじもうとがんばった。同じクラスの生徒たちは形だけ同情を寄せても、親友の命を奪った大震災について実はあまり関心がないと気づいてしまった。周囲の生徒たちは、何もなかったみたいに普通に暮らしている。

「……それ受け入れたら、真紀ちゃんが本当にいなくなっちゃう気がして……だから中学、行きたくなくなって……」

「だから、高校で不良になったん？　だってお姉ちゃん、別人みたいに変わっちゃったから」

「ああ、あれは……約束してたの、真紀ちゃんと」

　歩は大震災の前日、部屋で真紀と過ごした時間を昨日のことのように覚えている。ふたりは安室奈美恵の曲を聴きながら、真紀の好きなファッション雑誌を見ておしゃべりをした。

（アユちゃん、うち、高校卒業したら、東京行こ思っとう。東京でな、こういう雑誌のモデルになんのが夢なんよ）

（ええやん！　真紀ちゃんやったら、絶対なれると思うわ！）

　歩が小さくガッツポーズをすると、真紀の顔にうれしそうな笑みが広がった。

（今な、東京でギャルいうのんが流行り出しとうねんて。アユちゃん、うちと東京行って、一緒にギャルやらへん？）

（真紀ちゃんと一緒？）

　歩はとてもムリだと尻込みしたが、真紀は自分と一緒だから大丈夫だと歩に勇気をくれた。

（うん！　約束！）

歩と真紀は指切りげんまんして、笑顔を交わした。明るい将来を信じていた。

「……でも、あんなことになって……。だったら、私が代わりに、真紀ちゃんがやりたかったことをやろうと思った……」

その気持ちが、高校の入学初日にギャルの格好で登校するという行動になって表れた。

「……お父さんとお母さんに、真紀ちゃんと約束したって言わなかったの？」

結が聞くと、歩は融通のきかない真面目な聖人には理解してもらえないと諦めていたという。

「私が警察に捕まった時だって。本当のこと言っても、信じてもらえそうもなかったし」

聖人はいきさつなど聞こうともせず、暴力を振るった歩が悪いと決めつけた。

八年前のあの日、歩はギャルの格好でゲームセンターにいた。事件の発端は、高校生のギャル小林夏希《こばやしなつき》とその友人が、タチの悪そうなふたりのヤンキーギャルからカツアゲされたことだった。夏希が母親の誕生日プレゼントを買う大切なお金だ。その現場を歩が見ていて、ヤンキーギャルからお金を取り戻して夏希に返してあげた。ところがヤンキーギャルが逆切れし、夏希からお金を奪い取ろうとした。歩がその手を強く払いのけると、よろけたヤンキーギャルが転んでケガをしてしまった。というのが事件の顛末《てんまつ》だった。

「ホントはめちゃくちゃ怖くて、足震えてたんだけど、真紀ちゃんなら絶対助けるなと思って」

聖人には何があったのかを説明しなかった。歩が反抗期だったのもあるし、聖人はギャルの格好を色メガネで見ていて、だから歩が悪いと決めてかかるのだと投げやりになっていた。

結はせめて、愛子には打ち明ければよかったのにと思う。

「お母さん、何も言わなくても全部わかってくれてる気がしたから、まあいいかなって」

ひと月くらいして歩がゲームセンターにいる時、夏希とその友人から声をかけられた。

（うちら、アユさんについていって、いいですか？　バリカッコいいんで）

「そういう子たちが徐々に増えていって。いつの間にか『博多ギャル連合』って呼ばれるようになって」

天神の街のど真ん中を、歩は大勢のギャルを引き連れて闊歩《かっぽ》した。それが雑誌に写真入りで紹介され、『福岡でカリスマ感のあるギャル発見！　アユちゃん』という記事にまでなった。

「なんとなく『総代』に担ぎ上げられたっていうか。断ろうと思ったけど、真紀ちゃんだったら引き受けるだろうなって」

ここまで真紀の存在が歩に強く影響しているのは、子どもの頃の経験が大きい。結には意外だが、子どもの頃の歩はおとなしくてよくイジメられ、それを助けてくれたのが真紀だった。

（またイジメられたら、うちを呼びな。すぐ駆けつけるから）

正義感の強い真紀が、歩にはとてもカッコ良かった。だからハギャレンの総代になって掲げた掟その一『仲間が呼んだら、すぐ駆けつける』は、真紀の口癖からもらったものだ。あとの二つの掟も、真紀の口癖を真似て決めた。

「私がやってきたことは全部真紀ちゃんがやりたかったこと……ただ真紀ちゃんの代わりの人生を生きてただけ」

包み隠さず語る歩に、結はあれほど拒んでいたことが嘘のように親愛の情が戻ってくる。それと同時に、結のことをかわいがってくれた真紀の輝くような笑顔が目に浮かんでくる。

「……お姉ちゃん。ごめんんね。何も知らないのに、あんなひどいこと言って」

（うちはお姉ちゃんみたいな生き方がイヤなの！）

（うちだって辛かった！　苦しかった！　悲しかった！　神戸のことも、真紀ちゃんのことも！）

歩が微笑み、「……ううん」と首を横に振る。

「うれしかったよ。結が、神戸のことも、真紀ちゃんのことも覚えてて、くれて、うれしかった」

階下では、結の部屋から歩がなかなか降りてこないと、聖人がウロウロと落ち着かない。

きっと姉妹で語り合って、長い空白の時間を埋めているのだと、愛子は思っている。それからノートパソコンを開き、『２００４年７月×日』と日付を入れた。ブログを始めようと思い立った
時、陽太に頼んでセッティングをしてもらっている。愛子がキーボードを打ち始めた。

翌日、結は朝食がとれるまでに回復し、歩は博多発の新幹線で東京に帰る予定だ。

「おじゃましゃーす！」と瑠梨の声がして、珠子、鈴子、理沙が転がり込んできた。何事かと思いきや、元気そうな結に安心して抱きついてくる。結が倒れたことを陽太が理沙にしゃべり、理沙が瑠梨たちにメールし、みな心配で居ても立ってもいられなくなって押しかけてきたのだ。

「あ！　アユさん！　おはようございます！」

珠子の声かけで四人がビシッと挨拶したあと、鈴音が手をメガホンのように口元に当てた。

「聞きましたよ～、よ、大女優！」

「大女優？」

聞き返した歩は、街で噂になっていると言われ、すぐに犯人を特定して佑馬をにらんだ。

「ボクはアユさんのこと、大女優だと思ってるス！」

佑馬が悪びれずに白状する。

「そして広めたとは俺たい」

永吉がケロリと自白して味噌汁をすする。

そんなあらましなど関係なく、瑠梨はまた憧れの目で歩を見る。

「てかアユさん、ニセモノとか言いよったけど、やっぱチョーホンモノ！　チョーカリスマ～！」

「……わかった、みんな、ちょっと来て」


歩の先導で、米田家とハギャレンが一族大移動のように向かった先はスナックひみこだ。

「みんなに、私の本当の仕事が何なのか教えるから」

歩がカラオケのマイクを握り、浜崎あゆみの『Boys & Girls』の前奏が流れ始める。なぜカラオケなのかとみな狐につままれたような顔をするが、歩はおかまいなしで歌い始める。

「♪はばたきだした～」

歩はサビの途中で歌うのをやめ、マイクを握ったまま一同に話しかける。

「画面、よく見て！」

マイクのエコーが「見て、見て、見て」とみなの目をカラオケビデオへと促した。浜崎あゆみの歌詞に合わせて、若いギャルが下手な演技をしている映像が画面に流れている。

「え！　これ、お姉ちゃんなん？」

結が素《す》っ頓狂《とんきょう》な声を出し、愛子が確かに歩だと認める横で、聖人は愕然としている。

「てか、この曲、何回も歌いよったのに」

珠子も、鈴音もまったく気づいてなかった。

真紀との約束を守り、歩は東京でギャル雑誌の読者モデルになった。でもすぐに声がかからなくなった。そのあと小さな事務所に所属し、回ってくるのは今流れている映像の仕事と似たり寄ったり。今回すっぽかして逃げてきたのもカラオケビデオの撮影だ。着ている服もブランドのバッグも撮影用の衣装で、黒く染めた髪は演歌の歌詞に合わせたものだ。

「私は大女優でもなければ、カリスマでもない！　なんならギャルでもない！　ただのニセモノ！」

歩の声がマイクのエコーで「ニセモノ！　ニセモノ、ニセモノ……」とリフレインする。

店に沈黙が広がった。浜崎あゆみの曲がカラオケで流れたままで、画面ではギャルの格好をした歩の芝居が続いている。歩がマイクを置き、カラオケを消そうとする。

すると結が突然、マイクをつかんで「♪輝きだした～」と歌い出した。

「お姉ちゃん、知っとう？　この曲、ギャルにとって救いの歌なんよ！　みんながこの歌を歌って、元気になっとう！　チョーカッコいいやん！　お姉ちゃんは、ニセモノなんかやない！」

「ない、ない、ない」とエコーがかかり、「うちらも歌お！」と瑠梨がみなの気持ちを引き立てる。

結や瑠梨たちが、それぞれの夢を胸に思いの限りに浜崎あゆみを歌っている。

愛子、聖人、そしてそこにいる全員が手拍子を打って結たちの明日を応援していた。

家に戻った結は一枚の写真を歩に見せた。ギャルをやめると宣言した結に、理沙たちはハギャレンの思い出が詰まったプリ帳をプレゼントしてくれた。その最後のページに貼ってあった写真だ。

渋谷109を背景に、ギャル仲間の真ん中に満面の笑みを浮かべた歩がいる。真紀の代わりの人生を生きてきただけのニセモノの笑顔だとは、結には思えない。

「うちには、お姉ちゃんが真紀ちゃんの代わりやなくて、真紀ちゃんとずっと一緒に生きてきたようにみえる。そうやなかったら、こんな風に笑えんよ。お姉ちゃん、ギャルやっとって、楽しかったやろ」

歩は写真を見つめ、真紀と一緒の時間を脳裏に描いてみる。天神の街の真ん中を真紀と一緒に闊歩する。歩も真紀もパーフェクトギャルだ。ゲームセンターに集まり、歩と真紀が載ったギャル雑誌を仲間たちと見てはワイワイ楽しく笑い合っている。そして渋谷109の前で撮った写真には、歩と真紀が真ん中に並んでカメラに納まっている。指切りした時の笑顔のままで。

「……めちゃくちゃ楽しかったよ」

結はうらやましい。歩はちゃんと真紀との約束を果たし、思い切りギャルを楽しんだ。

「うちは頼まれたけんギャルのフリしたけど、やりたいことなんて何もない」

「それは、違うと思う。覚えていない？　子どもの頃」

歩がカバンからクッキーの空缶を取り出した。缶の中に、愛子と結が描いたセーラームーンのイラストが入っている。まだ五つか六つだった結は、二言目には「ゆい、セーラームーンになりたいねん」と言う。そんな結にねだられ、歩は何度も結の髪をツインテールに結んだ。結はかわいい服を着たり、髪を束ねるのが大好きな女の子だった。

「我慢なんてしなくていい。子どもの頃みたいにやりたいこと、思い切りすればいいじゃん」

結は自分に問いかける。やりたいことって何？　子どもの頃はセーラームーンだったけど。不意に耳の奥でにぎやかな笑い声が響き、糸島フェスティバルでパラパラを踊った時の記憶がよみがえってくる。結は踊りながらずっと、心の中で「楽しい！」と歓声をあげていた。

「お父さん、お母さん、うち、ギャルやりたい」

居間でくつろいでいる愛子と聖人の前に、結がかわいいギャルの姿で現れた。

「それに書道もやりたい。もしかしたら、これからもっとやりたいことが出てくるかもしれんけど、それも全部やってみたい」

結は湧き立つような気持ちをぶつけると、愛子と聖人の前に膝をそろえて座った。きちんと門限を守り、心配をかけるようなことはしないし、農園や家の中の仕事も手伝うと約束する。

聖人が苦笑する。がんばりすぎて、また疲労でダウンされたらたまったものではない。

「人に迷惑かけんって約束できるんなら、好きなことばやれ」

「いいん？」

あっけなく許しがもらえて拍子抜けする結に、愛子がクスッと微笑む。

「いいに決まってるでしょ」

結がうれしそうにうなずくと、歩に結んでもらったツインテールが揺れた。

「じゃあ、私は東京に戻って仕事片付けてくる。終わったら、福岡戻ってくるから」

歩がポンと手を打って立ち上がり、結、愛子、聖人が笑顔でうなずいた。

第7章　おむすび、恋をする

夕方、元気を取り戻した結は、海が見えるいつもの場所で翔也が来るのを待った。

「米田結！　用ってなんだ？」

「うん……あの時、助けてくれて、ありがと。やけん、なんかお礼させて」

翔也はお礼などいらないが、結からそれでは気が済まないと言われて一つ思いついた。

「ほんじゃ、スタミナ。俺の弱点」

翔也は体力をつけるためにランニングを欠かさないが、思うような結果が出ない。なんとかスタミナを手に入れたいのだが、お礼としてもらえる代物ではないことくらいわかっている。

結はちょっと考え、帰ろうとする翔也を呼び止めた。

「待って。なんとかなるかも。明日の朝、学校行く前、ここに来て」

結は、佳代が作ってくれた大豆とトマトのスープのことを思い出していた。あのスープを飲んだ時、体に栄養がパンパン入ってきた。それで閃《ひらめ》いたことがある。

帰宅した結は、夕食の支度をする愛子と佳代に、スタミナ不足を解消する食べ物って何があるのかと聞いてみる。最近疲れやすいからと、もっともらしい理由もくっつける。

「ほら、うち、ギャルやったり、書道やったり忙しいけんスタミナつけたくて」

「やったら豚のレバーかねえ」

佳代が言うには、糸島の豚はエサにこだわっていて、臭みがなくて食べやすい。

「なんでレバー食べたらスタミナつくん？」

結はこのまま佳代に教えてもらいたいが、愛子から自分で調べるようにと注意されてしまった。

そこで理由は後で調べることにして、佳代に別のお願いをする。

「ねえ、おばあちゃん。明日、その豚のレバーが入ったお弁当二つ作って」

頼まれた佳代も、横で聞いている愛子も、なぜお弁当が二つ必要なのかと疑問を感じる。

「あー、うちが食べる！　ほら、育ち盛りやし！」

結の声に不自然なほど力がこもった。


翌朝、結は佳代の手作り弁当を一つ、翔也にスタミナがつくからと手渡した。

「弁当け。でも豚レバーのなにが効くんだ？」

翔也の質問に、結はまだ答えられない。「遅刻するよ」と言って、翔也を学校へ急がせた。

学校の昼休みを利用し、結は図書館で『栄養・食品』の本棚から『体を強くする料理』という本と『マンガで分かる栄養学』を選んで手に取った。

結はこれらの本を身を入れて読み、レバーに関する説明文をできるだけ頭に詰め込んだ。

夕方、海が見えるいつもの場所に来た翔也は、完食したお弁当箱を結に返した。

「これめちゃくちゃうまかったぞ！　俺、レバー、苦手だったんだけど、これなら食える」

翔也の評判は上々で、結はよかったと喜びながら一つ咳払いをした。

「レバーの中でも豚のレバーが鶏や牛に比べて、鉄が一番多いんよ。しかもレバーに含まれる鉄はタンパク質と結びついた『ヘム鉄』って呼ばれとって……」

結は丸暗記した説明文を思い出しながら解説していく。

「おめ、すげえ栄養に詳しいんだな！　これでスタミナつくなら毎日でも食いてえべ」

結は俄然《がぜん》やる気満々になる。といっても、結が自分で作るわけではない。


結は家に帰るなり、台所に直行してそこにいる佳代に懇願する。

「お願い！　おばあちゃん、毎日お弁当二個作って！」

すると、食べ終えたお弁当箱を洗っていた愛子が、「これは、なに？」と結を呼んだ。空のお弁当箱の一つに『うまかった！　ごちそうさん！　翔也』というメモが入っている。

「翔也って、四ツ木君だよね？」

愛子が聞き、佳代も怪訝そうな顔をしている。結は口ごもりながら、助けてもらったお礼に、翔也にスタミナのつくお弁当を食べさせてあげたかったからだと白状する。

「だったら自分で作らなきゃダメでしょ」

愛子の言うとおりなのだが、結は料理が下手でお弁当を作る自信がない。

「なら、おばあちゃんが教えちゃあよ。やってみよう」

佳代がにっこり笑った。

結は図書館で借りた『体を強くする料理』を佳代に見せた。佳代の知識を借りながら、栄養価佳代に教えてもらいながら、結はぎこちない手つきで玉ねぎを切っていく。

「なら、この『豚肉と玉ねぎのニンニク炒め』にしようかな」

の高い食材を使ったいろいろなおかずの中から一つを選ぶ。


「はい、今日の分」と、結がお弁当の入った紙袋を手渡す。お礼を言って受け取った翔也は、結の右の人差し指に貼ってある絆創膏《ばんそうこう》に気がついた。結はさっと手を引っ込めて隠す。それよりお弁当の感想を早く聞きたいからと、翔也に頼んでメルアドの交換をした。

昼休みになると、結は待ちかねたように携帯電話を開いた。翔也からのメール着信を何度もチェックするうち、やっと『めちゃくちゃうまかった！』というメッセージが届いた。

結はすっかり気を良くし、『体を強くする料理』を片手に翔也のためにお弁当作りをする日々が始まった。指の絆創膏は増えていくが、翔也が食べ終えたお弁当箱にはいつも『最高だった！』『うまかった！』というメモが入っていて、次のおかずはどれにしようか考えるのが楽しみだ。

二週間も過ぎると、『体を強くする料理』に載っている料理はほとんど作ってしまった。結がメニュー作りに迷っている折も折、翔也と福岡西高校野球部の監督・中西剛《なかにしつよし》が訪ねてきた。結だけでなく愛子と佳代も応対し、翔也は中西の横でうなだれている。

中西が憤りを抑えて話し始める。

「あなた、うちのエースを潰す気ですか。最近、四ツ木の調子が悪くなりました。体重がやたら増え、体のキレもなくなった」

野球部の寮では専門の調理師が食事作りをしている。そのうえ、栄養士の資格を持つ中西の妻が食事による体作りと体調管理を行い、部員の体重が急に増えるなどあり得ない。そこで翔也を問いただしたところ、結のお弁当を食べていることがわかった。しかも翔也はこのことを知られないように、寮の食事もきちんと食べたので約二倍の量が腹におさまってしまった。

「食事も大切なトレーニングの一環なんです。今後は余計なことを一切しないでいただきたい」

「……すいませんでした」

結はぐうの音も出ないで下を向き、翔也が懸命に釈明をする。

「いや、監督。彼女は悪くないんです。自分がスタミナつけたいって頼んだからで」

中西はふたりが交際しているのではないかと疑念を抱き、翔也に忠告する。

「四ツ木。今、恋愛している場合じゃない。甲子園に行きたいなら野球に集中しろ」

夜、結の携帯に、「今、家の前にいる」という翔也からのメールが届いた。急いで玄関から外に出ると、翔也が待っている。

「とにかく謝りたくて。米田結、料理作るの慣れてねんだろ。手の絆創膏。会うたび増えてた」

中西から叱責されたが、結が一生懸命にお弁当を作ってくれたことが翔也にはうれしかった。

「こないだ、地震の話してくれたべ」

結が阪神・淡路大震災に遭遇したあの当時、翔也は栃木県に住んでいたし、まだ幼くて何もわからなかった。ところが結の心に暗い影を落としていることを知り、いろいろ調べていくうちに、結とその家族がどれほどのつらさに耐えてきたのかが少しずつわかってきた。なぜ結が「どうせ一生懸命やっても、意味ないけん」とか「どうせいつか、みんな消えてしまうけん」などと悲観的なことを言ったのか、その胸中がうかがえるようになった。

「……あんなこと言ってたヤツが、毎日毎日ケガしながら俺のために一生懸命、弁当作ってくれたんだ。残さず食うに決まってんべ。でも、そのせいで迷惑かけた。本当にごめん」

翔也は今の気持ちを伝えると、清々しいほどさっと走り去っていく。

翔也の背中を見送るうち、結の胸がどんどん高鳴ってくる。心の中で（あ、ヤバいヤバいヤバいヤバい）と繰り返しながら、家の中に戻って自分の部屋に駆け込んだ。ベッドに倒れ込み、枕に顔をうずめて胸に突き上げてくる感情を抑えようとするが声に出てしまう。

「ヤバいヤバいヤバいヤバいヤバい！　ホントにヤバい！」

翌朝になっても、結は思い出すたび胸がドキドキして止まらない。登校して教室に入ってからも「ヤバいヤバいヤバい」が声になって漏れていて、理沙に「なんがヤバいん？」と問いかけられる。結は「なんも言っとらん！」と口をつぐみ、眉間に皺を寄せた。

土曜日になると、瑠梨、珠子、理沙ちょっと遅れて鈴音が米田家に集まった。

ミーティングという名目をつけているが、米田家の居心地がよくてのんびり過ごしたいだけだ。

鈴音に彼氏ができたなどと雑談を交わしているうちに、理沙が結の不意を突いた。

「ムスビンも好きな人おるよね？」

「いや、いないですって！」

結は否定するが、理沙はこれが証拠だと言わんばかりに、眉間に皺を寄せてみせる。

「でも陽太君言いよったよ。ムスビン、好きなもの我慢する時この顔で『ヤバいヤバい』って」

瑠梨や珠子が「誰?」と興味を示し、理沙が「あの人」とヨン様こと翔也だと暴露する。

「それも陽太君が言いよった。絶対あいつが好きだって」

結はシラを切ろうとして、翔也を河童だとか、熱血野球バカだなどと悪く言う。

「だから全然好きやないけん! うちの話聞いて引くぐらいボロボロ泣くし、うちが作ったヘタクソなお弁当、バカみたいに、おいしいおいしいって毎日食べてくれるし」

だが、結が否定すればするほど、のろけ話になっていく。

瑠梨がそっと、結の心の中を見透かした。

「ムスビン。てか、もうチョー好きになっとうやん」

ギャルたちは口々に、好きだという結の気持ちを翔也に告白することを勧める。

でも、結は告白なんかして、野球に集中しようとしている翔也のじゃまをしたくない。結が二の足を踏むので、瑠梨はギャルの掟その二を口に出すようにとうながした。

「その二……『他人の目は気にしない。自分が好きなことは貫け』」

「ギャルなら好きなこと、貫きいよ」

珠子が結の背中をどんと押した。

同じ頃、堤防では、ボンヤリ釣り糸を垂らした陽太と恵美が、結の話をしている。陽太はあえて理沙に結の好きな人が誰なのかをバラしていた。結が幸せになるなら、それでよかった。

神社の境内の物陰に、瑠梨、珠子、鈴音、理沙が押し合いへし合いで隠れている。結の恋が実りますようにと、祈るような気持ちで成り行きを見守っている――つもりだ。

結からの呼び出しに応じて、翔也がやって来た。結がしおらしく口を開く。

「……ごめんね、急に呼び出して……ちょっと話があって……うち、四ツ木君のことが――」

「ごめんなさい。交際できません！」

のっけから断られた結がキッと物陰をにらみつける。すると、わらわらとギャルたちが出てきて、

「ありえない」「マジムリ、こいつ」など言いたい放題だ。これでは結の立つ瀬がない。

「もういい。うち、帰る」

「待ってくれ、米田結！　おめが言いたいことはわがってる。それは俺もおんなじ気持ちだ」

翔也が真剣な目をした。自分には甲子園という大きな夢があり、その実現のために今は野球に専念したいと訴える。

「今、おめにその言葉を言われちったら、今、俺がその言葉を言ったら絶対に気持ちが揺らぐ。んだから、俺が甲子園に行ったら、米田結が好きだって告白する！　それまで待ってくれ！」

米田家では、愛子がノートパソコンを開いてブログを書いている。タイトルは『うちのギャルさん』。結がモデルのかわいいギャルのイラストを、手元のスケッチブックに描いている。

ちょうどそこに、結がギャルたちと一緒に帰ってくる。結は見るからに不機嫌だ。みなで客間に入ると、結がぴしゃりと襖を閉め、険しい顔でギャルたちと向き合った。

「やけんヤダって言ったのに！　誰？　コクろうとか言ったの！」

ギャルたちは誰が言ったのかを押し付け合い、瑠梨が神社で翔也が言ったことを振り返る。

「けどさ、あいつ――あれもうすでに告白じゃね？」

「あ」

結もちょっとずつ冷静になってきて、翔也が「好きだ」と言った声が鼓膜に響く。

「でもさあ、好き同士なのに付き合っちゃダメって、つらくね？」

鈴音が気の毒そうに言い、理沙も何か力になろうとする。

「あ、メル友は？　毎日お互いメールを出し合うんよ。交換日記みたいに。それなら付き合っとらんし、セーフっちゃない？」

「ムスビン、メールで彼を応援して、支えてやりいよ」

珠子に励まされ、結は「……応援」とつぶやいた。翔也を応援できるなら、それが今の結の気持ちにぴったりはまる。


福岡西高校野球部の練習場で、翔也は投げ込みの練習に汗を流している。キャッチャー野崎幸太郎が構えるミットに、翔也の投げる豪速球がズバンッと音を立てて収まった。

「ようやくキレが戻ってきたな、四ツ木。今は野球以外のことは考えるな！　すべて捨てろ！」

中西が発破をかけた。

翔也と幸太郎は寮の同じ部屋で生活している。夜、幸太郎が入浴を終えたあとも、翔也はまだバーベルを使って手首を強化している。翔也が練習を終えた時、結から携帯メールが届いた。

『この間は突然ごめん。いろいろ考えて、メールで応援することにした。これなら監督に怒られんよね？』

『全然問題ない！　絶対甲子園に行って、米田結に告白すっかんな！』

翔也からの返信メールを読んで、結がうふふと笑う。

「やけんもう告白しとるんだつーの」

翔也が目標に向かって邁進《まいしん》していることは、結にとっても励みとなっている。学校の昼休みに図書館に行き、『栄養・食品』と書かれた本棚から今度は『スポーツと栄養』『アスリートのための食事管理』など、翔也の役に立ちそうな本を何冊も手に取った。

『一口で30回は噛《か》んで、消化しやすくすること。でも噛めば噛むほど満腹にもなりやすいから、量をしっかり食べることも意識して』

結が携帯メールで送ったアドバイスを、翔也は真面目に実践している。

『アドバイス、ありがとう！　前より体が丈夫になってきた気がする！』

翔也から届いたメールを、結はうれしそうに読んだ。翔也を応援したくて始めたメールで、結は栄養についての知識が増え、翔也の体が強くなるなんて願ってもないことだ。

結と翔太のこうした地道な努力が実を結ぶのならめでたいのだが、そんな日はおいそれと訪れてはくれない。福岡西の野球部は春の選抜甲子園、夏の甲子園、さらに次の春の選抜甲子園もあと一歩というところで出場を逃した。そして二〇〇六年七月。結との約束は果たされていないまま、翔也は高校生最後の夏の甲子園シーズンを迎えようとしている。

高校三年生の夏といえば、結たちは人生の岐路に立っている。

「おむすびだけやぞ、うちのクラスで進路決まっとらんの」

気のせいか陽太の話し方が上から目線だ。恵美は教員免許を取りたいという目標があるので大学に進学し、陽太は以前から公言していたとおり漁師を継がずに別の道に進む。

「博多のＩＴの会社に就職する。おむすびは、どうするん？」

結はまだ決めていない。


ハギャレンは今、理沙が総代を務めている。先代の瑠梨や珠子、鈴音はハギャレンを卒業して社会人になった。瑠梨はアパレルの会社に就職し、鈴音はネイリストの資格を取ってネイルサロンで働いている。珠子もダンスチームに所属してダンサーになる夢に近づきつつあり、三人とも将来の夢として描いていた道を進んでいる。

結も理沙も、高校を卒業したらハギャレンも卒業することになるだろう。そのあとはどうするのか。理沙は初志貫徹を目指していて迷いがない。

「うちは、東京の大学行く。向こうでギャルの文化をさらに極めようと思って」

結はこの先自分がどこに進むのか、何をやりたいのかわからない。

結が帰宅すると、愛子はノートパソコンでブログを書いている。結が高校卒業後に何をするか決まっていないと相談をもちかけると、愛子はやりたいことをやればいいと言う。結はその「やりたいこと」がわからないので困っている。

「もったいないなあ。お母さんが結の立場だったら、失敗してもいいから、思いついたもの片っ端からやるけど。だって、お母さんはそういうことできなかったから」

愛子は今の結の年齢の時には、もう歩を身ごもっていたからだ。それから聖人と理髪店を営み、結が生まれ、糸島に来て農業を手伝いながら、ブログというやりたいことを見つけた。

「楽しいんだよね。読んでくれた人がコメントくれたりして」

結が居間を出ていくと、愛子は書きかけのブログに戻る。結に似たギャルが悩んでいるイラストをノートパソコンの画像に取り込み、『うちのギャルさん、進路で悩み中』と書き入れた。


海が見えるいつもの場所に来てくれれと、翔也から結に携帯メールが来たのは昨日の夜だった。朝、結が登校前に行くと、翔也が待っている。翔也と直接顔を合わせるのは二年ぶりだ。結がドキドキしているというのに、翔也はいたってのんきそうに見える。

「そうか、あれから二年か。しかし、長かったなあ〜」

「いや、『長かったなあ〜』やないけん！　フッー、二年も待たんけん！　みんな、どんどん彼氏できようのに、うちだけバカみたいに我慢して！」

結はカチンと来る。翔也が宣言どおり、背番号1のエースピッチャーとして野球部を引っ張って甲子園に出場していたら、結はこんなに待たずに済んだのだ。

翔也は謝りつつ、甲子園にあと一歩届かなくてくじけそうになるたび、結がくれるメールにどれほど励まされたか、心の支えとなったかを率直に話した。

「今日から、甲子園の福岡予選が始まる。これが最後のチャンスだ」

翔也がノートを出し、結に『四ツ木翔也のサクセスロードマップ』を見せた。そこには今後の目標として「15歳〜18歳……甲子園優勝」「18歳……ドラフト1位指名でプロへ！」「25歳……ポスティングでメジャーリーグへ！」と記されている。

「米田結、決勝戦、見に来てくんねか。絶対に勝って、おめを甲子園に連れていく」

「……わかった。がんばって」

翔也が走り去るのを見送ると、結もまたあることを実行しようと決意する。

書道室の床に白い大きな布が広げられ、その傍らに墨汁が入ったバケツが置かれている。結は意識を集中させると、手にした大きな筆を墨汁につけて白い布に文字を書いていく。

福岡西高校野球部は、予選を勝ち進んでついに決勝戦を迎えた。対戦相手の海雲《かいうん》高校に勝てば甲子園行きが決まる。翔也は四番でピッチャーという重責を担っての出場だ。福岡西は一回表の攻撃でツーアウト二塁という、早くも一打得点のチャンスをつかんだ。次の打者は翔也だ。

翔也がバッターボックスに向かう。すると客席が急にざわついた。福岡西のベンチは三塁側で、その応援席の一角でハギャレンが総出で翔也を応援している。結はギャルたちの真ん中で、『翔』とみずから墨書した大きな旗を力いっぱい振っている。

「いけいけ、ヨン様！」という結の声援に合わせ、ギャルたち全員が「いけいけ、ヨン様！」と黄色い声を張り上げる。

翔也は声援に応え、タイムリーヒットを飛ばして福岡西に1点が入った。

マウンドに立つ翔也は豪速球が冴え、海雲に得点を与えない。福岡西も得点を加えることができず投手戦となった。そして1対0で迎えた九回裏。翔也はツーアウトを取り、二塁に走者を置いて、次の打者にツーストライク、スリーボールのフルカウントまで粘られた。

結は手に汗を握って試合を見ている。あとひとり、翔也が打ち取れば勝ちだ。

マウンドの翔也は体力を消耗している。右腕を回し、二塁走者を見てセットポジションの姿勢をとる。幸太郎が構えるキャッチャーミットを目がけ、翔也は渾身のストレートを投げた。海雲の打者が猛烈なフルスイングをする。カキーンという打球音とともに空高く飛んだ白球はレフトスタンドへと吸い込まれていき、海雲高校の応援団が歓喜する声が球場に響いた。

翔也にとって、甲子園への最後の挑戦が終わった。


米田家でも、翔也を応援していた愛子たちが福岡西の敗戦を残念がった。試合から家に帰ってきた結も、張りつめていた気持ちがゆるんでガックリしている。

「……あいつ、すごい泣いてた」

試合後、福岡西の選手たちは泣きながら応援席に一礼した。ことに翔也が号泣する姿に、結は胸を揺さぶられた。

『お疲れ様でした。とにかく今はゆっくり体を休めてください』

夜、結が携帯メールを送ると、すぐに翔也から返信メールが届いた。

『今日は応援ありがとう。明日休みだろ。あの場所で待ってる』


翌朝、結は海が見えるいつもの場所に向かった。翔也は先に来ていて、結に背中を向けて海を眺めている。結はかける言葉が見つからない。ただ後ろ姿を見つめるばかりだ。そんな結の気配に気づいて、翔也がゆっくりと振り返る。

意外にも翔也はやけに明るい顔で「おう！」と挨拶し、結は戸惑いながらも元気づけようとする。

「けど、甲子園に行けんでも、一生懸命やることの大切さ、伝わった。やけんもう落ち込ま――」

「落ち込んでねえぞ。俺、全然落ち込んでねえがんな。もう前向いてる」

翔也は監督の中西の紹介で、大阪の社会人野球チームに入団を決めたという。

「そこで三年間がんばって、俺はプロ野球選手になる。だから米田結——」

「待って待って！　いや、切り替え早すぎ！」

結は『四ツ木翔也のサクセスロードマップ』を見せてもらったばかりだ。そこにドラフト一位とか、プロとかは書いてあったけど、社会人野球は書いてなかった。

「人生は思いどおりに行がね。一回や二回、いや何度だって失敗する。でも気にすることね。最終的に夢にたどり着ければそれでいいべ」

翔也が屈託なく笑う。その笑顔につられ、結も笑い出した。

「いいか、次こそ約束すっから！　三年間、社会人野球で結果を出して必ずプロになる！　そしたら俺は、米田結に好きだって告白する！」

「やけん、それってもう告白しとるんだつーの！」

「え？　ああ、そうか。じゃあ、米田結の答えは？」

「はあ？　好きだよ、バーカ」

結はこんなふうに聞き返されるとは思っていなかったので、とっさに「好き」って答えてしまった。ホントだけど、やっぱり恥ずかしいので、結は逃げるように自転車に飛び乗った。

「よっしゃー！　じゃあ、俺たち、両思いだべ！」

翔也の声を背中で聞きながら、結はキラキラと輝くような笑顔でペダルをこいだ。

この日、聖人は神戸に来ている。神戸で理髪店を営んでいた頃の知り合いで、整体院の院長・福田康彦から電話をもらったのだ。以前聖人の店があった場所に空きが出たことを知らせる電話で、聖人は神戸に戻ってこないかと誘われている。

聖人はきれいに改修された、神戸さくら通り商店街の入り口に立った。大震災前に念願していたアーケードが設置されていて、それを見上げる聖人は感無量の面持ちだ。

聖人は買い物客でにぎわう商店街を進んでいく。かつてバーバー米田があった場所に行くと、きれいなマンションが建っていて、一階部分に『テナント募集』の貼り紙がある。

聖人が貼り紙をじっと見ていると、福田と佐久間美佐江が傍らに来て、商店街の仲間たちがみな聖人の帰りを待っていると温かい言葉をかけた。

結の机には栄養に関する本が山積みになっている。翔也のために栄養について勉強した日々は充実していて楽しかった。そんな感慨にふけっていると、以前監督の中西が、栄養士の資格を持つ奥さんが食事による体作りと体調管理を行っていると話していたことを思い出す。

結はひと月ほどじっくり考え、心を決めると、聖人と愛子が働いている作業場に行った。

「……うち、栄養士になりたい」

学校、病院、施設などの食事に関わる仕事で、働き口には困らないはずだ。

「ただそのためには資格とか取らんといかんくて……やけん、栄養士の専門学校に行きたい」

「そらかまわんけど、なんで栄養士なんや？」

聖人が聞くと、結は困っている人をすぐに助けてしまう米田家の呪いの話を持ち出した。

「でもそうやない……自分がやったことで、誰かが喜んでくれたら、すごく幸せな気持ちになるんやって、気づいた。一生懸命やってる人を支える。そういう仕事が、自分に向いとると思う」

パラパラを踊って観客に楽しんでもらったり、翔也が手作りのお弁当に感謝してくれたり。結らしい進路の決め方だと愛子は思う。聖人もがんばれと結のやりたいことを認める。愛子はそれを確かめると、今度は結と聖人を交互に見る。

「結がちゃんと自分のやりたいこと話したんだから、お父さんもやりたいこと、話したら」

愛子は神戸に聖人が行ったこと、商店街の現在の状況などを、結にかいつまんで話す。

「お父さん、その場所でもう一回、床屋さん、やりたいんだって。だから家族で神戸に戻ろうかって、話してたの。結はどうしたい？」

結がじっと考えていると、聖人がやっぱりダメだと神戸行きの話を撤回した。愛子と結が驚いているところに、佳代が来る。聖人がなぜ神戸行きに踏み切れないのかわかっている。

「大丈夫やけん、聖人。こっちのことやったら心配せんでいい。私もまだまだ体動くし、畑ば手伝ってくれる人ならいくらでもおる」

佳代はこの機を逃して聖人に後悔してほしくない。あとは永吉をどう説得するかだけだろう。

「ありがとう、おふくろ……オヤジにはタイミング見て、俺から話す」

聖人が腹を括った。結が神戸に行くかどうかは、それまでに決めればいいことになった。

それから秋と冬があっという間に過ぎた。愛子は神戸に行く手続きをすべて終えている。

「ちょー、お父さん！　おじいちゃんにいつ言うん？　もう三月よ！　うちだって来月からだよ、神戸の専門学校」

結が焦って急《せ》き立てるが、聖人はタイミングが大事だからと後回しにしようとする。

折よく釣りに出かけていた永吉が大漁大漁！　と上機嫌で帰ってきたので、結、聖人、愛子、佳代がお互いに目配せし、四人が阿吽《あうん》の呼吸で声に出さずに会話する。

（おじいちゃん、チョー機嫌いい）と、結。

（言うなら今しかないっちゃない？）ほら早く話しに行けと、佳代。

（いや、まだタイミングが早い）など、この期に及んで優柔不断な聖人。

（じゃあいつ言うのよ！）と、イライラしてくる愛子。

永吉はオープン戦でホークスが圧勝したのもあって、ガハハと豪快に笑っている。

（ほら、絶対今ならＯＫって言うよ！）と、結が大きな目で圧をかける。

（言え、聖人！　今こそ言わんと！）と、佳代は怖い顔で叱責する。

永吉は調子づいていたが、さすがにみなの様子が変だと気がついた。

「どげんした？　みんな、むっつり黙って」

奇妙な空気が漂い、それを一掃するように、翔也が元気溌剌な声で居間に入ってくる。

「米田結、神戸に引っ越す日決まったか？　俺、手伝うから」

結、聖人、愛子、佳代がスーッと青ざめるが、翔也は空気が読めていない。

「しかし俺の所属チーム、大阪だから、すげえ近くなるな！」

「バカ河童！　しっ！」

結が止めたものの時すでに遅く、永吉が一瞬にして気色ばむ。

「……今んとはなんや？　神戸に引っ越すって、どげんことや！」

聖人は観念し、姿勢を正して永吉と向き合った。

「俺、もういっぺん、神戸で床屋ばやりたい。家族で暮らしたあの場所でもういっぺんやり直したい。やないと、俺はあの地震から、前に進めん気がする」

頭を下げる聖人の横で、愛子も永吉に認めてほしいとお願いする。佳代も口添えする。

永吉が押し黙った。しばし熟考し、おもむろに大きくうなずいた。

「いかん」

「は？」と聖人が間の抜けた声を出し、愛子や結も予想外の返事にずっこけそうになる。

「もうじきでかい産直所もできる！　糸島はこれから盛り上がるとぞ！」

「わかっとう！　けど康平に話したら、ちゃんと理解してくれた」

よねだ農園のことは井出に相談し、あとのことを任せるなど、できることはしてある。

だが永吉はダメだと突っぱねる。憤慨した聖人が今すぐここを出ると啖呵を切れば、永吉が二度と戻ってくるなと言い放つ。こんな大切な話し合いに親子ゲンカが始まった。

「おじいちゃん！　こんな風にお別れするとかヤダよ！」

たまらず結が間に入った。


よねだ農園は、聖人、愛子、佳代が丹精込めた見事な野菜畑が一面に広がっている。結はここに永吉をいざなった。

「見て、この畑。うちは糸島が好いとう。糸島の人も、街も、海も、山も、畑も、食べ物も、おじいちゃんもおばあちゃんも、みんな、大好き。お父さんやって同じ気持ちやと思う」

永吉が野菜畑を見渡した。収穫を待つ野菜がたわわに実っている。

「大好きやなかったら、こんなに大切に野菜育てんよ。それでも行ったらいかんと？」

「……いかん。おまえらがおらんくなったら、つまらん」

永吉には後悔の念がある。若い頃からトラックで日本中を走り回っていて、子どもだった聖人と一緒に過ごせなかった。それが結たちと暮らすようになって、家族で食卓を囲み、野球のナイター中継を見て、笑ったり、ケンカしたり、そんな団らんが楽しかった。

「それがもうできんくなる。だけん行ってほしゅうなか」

結と永吉が語り合うのを、聖人、愛子、佳代が離れた場所で聞いている。永吉がなぜ、聖人たちが神戸に戻るのを頑《かたく》なに許そうとしないのか、その本音を知って聖人が歩み寄る。

「そげな理由なん」

「おまえやったらわかるやろう。そげなことがどんだけ大切なことか」

結にもわかった。永吉は寂しいのだ。

「やったら、うち、いっぱい遊びに来るけん。夏休みも、冬休みも、春休みも来る」

結が約束すると、永吉はおもむろに大きくうなずいた。今度こそ認めてくれそうだ。

「ならいい。神戸でん、どこでん行けばよかたい。ばってん、つらいことがあったら、いつでん戻ってこい。俺も佳代も、いつでん待っとうけん。ここは、おまえらん故郷たい」

結たち家族をとても大切にしている永吉の思いが伝わって、結の胸が温かくなる。

第8章　さよなら糸島　ただいま神戸

二〇〇七年三月。結たちが糸島を出立する日が来た。結はギャルのメイクをして、瑠梨たちがくれた色紙をバッグにしまい、十数年過ごした自分の部屋をもう一度見回すと外に出た。

駅には、佳代と陽太、そして井出も結たちを見送りに来ている。佳代の望みで、会いたければいつでも会えるのだからと、しんみりした挨拶はしないことにする。

それでも、結はやっぱりこの場に永吉がいないことが寂しい。

「おじいちゃんにも、ちゃんとお別れ、言いたかったな」

それから普段よりちょっぴり改まって、陽太のほうに向き直る。

「陽太、ありがとうね。うちが糸島にすぐに馴染《なじ》めて、ずっと楽しく過ごせたの、陽太のお陰やもん。うち、陽太のこと、家族やって思っとう。本当に感謝しとうよ。ありがとう」

結のことをいつも見守ってくれる兄であり、気の置けない弟のような存在だった。

陽太は『おまえが好きだ！』と叫びたい気持ちを必死にこらえて顔をしかめた。

「辛気くさいわ、おむすび！　おまえにそんなんは似合わんって！」

陽太にとって、永吉や佳代はそれこそ家族だ。聖人たちがいない分、自分がきちんと目を配るからと約束して結を安心させた。

ホームに電車が入ってきた。結と陽太が「元気で」と手を振り合う。

走り出した電車の中で、結は車窓から流れゆく糸島の景色を見つめている。ここで過ごしたさ
さまざまな思い出がよみがえる。見上げれば、今日も糸島の空は青く澄んでいる。

二〇〇七年の神戸は、阪神・淡路大震災から十二年を経て、前年には神戸空港が開港し、街の復興も進み、かつての賑わいが戻っている。

結たちは神戸さくら通り商店街の入り口まで来た。だが、結は当時の様子を覚えていない。商店街を進み、かつてバーバー米田があった場所まで行くと、賃貸マンションが建っている。

「うちのお店とお家、ここにあったの」

愛子がそう言って足を止めた途端、結にあの時の恐ろしさがフラッシュバックする。倒壊した家屋、砕けたサインポール。不意にうつむいた結の顔を、愛子と聖人が心配してのぞき込む。

ちょうどその時、「おかえり！」と何人もの声が重なり合った。結たち三人が振り返ると、福田、美佐江とその娘の菜摘、高橋要蔵が駆け寄ってくる。結には誰が誰だかわからないが、福田たちはすっかり大人になった結に目を丸くした。

「結、覚えてない？　整体院の福田さんに、テーラーの要蔵さん、で、総菜屋の美佐江さん」

愛子がひとりひとり、結に紹介すると、美佐江が軽く首を横に振る。

「愛子さん、今は『佐久間ベーカリー』ちゅう上品なパン屋さんしとんよ」

「へえ、パン屋さんですか！」

結が興味を示すと、美佐江の横にいる結と同じ年頃の女性が話しかけてくる。

「結ちゃん、うち、覚えとう？」

結はあっと思い出す。幼稚園が同じだった菜摘ではないか。

「……なっちゃん？　うわー！　チョー久しぶり！」

「結ちゃん、ギャルなん？　めっちゃええやん！」

結と菜摘は、会わずにいた十二年の歳月などなかったかのように手を取り合った。

聖人が店の鍵を開けると、美佐江たちはまるで自分の店のように先に立って入っていく。結も入ろうとするが、わずかなためらいがある。愛子が気づかうと、結はパッと笑顔を取り戻した。

「なんか、みんなの勢いで吹き飛んじゃった」

結がしっかりした足取りで店内に入ると、開店に向けて鏡や椅子などの支度が整っている。

聖人は一日でも早く開店して、商店街のために少しでも貢献したいという強い思いがある。

「あの、アーケードやって、ほんまやったら俺が責任もって設置せんとアカンかったのに、みんなに任せて、神戸から出てってしもて……」

申し訳なさそうな顔をする聖人を、この生真面目さは以前のままだと福田たちが和やかに笑う。

和気あいあいとする聖人たちに、結は神戸に帰ってきてよかったとしみじみ思えた。


結たちの住居は、店舗と同じ賃貸マンションの上の階にある。３ＬＤＫの広々とした間取りに、引っ越し用の段ボール箱があちこちに積み重なっている。聖人と愛子はもしかしたら結に地震のトラウマが残っているのではないかとの懸念が消えないが、結はもう大丈夫だと吹っ切れた明るい表情をしてる。

「だって家族で話し合って決めたやろ。神戸で、この場所でもう一回始めようって。それにうち、神戸で新しい生活が始まることにワクワクしとうよ！」

「まあ、神戸なら彼氏がいる大阪も近いしね～」

愛子がうっかり口を滑らせ、案の定、聖人が聞きとがめる。

「ん？　結が神戸に来た一番の理由はそれや？」

聖人が四の五の言い出しそうだ。この話題は避けたほうがよさそうで、愛子と結は適当にごまかしながら引っ越しそばの準備に取りかかる。


理髪店の表に、『ヘアサロンヨネダ』と書かれた看板が取り付けられた。

「これからは女性のお客さんにも、たくさん来てもらわんとって思ってな」

聖人の新たな取り組みに即して、愛子が考えた名前だ。もちろん結もピッタリだと思う。

早速菜摘が片付けの手伝いに来てくれた。結は部屋に置かれた段ボール箱から『ギャルの掟』が書かれた色紙や、栄養士の専門学校のパンフレットなどを取り出している。

「ギャルやのに栄養士ってなんか意外やね」

菜摘がパンフレットを手に取った。菜摘は女子大への進学が決まっている。勉強よりサークル活動をやったり、合コンをして彼氏ができるのを楽しみにしている。

「結ちゃんは？　彼氏、おるん？」

菜摘に聞かれ、結は携帯電話を開いて翔也の写真を見せた。

「チョーマジメな野球バカ。今年から社会人野球のチームに入った。プロになって、いつかメジャーリーガーになるんって。やけん、うちが栄養士の資格取って、支えようと思って」

「もしかして結婚も考えとん？　ええやん！　野球選手と結婚て女子アナみたいやん！」

「も〜〜、なっちゃん、へんなこと言わんでよ〜〜〜」

結は照れてニヤニヤしてしまう。


翔也は大阪にある社会人野球の名門、星河《ほしかわ》電器に入社した。福岡西高校からは翔也だけでなく幸太郎も中西監督の推薦で入社したので、翔也と幸太郎のバッテリーは健在だ。翔也はヨン様と呼ばれたトレードマークのメガネをやめて、コンタクトレンズに変えている。

スポーツ関西の記者・松本《まつもと》は、翔也のピッチング練習を見ていて即戦力になるのではないかと読んだ。星河電器の監督・中村重治《なかむらしげはる》にその質問をぶつけると、中村の翔也への評価は厳しい。

「まだ線が細い。これからこれから」

そのうち星河電器のエースピッチャー澤田龍志《さわだりゅうじ》がグラウンドに出てくる。ピッチング練習を始めた澤田は、屈強な体からものすごい剛速球を投げている。

澤田の投球に圧倒されながらも、翔也は決して負けないという闘志を燃やしていた。


米田家の引っ越し荷物はだいぶ片付き、歩の荷物だけが手付かずで残っている。愛子は神戸に引っ越したことを歩に知らせてあるが、歩からは前の年の二月に、イタリアのトリノにオリンピック観戦で来ているという写真を添付した携帯メールが送られてきたきり音沙汰がない。なにせ歩のことだ。本当にイタリアで撮った写真なのか、結にはあやしく感じられる。

夕食は『中華太極軒《たいきょくけん》』という店に繰り出すことにした。聖人と愛子が以前神戸にいた頃から贔屓《ひいき》にしている町中華で、店を切り盛りしている明石太一《あかしたいち》と真由美《まゆみ》夫妻とは顔馴染みだ。食事をしていると、結の携帯電話に翔也からメールが来る。

「彼氏から？」

愛子が聞いて、結が「うん」と返事をするのが、聖人は気に入らない。

「彼氏やない。四ツ木君は友だちやろ」

聖人の訂正を、結は右から左に聞き流す。

「あ、お母さん、翔也、来週の日曜日、神戸に来たいって。けどうち、まだ神戸よくわからんし」

「ならお母さんのお勧めのデートスポット教えてあげる」

結と愛子がふたりで話を進めるので、聖人が無理やり会話に入ってくる。

「デートって！　結、お母さん！　お父さんを無視するんやない！」

夕食をお腹いっぱい食べ、結たちは商店街を家へと帰っていく。結と愛子の後ろを歩いていた聖人が、渡辺靴店の前で立ち止まった。アーケード設置に反対していた渡辺の店は大震災で倒壊をまぬかれた。その分、新築された周囲の店舗との違いが明らかだ。まるでこの店だけ時が止まったようで、『靴のお直し承ります』という看板も昔のままだった。

翔也との約束の日、結はオシャレして待ち合わせ場所に行った。時間より遅れて現れた翔也はスーツ姿にネクタイを締め、糸島にいる頃から使い馴染んだリュックサックを背負っている。結は違和感を覚えるが、せっかく愛子がデートスポットを教えてくれたのだ。

「まあいいや、神戸初めてやったよね。案内するけん」

「その前に行きてえ場所がある」

ヘアサロンヨネダでは、聖人と愛子が新装開店を目前にした準備で忙しいにもかかわらず、福田、美佐江、高橋が集まって井戸端会議中だ。話題はなんといっても結のデートだ。

「菜摘から聞いとうで。社会人野球やっとんやて」

美佐江が個人情報を福田たちに公開すると、聖人がすかさず訂正する。

「彼氏やない。ただの友だちや」

不意にドアが開き、噂の結が顔をのぞかせた。結は店内を見回し、商店街の人たちがいるので後ずさりしてドアを閉めようとする。その後ろから翔也がズイッと入ってくる。つかつかと聖人の前まで行き、リュックサックからイチゴのパックを取り出した。

「御開店おめでとうございます！　これよがったら」

聖人の横にいた愛子が、翔也からイチゴを受け取った。翔也の実家で作っているおいしいイチゴだと美佐江たちに話し、あとでみなで食べようと明るく振る舞う。

翔也は堅苦しい口調のままで、自分の引っ越しや就職先の挨拶回りなどがあって、聖人への挨拶が遅れたことをわびた。それから、スッと背筋を伸ばした。

「自分は結さんと真剣に交際させていただいております！」

美佐江がつい、翔也の真面目くさった言い方に突っ込みを入れる。

「お兄ちゃん、大袈裟《げさ》やな、結婚するんやないねんから」

「いえ、自分は、結さんと結婚を前提にお付き合いさせていただいております！」

いきなり翔也が、結との結婚の意思を明らかにした。

愛子もさすがに驚いたが、聖人は全身から魂が抜け落ちてしまったかのように腑抜けた。

とにもかくにも翔也が挨拶を済ませたので、結は翔也を促してヘアサロンヨネダを出た。今頃聖人はまた生気を失った目をしているだろうと、結は不意打ちを食らった聖人が気の毒だ。

「いきなりあんなこと言う？」

「んだってよオヤジさんに付き合ってるって、ちゃんと言ってなかったべ」

結はせめて自分には事前に言ってほしかったと文句を言うが、翔也は立ち直りが早い。

「悪い悪い。それより、早く神戸、案内してくれ」

摩耶山《まやさん》・掬星台《きくせいだい》は神戸の街が一望できる観光スポットだ。ことに夜景は息をのむほどの美観として知られている。愛子がふたりで行くのを勧めただけのことはある。

結と翔也は眼下に広がる景観に目を奪われた。翔也は美しい風景に感動し、結は聖人や愛子、そして美佐江たちのことを思う。

「……この景色に戻すために、神戸の人たち、十二年間、必死に力を合わせてきたっちゃろうね」

翔也がそっと結の手を握った。

「……俺、糸島も好きだったけど、神戸も好きになった、結」

結が微笑み、翔也の手を握り返した。翔也はずっと米田結とフルネームで呼んでいたけれど、やっと「結」と恋人らしい呼び方をした。

結は神戸栄養専門学校の入学式を終え、授業の初日を迎えた。希望に胸を膨らませ、ギャルのファッションと濃い目のメイクでキメている。聖人と愛子はギャルの格好で大丈夫だろうかと案ずるが、結は授業はカジュアルな格好でいいと聞いている。

「大丈夫って。初日やし、気合入れて、盛ってかないと」

結は元気よく家を出て、専門学校の門をくぐった。教室に入ると、四十名ほどの生徒がいて、ほとんどが女子生徒で男子生徒は数名にすぎない。結の派手な格好をぶしつけな目で見る生徒もいる。結が指定された番号の席に座ると、ひとりの女子生徒が来て目の前に立った。

「ここ栄養士の学校やねんけど。あんた、なめとん?」

いきなり結に難癖をつけた。そこに、別の女子生徒が来て口をはさむ。

「ちょっとお、これから二年間、一緒に学ぶクラスメイトやん。仲良うしよ。なあ。うちはその格好かわいい思うよ。チャッピーそっくりやねんもん」

その女子生徒が携帯電話を開いて、飼っているトイプードルの写真を見せる。

「あは、あはは」

結の愛想笑いが引きつった。

教室にスーツ姿の中年男性が入ってくる。生徒たちはその男性を講師だと勘違いするが、彼も生徒のひとりで結と同じ横並びの席に着く。そのあとで、卒業までの二年間、結たちの担任となる桜庭真知子《さくらばまちこ》という講師が教室に入ってきた。

「最初に言っておきます。栄養士は人の命に関わる仕事です。あなたたちのミスで誰かが命を落とすこともあります。みなさんにその覚悟がありますか？　ない人は、今すぐ帰ってください」

桜庭が栄養士としての心構えを説き、それから生徒たちの自己紹介に移った。

まずはスーツ姿の中年男性からだ。名前は森川学《もりかわまなぶ》で四十五歳。不動産会社に勤めていたのだが、ノルマに追われる毎日にストレスが溜まり、食生活も乱れてとうとう入院を余儀なくされた。その病院で栄養士と出会い、その仕事に興味を持ち、退職してこの学校に入学したという。

次に指名されたのが湯上佳純《ゆがみかすみ》で、トイプードルの飼い主だ。実家が病院を経営していて、栄養士の仕事の大切さを間近で見ている。そこで栄養で人類を救いたいという壮大な目標を立てた。

「だからしっかりここで学んでひとりでも多くの人を救いたいと思います」

佳純が挨拶を終えた時、結の隣の女子生徒がため息をついた。

次の自己紹介は今ため息をつき、さっき結に「なめとん？」と突っかかった生徒だ。

「矢吹沙智《やぶきさち》。スポーツ専門の栄養士を目指しています。以上」

結の周囲の数人の女子生徒たちが、「めっちゃムズイやんな」などと小声で言い合っている。結が聞き耳を立てていると、桜庭から結の番だと指名される。

「米田結です。付き合ってる彼氏が野球をやっていて、プロを目指しているので、彼を支えるために栄養のことを学びに来ました！　みなさん、二年間よろしくお願いします！」

明るく挨拶する結に、沙智がさらに大きなため息をついた。

一限目の授業は桜庭の担当で基礎化学だ。ホワイトボードに定比例の法則の問題が書かれている。結には「ていひれいのほうそく」なんて初耳だが、佳純はすらすらと問題を解いた。

（てか、こんな難しいことやるとか知らなかったんですけど！）と、結は声に出してしまいそうになるのをかろうじて抑えた。

二限目は調理実習だ。実習は班ごとに行動するという。横一列に並んでいる四人が一つの班なので、結は森川、佳純、沙智と同じ班になった。二年間この四人のままだ。

沙智がひときわ大きなため息をついた。

「も〜、そんなため息ばっかりつかんでよ、サッチン！」

矢吹沙智だからサッチンだと、結が呼び名をつけた。そのほうが早く打ち解けられると、これはルーリーたちギャル仲間から教わったことだ。佳純が「うちはうちは？」と聞いてくる。

「佳純さんやけんカスミン！」

森川もやっぱり呼び名はあったほうがいいから「モリモリ」に決めた。

「カスミン、かわいー！　ほな、そっちはなんて呼べばいい？　フツーに結ちゃんでええ？」

佳純が浮き浮きしているので、結はこれまではムスビンだと言いそこなった。

「え？　あー、うん、なんでもいいよ！」

結たちが仲良くなろうとしているのに、沙智は黙って席を立って出ていった。


生徒たちは調理実習室に入る前に、更衣室で実習着に着替え、髪の毛は全部帽子の中に隠し、衣類にコロコロをかける。それだけ衛生管理を徹底している。結はひとりだけ別に呼ばれ、ネイルとメイクをすべて落とすように厳しく注意された。仕方がない。結は洗面所で化粧を落とし、スッピンで実習室に入ると、奥の調理台で待っている沙智、森川、佳純に加わった。

調理実習の担当は石渡常次《いしわたりじょうじ》という男性講師だ。

「初日の今日は包丁の研ぎ方をお教えします。包丁は料理人の命と呼ばれる大切な道具ですから」

「でも、ここって料理人やなくて、栄養士になるための学校ですよね？　それ、必要ですか？」

佳純の質問に、石渡は質問で答える。

「ではお聞きしますが、栄養士の仕事とは何でしょう？」

「栄養指導や献立を考えたりして、食事を通して人々の健康をサポートすることです」

よどみなく答える佳純に、石渡が噛んで含めるように諭す。

「食事を通してサポートする方が、最低限の調理知識も持ってなかったら、どうなります？　包丁を研ぐのは、料理の基礎中の基礎です」

石渡が手本をみせて包丁を研ぎ、生徒たちは石渡の指導に従って黙々と包丁を研ぎ始める。

帰宅した結は疲労困憊でベッドに倒れ込んだ。腕がパンパンになるまで包丁研ぎをしたことや、メイクやネイルを禁止されたことなど、愛子に学校での出来事を聞いてもらう。

「も～、せっかく高校卒業して、思いっきりギャルできると思ったのに」

愛子は「がんばれー」と結を励まし、リビングに行くとノートパソコンを立ち上げた。

『うちのギャルさん、専門学校で、メイクもネイルもできずに悲しんでいるみたいです』

愛子が書き込むブログには、結に似たスッピンのギャルがイラストで描かれている。

結の部屋には、ギャルの掟を書いた色紙が飾ってある。掟その二は『他人の目は気にしない。自分が好きなことは貫け』だ。結だって貫きたいけれど、簡単ではなさそうだ。

聖人は糸島の野菜を手土産に、福田に付き添われて商店街の各店舗へ開店の挨拶回りをしている。どの店も好意的に迎えてくれる一方で、震災で倒壊した自宅や店舗を建て直す費用が捻出できなくて閉めた店も少なくないという。かくいう福田自身も台所事情は火の車だと嘆いた。

聖人は渡辺靴店を営む渡辺孝雄にも挨拶をしようとする。だが、福田はたぶん孝雄は店にはいないと言い、おいおい事情を話すからと聖人を促して戻っていく。

そして待ちに待った日が来た。いよいよヘアサロンヨネダの営業が開始されたのだ。店の表に『祝新装開店　さくら通り商店街一同』の花が飾られ、真新しいサインポールが回っている。『営業中』の札がかけられ、店内からはチョキチョキと気持ちのいいハサミの音が聞こえてくる。

店内では福田が鏡の前に座り、聖人は糊《のり》の効いた理髪師の制服を着て福田の髪を切っている。

「俺が記念すべき聖ちゃんの復帰一発目や。カッコよう頼むで」

「まかしとき」

愛子も理髪師の制服を着ていて、掃除をしつつ待合室にいる高橋や美佐江の話し相手をしている。居心地がいいからと顔見知りが集まるのも以前のままで、聖人たちはそれを見越して待合室を前より広く取った。店の一角には半個室を設《しつら》えてある。

「こっちは女性専用。顔そりとか眉カットとか、スキンケアなんかもやりますんで」

愛子が仕切りのカーテンを開くと、鏡の前には化粧水や美容液が並んでいた。

結が目指している栄養士とは、病院や学校、社会福祉施設などで、栄養に関する指導や食事の管理などを行う者を指す。栄養士になるには、大学か短大に行くか、結が通っている神戸栄養専門学校のような学校で二年間学ぶとその免許が取得できる。

専門学校で学ぶ内容は多肢にわたっている。たとえば解剖生理学では、人体の構造と機能や各臓器について学ぶ。高齢の東海林《しょうじ》という講師が担当で、元医師という経歴がある。

「消化管には独特の内在神経系、いわゆるアウエルバッハ神経叢《そう》およびマイスナー……」

授業は専門用語からして難解で、結にはさっぱり理解できない。

理論のほかにカエルを使った解剖の手順はＶＴＲの映像を見て学び、病院に外国の人が入院した場合に備えて英語もできなくてはならない。

昼休み、結はお弁当を佳純と一緒に食べた。結はいつもどおりに食べているが、佳純はまったく食が進まない。カエルの解剖の映像が尾を引いていると、佳純が眉間に皺を寄せる。

「……よう食べられるね」

「うち、ずっと福岡の糸島ってところに住んどって、子どもの頃から魚とか普通にさばきよったけん、全然平気。けどお家、病院って言ってなかった？」

結がどうしてダメなのかと聞くと、佳純は実は血が苦手なのだと自分のことを語り出す。

「子どもの頃から血見るとクラッとしてまうんよ。そやから結構早い段階で医者になんの諦めた。でも誰かを助けたいって気持ちはすごくあって。そやから栄養士になろうと思ってん」

いつの間にか、結と佳純の後ろに沙智が座っていてふたりの会話を聞いている。

「甘っ。病院の娘ってことは、いずれ医者と結婚するんやろ。ここに来たのん栄養士になるためやのうて、暇つぶしちゃうん？」

「サッチン、言い過ぎやろ」

結がたしなめるが、沙智は気にも留めない。すると佳純が泣き顔で結に抱きついた。

「ホンマこわい〜。スポーツ専門の栄養士目指すとか100パー、無理なこと言うとう人、めっちゃこわいんやけど〜」

佳純はいじめられていると訴えるが、結が心配して佳純の顔をのぞき込むと、涙一つこぼしていない。それどころか沙智に皮肉で返し、ふたりで舌戦を交えている。

「ねえ、ホントにやめよ。同じ班なんやけん、仲良くしよ」

結が仲を取り持とうとするが、沙智は、結や佳純とは一緒にされたくないようだ。

「だいたい、私はあんたらみたいにチャラチャラした考えで、ここに来たんやないから」

「は？　彼氏のためとか言うとう人と同じにせんといてよ」

佳純の攻撃の矛先が沙智から結に変わった。結が「え？」とたじろいだ隙に、沙智が佳純に同調する。

「そや。なにが彼氏支えるや。あんたみたいなんがおるから、女がなめられるんとちゃうん？」

「ちょ、待って！　なんでうちが責められるの？」

結の頭が混乱している間に、佳純と沙智は肩を並べて行ってしまった。


聖人はどうしても孝雄との関係を修復したい。そこで糸島の野菜が入った袋を持って店を訪れた。店では先客の市役所職員・若林建夫が孝雄と何やら揉めている。孝雄が感情を高ぶらせて若林の胸倉をつかんだのを見て、聖人がふたりの間に割って入った。

「ちょっと、やめましょう」

聖人が急に現れたので若林は驚き、孝雄は胸倉をつかんだ手を離した。

「戻ってきはったんですね。おかえりなさい」

若林が懐かしそうに聖人に声をかけたが、孝雄は冷たい目をしている。

「よう戻ってこれたな。神戸、見捨てて、逃げたくせに」

聖人が返す言葉を失っているうちに、孝雄は店の奥に引っ込んでしまった。

聖人は若林とともにヘアサロンヨネダに戻った。この日も店には福田や高橋が集まっている。

聖人が渡辺靴店での話をすると、みな気にするなと聖人を気づかってくれる。だが、孝雄から投げかけられた言葉は、聖人が自分で自分を責め続けてきたことでもある。

女性専用スペースのカーテンが開き、愛子に顔そりをしてもらっている美佐江が現れた。

「聖ちゃんたちは逃げたんとちゃうで。結ちゃんと歩ちゃん、守ろうおもて行動しただけや。それやのに、あのおっさん……！　ホンマ、いっぺんしばいたろか。あー、むかつく！」

真顔で物騒なことを言うと、美佐江はシャーッとカーテンを閉めた。

若林が渡辺靴店にいたのは、店の建て直しを頼んでいたからだという。

「渡辺さんの家、震災ん時のまんまなんです。家が潰れんかったから、このままでええ言うて。市としては安全面を考えて、ご提案してるんですが、話も聞いてくれなくて」

福田は、長い付き合いの孝雄を思いやる。

「ナベさん、もう家も店もどうなってもええと思っとんや。あの人が今、唯一大事にしとんは――」

同じ時分、孝雄は高台にある墓地に来ている。そこにある渡辺家の墓石には、『俗名　渡辺真紀』と霊標に刻まれている。孝雄は亡き娘をねぎらい、慈しむように墓石を磨いている。

夜、結は教科書を開いて予習を始めたものの、難しくて全然頭に入ってこない。ひとりでぼやいていると、まるで結を励ますかのようなタイミングで翔也から携帯メールが届いた。

『どうだ？ 学校がんばってっか？ 俺もがんばってんぞ。って言いたいところだけど、正直、ちょっと苦戦してる』

いそいそとメールを開いた結だが、翔也が苦戦していると書いてあって表情が曇る。

翔也は社会人野球の球団を持つ星河電器に入社したので、野球の練習以外に会社の仕事もしなくてはならない。大阪府北部の茨木《いばらき》支社に配属された翔也と幸太郎は、事務仕事の経験がないうえ電話の受け答えすらまともにできず、女性社員の大久保《おおくぼ》育代《いくよ》と田中《たなか》茜《あかね》から叱られる日々だ。

『慣れない事務仕事でヘコたれそうになるけど、おまえも栄養士の勉強、がんばってると思えば踏ん張れる。だから一緒にがんばろう！ そして結婚しよう！ 翔也』

メールの後半には翔也らしさが感じられ、結は自然と笑みがこぼれている。

「……よし、やるか」

結が教科書を開いて予習の続きに取りかかった。

「先生、班を替えてください。この人たちと一緒やと単位を落とす可能性があります」

実習担当の石渡に、沙智が自分だけ別の班にしてくれと訴えると、佳純がそれでは自分も班を替えてほしいと言い出した。

「わかりました。ではみなさんに課題を出します」

石渡は班替えをする代わりに、各班で協力して献立を作るという課題を出した。対象は十八歳の女性で、主食、主菜、副菜、汁物の四品を570キロカロリー程度で作る。原価は300円以内に収めるという条件だ。

休み時間に、結、森川、沙智、佳純が集まった。通常なら、献立作成は一年の後半からのカリキュラムだ。それを今やらせるからには何か意味があるはずだ。沙智や佳純は、各自の能力を見るためで、それによって班替えをするつもりなのではないかと当て推量する。

「けど班全員で協力して考えろって言いよったよ」

結はあくまで四人の足並みをそろえようとするが、沙智と佳純は反目し合って別々の方向に行ってしまう。結と森川が同時にため息をついた。

翌日。沙智は和風の献立を、佳純は洋風の献立を考えてきた。どちらも栄養バランスが整っていて甲乙つけがたいのだが、ふたりとも自分の献立のほうがいいと主張し合う。

「待って、ちゃんとみんなで話し合って決めようよ」

結は中立の立場を取ったのに、どちらの献立に決めるかの選択を委ねられてしまった。

結はいったん献立を預かって帰宅した。愛子に相談しながら比べるが結論が出ない。

「無理。選べん。だってどっちか選んだら、あのふたり、もっと仲悪くなるもん」

悩んでいる時に、瑠梨から携帯に電話がかかってくる。久しぶりに鈴音、珠子、理沙とカラオケボックスに集まっているると、陽気に騒いでいるみなの声がびんびん聞こえてくる。結の近況を尋ねておきながら、浜崎あゆみの歌を大合唱して結の愚痴など誰も気に留めていない。

それでも最後に、瑠梨が大切なメッセージを送ってくれる。

「うちら、どこにいても、なにしてても、一生ギャルやけん」

携帯電話の向こうから聞こえるギャルたちの歌に、結はいつしか屈託のない笑顔になっている。


結が考えた献立は、沙智の献立から主食『麦ご飯』と主菜『豚肉と小松菜の甘辛炒め』を選び、佳純の献立からは副菜『チリコンカーン』と汁物『ジェリエンヌスープ』を選んで合体させたものだ。ただ、和食と洋食を合わせたので、ちぐはぐな感じがするのは否めない。

ここで森川が、居酒屋でアルバイトをしている経験を生かしたアイデアを出す。『チリコンカーン』と『ジェリエンヌスープ』のだし汁を和風にアレンジするという案だ。

「この課題は料理の腕前だけではなく、協調性などもジャッジされていると思うのですが」

森川の考えに、結はわが意を得たりと大きくうなずいた。

「うちもそう思う！　ね、みんなで協力しよう！」

沙智と佳純が不承不承だが同意した。

調理実習の日、石渡に十班分それぞれのレシピが提出された。それを見て石渡が提案する。

「今から各班でこのレシピの献立を作ってみませんか？」

近くにスーパーがあるとはいえ、食材の調達から始めなくてはならない。結と佳純は副菜と汁物、沙智は主菜の食材を買いにスーパーに走り、森川は主食の麦ご飯を炊くことになった。

結と佳純は難なく食材を見つけたが、沙智は肝心の小松菜が売り切れている。原価を超えない別の野菜となると探すのも難しく、今からほかの店に行く時間はない。切羽詰まったその時、ハタと結がひらめいた。どこだどこだ、と葉物野菜を物色する。

「あった！　これこれ。小松菜の代わりに、これ、使おう」

結が手に取ったのは、スイスチャードという小松菜に風味も栄養素も似ている野菜だ。結が野菜に詳しいことが、沙智や佳純には意外に感じられる。

「だって、うち、農家の娘やもん。うちの畑以外でも、糸島はいろいろな野菜が採れる」

結は時間がないからと急いでレジに向かい、沙智と佳純がそのあとを追いかけていく。


調理実習室では、ほかの班がどんどん料理を完成させていく。森川が麦ご飯を炊き上げ、首を長くして結たちを待っていると、やっと三人が食材を抱えて戻ってくる。結の班の料理が完成したのは制限時間ギリギリだった。石渡がすでに傍らに来ていて、沙智が献立の説明をする。

「主菜は豚肉と、小松菜の代わりにスイスチャードを使った甘辛炒め。副菜は『五目豆』。汁物は『沢煮椀』。主食は『麦ご飯』。これで５７８キロカロリー。原価は２２５円です」

石渡が試食するのを、結たちは緊張して見ている。石渡からなぜスイスチャードを知っていたのかと聞かれ、結は誇りを持って答える。

「はい、うちの故郷の糸島のおかげです！」

石渡は各班の料理を試食してすべてに合格点を与え、その結果、班替えはしないと告げた。卒業して社会に出れば、どんな職場に就職しても一緒に働く人を選ぶことはできない。苦手なタイプや性格の合わない人と仕事をする場合もある。その時にどうすればいいのか。

「それを学ぶためにも、このままでいきます」

実習の授業が終わると、沙智はさっさと教室から出ていく。それを佳純と森川が追いかける。

「ちょっと待って。先生にああ言われたんやし、少しは協調性持ってよね」

佳純は多少なりとも歩み寄りを期待するが、沙智は相変わらず斜《しゃ》にかまえている。

「だからって別に仲良うする必要ないやん」

またも佳純と沙智が別々の方向に行こうとする。それを「サッチン、カスミン」と呼び止めたのは、ギャルの格好に着替えた結だ。もう放課後なので、メイクもネイルも問題ないはずだ。

「うち、このスタイルで行くけん。とりあえず、みんなで、あれいっとく？」

結はプリ機に仲間たちを誘った。結と佳純、そして森川も恥ずかしそうにプリ機の前に並ぶ。

沙智は来なかったけれど、そのうちきっと仲間に入ってくれるだろう。

「はい！　撮るよ！　チョーアゲーー！」

フラッシュが焚かれた。完成したプリ写真は、それぞれの顔の横に『ゆいちゃん』『カスミン』『モリモリ』と書かれ、『えいようがっこうのマブダチ！』の文字まである。


それからひと月後の神戸の街に、六十年代のアメリカではやったヒッピーをイメージさせる服装の女性が現れた。サングラスを外した顔は、歩だ。

「ただいま、神戸！　帰ってきたよ～」

第9章　お姉ちゃん、ふたたび

ヘアサロンヨネダの待合室は早くも常連たちの憩いの場となっている。結も時々おしゃべりに参加して、専門学校の授業が難しいなどという話を美佐江たちに聞いてもらったりする。そんな団らん中の店に、ヒッピーのような服装の女性が入ってくる。

「Hi, everyone! I'm home!」

「え？　……お姉ちゃん？」

びっくりする結を、歩は外国人のように大袈裟にハグした。

美佐江や福田たちは別人のような歩に目を疑うが、歩はあっけらかんとして「本物の歩で～す」と言いながらロサンゼルスのお土産を出す。

「ロスって、お姉ちゃん、今、何しようと？」

「今、世界を飛び回る Businesswoman よ！」

米田家は久々に家族四人で夕食の膳を囲んだ。歩が糸島を出る時、東京での仕事を終えたらすぐに福岡に戻ると言ったのが三年前だ。

「いや、私も仕事終わったら、すぐ福岡に帰るつもりだったのよ。でもお世話になった先輩んトコ、挨拶に行ったら、その人が渋谷で古着屋さんやっててさ」

古着といっても、今はユーズド品とかヴィンテージ品と呼んでいて高額商品もある。

「そういう価値がある服を探す人を古着バイヤーっていうの。それを先輩にやってくれって頼まれちゃって」

数あるリサイクルショップや古着卸倉庫の中から売れそうな商品を探し出すには、古着バイヤーのセンスが問われる。宝探しのようなもので、歩は自分でも驚くほど抜群のセンスを持っていることがわかった。今ではいくつもの店に商品を卸す売れっ子バイヤーだという。

「今、こういう仕事してますってメールすればいいやろ」

聖人が叱った。愛子も結も、歩がどこで何をしているのか心配していたのだ。

愛子の携帯電話に送ったイタリアのトリノの写真は、歩が仕事で立ち寄った時に撮ったものだという。歩の話を信じるなら、売れっ子バイヤーなので世界を股にかけて活動している。神戸にも仕事で来ていて、ある時中学の時に仲が良かった相原三花《あいはらみか》とバッタリ会って意気投合した。

「あの子も元ギャルでさ、今、チャンミカって呼ばれてて、元町《もとまち》で古着屋やってる。そこにも服、卸してて」

歩がいつまで神戸にいるかは未定で、眠くなったからと結の部屋のベッドで寝てしまった。

結が専門学校に通い始めてひと月以上が過ぎた。公衆衛生学、食品栄養学など授業が本格的になり、この日は運動生理学の講義が行われている。担当講師の池上真治《いけがみしんじ》が肺循環についての問題を出し、結が答えなくてはならなくなった。困った結は助けを求めて佳純と森川を見るが、難しい問題にふたりとも目をそらす。沙智を見ると、やすやすと問題を解いてしまった。

休憩時間になり、結、佳純、森川は三人でお弁当を食べながら沙智の話題になった。

「サッチン、本気でスポーツの栄養士、目指しとっちゃね」

結は感心するが、佳純や森川は勉強したからといってなれるものではないと冷静だ。スポーツ専門の栄養士はアスリートの栄養サポートや食事管理などを行うが、実際の現場ではその必要性がまだ認知されていない。しかもアスリートを擁するチームではなくその食事を委託されている会社に就職しなくてはならず、入社しても新人が配属されることはほとんどないという狭き門だ。

「ハッキリ言って、スポーツに関わる栄養士になるには運やタイミングや人脈が必要です」

森川は、本人の努力や熱意ではどうにもならない現実を語った。


古着店ガーリーズは、神戸の元町に店を構えている。店長のチャンミカこと相原三花が接客を終えると、入れ替わるように歩が顔を出した。

「ねえ、佑馬がLAからデニム送ったんやて。届いとう?」

佑馬はもともと歩の付き人で、今は通訳兼ボディガード兼雑用係をこなしている。佑馬が送ってきた段ボール箱を開けると、ギャルっぽいデニムなどチャンミカが喜ぶような掘り出し物がたくさん入っている。歩は箱の中身を確かめると、「さてと」と立ち上がった。

歩が向かったのは、高台にある真紀の墓だ。真紀に語りかけ、真紀が好きだった黄色いガーベラを供える。後ろから声をかけられて振り返ると、孝雄が手桶を持って立っている。

「あの、米田歩です。真紀ちゃんのお墓参り、時々来てて」

「知っとる。……もうここには来んといてくれ」

孝雄が黄色いガーベラを突き返した。


運動生理学には実技の授業もあり、運動中に身体機能にどんな変化が起こるかを自分の体を使って実験する。結たちはみなジャージに着替えて体育館に行き、池上の指示で運動する前の心拍数を計測した。そのあと体育館の壁際に並び、池上が生徒たちの前に立つ。

「じゃあ、端から端まで全速力で10往復を3セット」

ダッシュで反対側の壁まで走り、タッチして戻ってくる運動を30回繰り返さなくてはならない。A班の四人から走り始め、終わると同時にみな床に倒れ込んでいく。最後が結たちJ班の四人だ。沙智は事前にウォーミングアップを済ませ、淡々と30往復を走り終えて息一つ乱れていない。結たち三人はやっとのことで走り終え、ヘロヘロになって床に座り込んだ。

「サッチン、すごいね」

結が息も絶え絶えに話しかけるが、沙智はこれくらいアップにもならないとクールダウンのストレッチをしている。そんな沙智を見て、森川が声を落として結たちに言う。

「思い出しました。うちの娘、以前、陸上やってたんですが、陸上雑誌で見たことがあります。矢吹沙智さん。兵庫県代表として女子1500mでインターハイで優勝しているはずです」

休憩時間になると、森川がパソコンを立ち上げて二〇〇三年八月のインターハイの記事を検索した。結と佳純が画面の記事を読むと、『姫路女子高校二年・矢吹沙智さん。女子1500m優勝。北京オリンピック候補か?』と書いてあり、十六歳の時の沙智の写真も載っている。

「人の過去、のぞき見せんといて」

沙智が来て、パタンとパソコンを閉じた。

「サッチン、チョーすごい人やったんやね！　でもなんでやめたん、陸上、もったない」

結に悪気はなかったが、沙智はキッと結をにらみ、なにか言いたげな顔で立ち去った。

翔也と幸太郎は午前中の練習を終えて、昼食をとろうと茨木支社の社員食堂に入った。この食堂は事務職の人たちも利用し、調理師の立川周作《たてかわしゅうさく》が中心となって食事を作っている。翔也はかつ丼ととんこつラーメン、幸太郎はかつカレーと味噌ラーメンと餃子二人前を選び、立川から野球部員へのサービスでふたりとも特盛になっている。

翔也たちが座る場所を探していると、澤田がひとりで食事をしていて向かいの席が空いている。翔也は食事がのったトレーを持って澤田のところへ行き、断りを入れて前の席に座った。幸太郎もあとから来て翔也の隣に座る。澤田の昼食はお弁当で、食堂のメニューにはないものだ。「それ、なんですか？」と聞く翔也に、澤田が気さくに答える。

「自分で作った弁当。タンパク質をしっかり入れて栄養バランスを考えたメニューにしてる」

この食堂はメニューが豊富で、おいしくてつい食べ過ぎてしまう。そこで必要以上にカロリーを摂取しないために手作り弁当にしているという。

「四ツ木、プロを目指すなら、メシも真剣に食え」

澤田に忠告され、翔也たちはサービスしてもらった特盛の昼食を見た。

夜、翔也は結に電話して、澤田から食事について注意された話をした。高校生の時は食事の管理がなされていたのに、社会人になったら好きなだけ食べてしまっている。

「だから最近、なんだか体が思うように動かない気がして」

結がこの日の昼食を聞くと、翔也は明らかに食べ過ぎているようだ。

「やったら、うちが一週間の献立、考えちゃろっか？　社食のメニュー、全部教えて。そこから何をどれくらい食べたらいいか、考えてみるけん」

電話を切った結は教科書を出して調べ始めるが、アスリートの食事なら頼れる仲間がいる。

次の日の昼休み、結は早速沙智に相談を持ちかけ、翔也の一週間分の献立を一緒に考えてほしいと頼んだ。ところが沙智は「……断る」とつれない返事だ。

「そんな冷たいこと言わんでよ、うちら、同じ目標を目指す仲間やん」

「同じ目標？」

「うちの彼氏がプロ野球選手目指しとうやろ。その彼を支えるってことは、うちが目指すのもサッチンと同じスポーツの栄養士ってことやん」

「マジ、なめとるん？　ホンマ、ムカつく！」

沙智は読んでいた参考書をバンッと閉じ、クルッと背を向けて行ってしまった。

気にさわる言い方をしたのかもしれない。結は反省しつつ、佳純と森川に沙智を怒らせてしまったと話をした。翔也の一週間分の献立は、結が自分でなんとかするしかない。

「僭越《せんえつ》ながら、ワタクシ、お手伝いしましょうか？」

森川は自分の勉強にもなるから協力すると言い、佳純も手伝ってくれることになった。

ヘアサロンヨネダの休憩時間に愛子が自宅のリビングに行くと、歩が『歩』と書かれた段ボール箱の中身を整理している。ちょうど大切なクッキーの空缶を取り出しているところだ。

「ねえ、なんかあったでしょう。お母さんにはわかるよ、話して」

愛子にはすっかり見抜かれている。歩は黙っているわけにはいかなくなり、真紀のお墓の前で孝雄と会ったことと、その時に言われたことを打ち明ける。

「もう来ないでくれって」

歩が真紀のお墓参りに行くようになったのは、古着屋のバイヤーをやり始めてしばらくした頃、神戸の古着卸倉庫でチャンミカと久々に再会したのがきっかけだった。

「もしかして、アユちゃん？　うち！　相原三花！　ほら、宝井中の放送部の！　真紀とよう三人で安室ちゃんの歌うとた――」

「あーー、三花ちゃんや！」

歩とチャンミカは朝まで真紀の話をして、ふたりでお墓参りに行った。それ以来、歩は神戸に来るたび真紀のお墓参りに行くようになったが、孝雄と会ったのは昨日が初めてだった。

孝雄が心ない態度を示したのは歩に対してだけではないと、愛子が数日前のことを話す。

「お父さんも、ナベさんに言われたんだって。『逃げたくせに、よく戻ってきたな』って」

「……逃げた……そっか」

歩はクッキーの空き缶から真紀と一緒の写真を取り出すと、寂しそうに見つめた。

次の休日。結と翔也はデートをした。ふたりで公園のベンチに腰かけると、結は一週間分の献立表を翔也に差し出した。森川や佳純に手伝ってもらって作成した献立表は、朝・昼・晩と各メニューが記されていて、アドバイスも添えてある。

「翔也、スタミナ不足って前から言いよったけん、スタミナを強化しつつ、タンパク質も十分に摂取した上で、ビタミン、ミネラルを足して栄養バランス良くきっちり計算してある」

「これで絶対エースに勝つ!」

翔也は喜んで献立表を受け取り、結は翔也の力になれたことがとってもうれしい。

米田家では、歩も聖人も、リビングでため息ばかりついている。

「ため息つくの何回目? ふたりとも、ナベさんのことで落ち込み過ぎ」

愛子があきれた。ブログを書くのを途中でやめ、「無理やり、気持ち切り替えてあげる」と言いながら携帯電話をかける。電話がつながると、誰かと会話を交わしている。

しばらくして、米田家のリビングに、デート中のはずの結と翔也が入ってくる。

「うちら、元町でイタリアンを食べようとしてたんやけど」

結がぼやいている目の前で、ホットプレートのお好み焼きがジュージュー音を立てている。翔也は居心地が悪そうだ。向かいに座っている聖人は、どう見ても歓迎ムードではない。

愛子がわざわざ結たちを呼び寄せた表向きの理由は、いつどこに飛んでいくかわからない鉄砲玉のような歩が神戸にいる間に、翔也とゆっくり語り合う場を設けた、というものだ。

なるほどこれなら気持ちを切り替えられると、歩は愛子の意図を察するが、聖人はぜんぜん面白くない。結が何かと翔也を気づかうのも気にさわる。

お好み焼きが焼き上がり、愛子が小皿に取って翔也に勧める。それを待っていたかのように、歩が世間話でもするように話しかける。

「翔也君の実家って、栃木のイチゴ農園なんだよね？　広さ、どれくらい」

「たしか九百坪ぐらいだと」

翔也が答えると、農園は両親が経営しているのか、兄弟は何人かなど歩は次々と質問する。

「もう面接やなくて、取り調べみたいになっとうよ」

結がクレームをつけるが、歩は結婚を前提に付き合っているのだから確認しておきたいと身上調査のような質問を続ける。

翔也は嫌な顔もせず、誠実に質問に応じていく。家族構成は両親と兄ふたり、姉ひとり、妹ひとりの五人兄弟で翔也は三男だ。長男と次男のふたりの兄は結婚していて両親と一緒にイチゴ農園をやっている。イチゴ農園の経営は、同業者が多くて必ずしも楽ではないことも隠さずに話す。

「じゃあ、翔也君が農園を継ぐ可能性は？」

歩は、翔也がプロ野球選手になれなかった場合、どうするつもりなのかまで問いかける。

「あの、なにがあっても農園継ぐつもりはないです」

翔也が野球を志した小さい頃から、家族は豊かではない家計の中からグローブを買って少年野球に通わせ、中学も高校も野球の強い学校に行かせてくれた。翔也が野球に専念できるようにと、家族みんなで支えてくれている。そんな家族に、翔也は深く感謝している。

「んだから俺、家族のためにも、絶対プロ野球選手になりだい……いや、なります」

翔也はスポーツ青年らしいさわやかさで明言した。

「お父さんも、黙ってないでなんか聞いたら」

愛子が話を振ると、聖人は階下のヘアサロンヨネダへと翔也を誘う。


聖人は理髪師の制服を着て、理髪椅子に座った翔也の首にケープをかけた。店にいるのは聖人と翔也だけだ。聖人がハサミを手にし、翔也の髪を切り始める。翔也は何も言わず、聖人のなすがままになっている。聖人は髪を切り終えると、鏡で翔也に後ろの髪が見えるようにする。

「……は、はい、いい感じです……あの、ありがとうございました」

翔也が支払いをしようとするが、聖人はこの先もずっと理髪料をもらうつもりはない。

「これから、君の髪は、俺が切ってやる。その代わり、結を絶対に悲しませるな。約束しろ」

「……はい、約束します」

結と翔也は、デートの仕切り直しをしようと米田家を出た。ふたりでオシャレな街を歩きながら、翔也と聖人がどんな話をしたのだろうか、結は知りたくてムズムズしている。

「え？　髪の毛切ってもらっただけなん？　なにも話さんかったと？」

「話したけど言わね。男同士の約束だがんな」

翔也の表情は穏やかで、結はそれだけでうららかな気分になる。

一方、ヘアサロンヨネダでは、聖人が床を掃除していて、愛子と歩が手伝っている。

「よかったじゃない、翔也君とちゃんと話できて」

愛子が微笑んだ。聖人はポーカーフェイスで何も語らないけれど、翔也を認めたのだろう。

「私はいい気分転換になったよ」

歩が取調官の役を演じたことで、翔也の真っ直ぐな性格が聖人の目にも明らかになった。

ほのぼのした雰囲気の中、店のドアが開いて孝雄が顔を出した。数日前に聖人が渡辺靴店に置いていった糸島の野菜が入った袋を持っている。

「いらん言うたやろ。施しは受けん」

　孝雄は野菜が入った袋を愛子に渡し、不愉快そうに店を出ていった。


　専門学校のこの日の授業は、栄養カウンセリングがテーマだ。指導するのは桜庭で、生徒同士が入院患者と担当栄養士に扮し、模擬カウンセリングの実技訓練を行う。生徒同士なのでどうしても照れてしまい、桜庭から役になりきるように注意がなされる。

　結の班は森川と佳純が組み、森川が患者役、佳純が栄養士役になった。模擬カウンセリングが始まると森川のキャラが急変し、栄養士相手にうっ憤晴らしをする患者の役を迫真の演技で行う。森川は学生時代に演劇部だったというが、佳純はドン引きして途中でギブアップだ。

　次は結と沙智で、結が栄養士役、沙智は患者役を割り当てられた。桜庭の合図で、結と沙智の模擬カウンセリングが始まる。

「矢吹さん、病院食食べましょう。食べたら元気になりますから」

「食べたない」

「どうして食べたくないんですか?」

「あんたが嫌いやから」

沙智の私情が入っている気がして、結は言葉に詰まる。だが桜庭は、沙智のような患者は実際にいるからと、結に模擬カウンセリングを続けさせる。

結は気を取り直し、改めて沙智と向き合う。

「……うちのことは嫌いでもいいです。でもお願いだから食べてください。病院食をちゃんと食べて、ご家族のためにも、元気になりましょう」

沙智が黙り込んだ。沙智の意識が授業を離れ、何か別のものに向いているように見える。

結は栄養士役になりきり、模擬カウンセリングを続ける。

「その第一歩が病院食なんです。栄養パンパンですよ。食べて、元気になって、また健康的な生活を――」

「あんたは、なんもわかってへん。患者の気持ちが、なんもわかってへん」

「……なら、サッチンはわかると？」

「わかるよ。ずっと入院しとってんから」

模擬カウンセリングではなく、素の結と沙智になっていた。

授業が終わると、結は沙智の件で森川に声をかけた。沙智は、患者役の沙智に実際の自分を投影していたのではないか。結はなんとなくそんな印象を受けたと言うと、森川がうなずいた。

「もしかしたら、ご病気が理由で陸上をやめたのかもしれませんね」

「……なんの病気やったんやろう、サッチン」

結は気になるが、すぐにそれどころではなくなった。佳純がプリプリしながら歩いてくる。

「今日、結ちゃん家、泊まらせて。うち、家出する」

佳純は大きなスーツケースを引いて米田家にやって来た。

「でも、カスミンちゃん、どうして家出なんて」

愛子が事情を尋ねる。

「パパから急に電話来たんです。専門学校やめろって。パパ、うちのこと、憎んでるんです」

佳純の家は代々医者の家系で、姉、兄ともに医者の道に進んだ。それなのに、佳純だけが落ちこぼれてしまった。

「だから栄養士を目指したんですけど、パパが、専門学校なんてやめろ。おまえは働く必要ないって。あの人、医者以外の仕事は認めてないんです。医者になれんかったうちが憎くてそんなことを……」

佳純の母親は夫の言いなりで、なにも言ってくれないのだという。でも佳純は本気で栄養士を目指している。栄養士になって、その仕事を通してたくさんの人たちを救いたい。そうやって働く姿を父親に見てもらい、佳純のことを認めてほしい。

佳純はなんとか自立するつもりなので、住む部屋が見つかるまで泊めてほしいと懇願する。

「わかった。とりあえず今日は泊まっていきなさい。ただお家の電話番号だけ教えて」

愛子としては、思い詰めている佳純に、今から家に帰れとは言えなくなっていた。

翔也が社員食堂で食べている夕食は、結が作った一週間分の献立表に従ったメニューで、サバの味噌煮、ひじき、味噌汁、ライスだ。『ゆっくり噛んで食べること！』というアドバイスを守ってしっかり咀嚼《そしゃく》している。ご飯のお代わりをしたいが、結の計算したカロリーをオーバーするので我慢する。

そばを通りかかった澤田が、翔也の献立表をのぞき込んだ。

「これじゃ足りないだろ? これは一般男子の食事量だ。アスリートで育ち盛りの四ツ木には少なすぎる。違うか?」

澤田はこの献立表を作った翔也の彼女に、これでは足りないと正直に話すように勧める。

「……言えないです。毎日学校行きながら、一生懸命作ってくれたんですから」

つまるところ翔也の腹は満たされていない。澤田はポケットから殻付きのゆで卵を出した。

「じゃあ、これ食うか? ゆで卵。栄養も豊富だし、腹持ちもする」

「……いや、だいじです。彼女の考えてくれた献立で、もうちょっとがんばってみます」

翔也は食べたいのをこらえた。ホントは喉から手が出るほど欲しかった。

翌日の朝。結は寝起きが悪いし、歩は寝不足の顔をしている。いつもは結の部屋で歩がベッドを使い、結は床に布団を敷いて眠る。ところが佳純が泊まったので、佳純がベッドを使い、歩が床に寝て、結は押し出されてリビングに座布団を並べて眠ったのだ。

佳純はよく眠れたらしく、朝からウォーキングに行き、気持ちよく朝食の席についた。

米田家の朝食は和食だ。お米も野菜もすべて糸島から送ってきたもので作る。佳純の普段の朝食はヨーグルトとフルーツだというが、和風のおかずに箸をつけるとおいしくて食が進む。

聖人はみなと食事をしながら、「そうや」と思いついた。

「歩、おまえ、働いとるんやから、少し家に入れろ。今、食べてるごはんだってタダやないんぞ！　それをバクバクバクバクバク――」

「あ、バクバク食べると言えば、白鵬《はくほう》！　ついに横綱になったでしょ！　あの人、入門当時ガリガリだったんだけど、ちゃんこ、バクバク食べて百六十キロまで増やしたって」

歩が話をそらすと、聖人はあっけないほど簡単にのせられる。

「そうなのか！　ほお〜、たいしたもんや！」

「だから、お父さん」

愛子に毎度のことだと注意され、引っかかった聖人が「あー、また！」と頭をかく。米田家は朝から賑々《にぎにぎ》しいが、佳純の家族は一緒に食事をしていてもほとんど会話がないという。

「こんな風に家族で食卓囲んで、なんでも話せんの、すごくいいなって思います」

すると愛子が、佳純の家でも楽しく食事ができるはずだと諭すように言う。

「昨日の夜、お母さんに会ってきたの」

愛子には大切なお嬢さんを預かる責任がある。佳純の母親に電話をかけるとひどく心配しているので、直接会っていろいろ話を聞いてみた。佳純の母親の説明によると、父親が佳純を憎んでいるとか、働く必要がないと言ったなどの話は、佳純の誤解によるものだという。

「お父さん、カスミンちゃんのことがすごく心配なんだって。だから大事な娘に苦労させたくないから、働く必要ないって言ってたんだって」

佳純は憎まれるどころか、とても大切にされている。それが佳純に伝わっていなかった。

「でも誰にだってあるでしょ。良かれと思ってやったことでも、ちゃんと伝わらないことって。

だから、カスミンちゃん、お家に帰って、ちゃんと家族で話してみたら」

きっとわかり合えると愛子が励まし、結はもちろん歩や聖人も佳純に温かい言葉をかける。

佳純の目に涙がこみ上げてくる。

「だって……みんなが優しいねんもん……」


結は学校の休憩スペースから、翔也に電話をかけた。結は献立表を手にしている。

「翔也、あれから調子どう?」

「おう! おめの献立のおかげでキレッキレだべ!」

翔也は快活に答えて電話を切り、空腹を満たそうとペットボトルの水をガブガブ飲む。

翔也の返事を真に受けて安心した結は、次に沙智はいないかと教室をのぞいた。昼休みのせいかほかの生徒はいなくて、沙智がひとりで座っている。沙智は病院の血液検査の結果を見ていたのだが、結が駆け寄ってきたのでさっと隠す。結はそれに気づかずに話しかける。

「昨日、失礼なこと言ってしまったけん、ちゃんと謝ろうと思って」

結と元アスリートの沙智を同列に置き、どちらもスポーツの栄養士を目指していると安易に口にしたことだ。

「ただ、わかってほしいのは、うちだって、真剣に栄養士を目指しとるってこと」

結はそう言って、翔也のための献立表を沙智に見せた。佳純と森川が協力してくれたものだ。

「うちだけじゃない、カスミンもそう。みんな、それぞれ、誰かを支えようと思って、一生懸命勉強しとう。それだけはわかってもらいたいっちゃん」

「誰かを支えるとか、簡単に言わんといて。あんた、一回でも支えられる側のこと、考えたことあんの？　考えたこともないくせに、支える支えるって、それが善意の押し付けやってわからへんの。だからムカつくねん！」

沙智はいらいらしたように席を立って出ていく。

結は胸を衝かれた。あれこれ考えながら帰宅し、支えられる側の立場になって翔也のために作った一週間分の献立表を見直してみる。そしてハッと気づいて、翔也に電話をかける。

「今、うちが作った一週間の献立、見返してた。もしかして量、足りとらんっちゃない？」

「あー、いや……」

翔也はしばらく黙っていたが、やがて重い口を開く。

「ごめん、本当は全然足んね。結が書いてくれた量食っても、練習したら、すぐ腹が減る」

一生懸命に作ってくれた気持ちに感謝していたからこそ、結に伝えることができなかった。

「……うち、またやっちゃったね。大切な人、支えるどころか、傷つけとった。……ごめんなさい」

聖人は閉店後の店内を片付けていて、不意に孝雄に投げつけられた言葉が頭をよぎる。（よう戻ってこれたな）（神戸、見捨てて、逃げたくせに）（施しは受けけん）。そこに愛子が今朝、佳純に話して聞かせたことが重なる。

（でも誰にだってあるでしょ。良かれと思ってやったことでも、ちゃんと伝わらないことって）

聖人は思い切って、もう一度渡辺靴店に足を運んだ。店の前まで行くと、若林がまた店の建て直しを孝雄に説いている。案の定、孝雄は聞く耳を持たずに店の中に入ってしまった。

聖人は行きつけの中華太極軒に若林を誘い、聖人が神戸を離れていた間に孝雄に何があったのかと尋ねた。

若林が記憶を手繰る。震災から一年くらいたった頃、孝雄が急に商店街の会合に現れて、震災前には反対していたアーケードの設置を持ちかけたという。

(立派なアーケード、作れば、昔みたいに賑やかんなる！　みんなであの頃に戻そや！)

(よう言うた、ナベさん！　そや、みんな、やろうや！)

美佐江が勇み立った。それで美佐江と孝雄が率先して動き、今のアーケードが設置された。ところが、アーケードが完成した途端、孝雄はまた元の意固地に戻ってしまった。

震災直後は精力的に行動できても、しばらくすると張り詰めていた気持ちがプツリと切れてしまう。被災した人の多くがこんな状態に陥るのだと、若林が残念そうに言う。

「震災から十年以上たって、街の復興は進みました。でも、神戸に暮らす人々の心の復興は、まだ遅れとるんです」

若林の話が、聖人の胸に重く響いた。


朝一番で教室に入るのは普段なら沙智なのだが、この日は先に結が来ていて、スポーツ栄養学の参考書を開いて献立を作り直している。

「サッチンの言ったとおり、うち、全然相手のこと、わかっとらんかった……なんも気づかんで、支えた気になって……それなのに、あの人、ずっと我慢してうちの献立、守って食べ続けて。ホント、なんしよったっちゃろ、うち」

結は涙ぐみ、途中まで書き直した献立表を消しゴムで消す。書いてはまた消すのを繰り返したせいで献立表が破れてしまうと、結は情けなさに涙がこぼれ落ちそうになる。

沙智がすっと横に来て、献立表を見ながら翔也の体重、体脂肪、筋肉量などを問う。

「そういうの加味した上で、どんな体作りをしたいかで、メニューは全然違ってくんねん」

沙智は使い込んでボロボロになったスポーツ栄養学の参考書を取り出した。

「月曜日からもっかい考えよう」

「……うん！」

結が泣き笑いでうなずいた。


聖人が渡辺靴店を訪れると、開店休業状態で孝雄がやる気もなくテレビを見ている。聖人は持参したビニール袋から古い革靴を出した。初めての給料で買った靴なので大事にしている。

「ナベさん、この靴、直してくれへんか。ナベさん、靴の修理の腕、ピカイチやったやろ」

孝雄が聖人の靴に目をやり、ジロッと聖人を見る。聖人は真剣な目で孝雄を見返す。

「俺は、あんたに仕事を頼みたいんや」

孝雄は仕事という言葉に、職人気質が刺激された。

「……時間かかっても知らんで」

孝雄が靴を受け取り、店の奥へと入っていく。孝雄の表情が柔らかくなっている。

結と沙智が作り直した献立は、月曜日から始めてあとは日曜日を残すだけだ。翔也は自炊ができるかと沙智が聞き、簡単なものならできるのではないかと結が答える。

「ほな、鍋料理とかどう？　主菜と副菜が一緒にとれるし、消化もええし」

沙智の案に、結が飛びついた。献立表の日曜日の欄に鍋料理と書き込む。さらに沙智は、どうしても食べ足りない時は、豚まんが意外にも栄養バランスがいいというオマケ情報までくれる。

結は一つ一つ納得しながら、せっせと献立表に書き入れていく。

「でも、サッチン、なんで教えてくれる気になったん」

「どっちの気持ちもわかるし。支える人と、支えられる人の気持ち」

沙智が少しずつ自分のことを話し始める。沙智は将来を嘱望されるアスリートで、高校の陸上部のコーチは体重管理とくに減量に非常に厳しかった。その結果、沙智は拒食と過食を繰り返す摂食障害を起こしてしまった。そんな状態でも練習を重ね、インターハイに優勝し、好タイムを記録することができた。だから、沙智はコーチの指導が正しいと信じていた。

「でも、練習中に倒れて、そのまま病院に運ばれて……」

疲労骨折を起こしていて骨密度は非常に低く、重度の貧血もあり、長期入院をしなくてはならなくなった。今でも病院に通っていて、ようやく血液検査の数値が正常に戻ってきた。

「私な、私みたいな子をひとりでも減らすために、スポーツ栄養士になりたいと思ってん」

この専門学校は、大学で時間をかけて学ぶよりもっと早く栄養士の資格を取れる。一日でも早く現場に出て、未来のある若いアスリートたちを正しい方法で支えたい。信念があるからこそ、お嬢様育ちの佳純やギャルの結を見ているとムカつくのだと本音を明かした。

話し終えた沙智が立ち上がると、結が思いも寄らないことを言い出す。

「……いや、サッチンは、ギャルやん。うちと同じ。ギャルやん」

「なに言うとん？　私、化粧もしいひんし、ネイルしいひんし、オシャレとか興味ないし」

「そんなん関係ない。好きなことを貫いとう人は、みんな、ギャルやろ」

結は自信に満ちた口振りで沙智はギャルだと言い張り、思わず沙智が噴き出した。

いつからか佳純と森川が教室の入り口にいて、結と沙智が笑い合う様子を見ている。どんな成り行きなのかと見守る佳純と森川に、結が気づいて笑顔を向ける。

「ねえ、今日、学校終わったら、あれいかない？」

プリ機の前に、結、佳純、森川、沙智が並んだ。結はギャルのメイクをしていて、沙智は恥ずかしがってしかめ面になる。「せーのアゲ――」と、結のかけ声でプリ機のフラッシュが焚かれた。完成したプリ写真は、それぞれ顔の横に『サッチン』『カスミン』『モリモリ』『ゆいちゃん』の文字が記された。


高台にある真紀の墓に、黄色いガーベラが供えられている。お墓参りをしていた歩は、そこにやって来た孝雄に臆することなく自分の気持ちを伝える。

「私、お墓参り、やめませんからね。だって、うちと真紀ちゃんは親友ですから」

第10章 人それぞれでよか

二〇〇七年七月となった。さくら通り商店街では、三年前から神戸市と協力し合って『夏休みこども防災訓練』を行っている。若林から協力を求められ、聖人は二つ返事で引き受けた。ヘアサロンヨネダには若林や美佐江たちが集まり、結と一緒に『夏休みこども防災訓練』のチラシを見ている。イベントに『紙芝居』があるのは、大震災から十年以上が過ぎ、あの日のことを知らない子どもたちが増えているので、何が起きたかをわかりやすく伝えようというのが狙いだ。恒例の炊き出しもあり、若林としては、豚汁や炊き込みご飯には飽きたという子どもたちの声を反映して今年は何か趣向を凝らしたい。

「そや、ここに専門家おるやん！　結ちゃんに炊き出し隊長やってもらおう！」

美佐江の一声で、結は炊き出し隊長として献立作りから食材の仕込みまで任されてしまった。

専門学校では、炊き出しのような大量調理は二年生から習う科目だ。授業が始まる前、結は担任の桜庭に相談を持ちかけた。桜庭はふむふむと結の話を聞き、それではこれを授業に取り入れようと即決するとホワイトボードに『大量調理』と書いた。

「試しにみんなで炊き出しの献立を考えてみましょう。これ、栄養士の基本の仕事だから」

生徒たちが栄養士の資格を生かして就職するとしたら、学校給食を作る会社、企業の社員食堂、病院、社会福祉施設など大量調理を行うところになる。栄養士に求められるのは、栄養管理や献立の立案、食材の管理から調理まで幅広く、日々大量調理に関わっていくことになる。

ということで、桜庭は今のうちに経験を積んでおくほうがいいと考えている。

「じゃあ、次の授業までに各班で協力して、炊き出しの献立考えてみて」

桜庭が課題を出したので、結たちは昼休みに献立作りについて話し合うことにした。

「ねえ、あん時、みんな、どこおったん？」

沙智が聞いた。阪神・淡路大震災が起きた日、沙智が住んでいた姫路《ひめじ》に大きな被害はなく、佳純は垂水《たるみ》区という神戸市の中でも大きな被害が比較的少なかった地域に住んでいた。森川は東京にいたのでニュース映像でしか知らない。結のことは、みな福岡にいたと思っている。

「うち、六歳まで、神戸のさくら通り商店街に住んどったんよ。うちの家、全壊した」

沙智たちはみな、いつも明るい結がそんな恐ろしい体験をしたとはまったく知らなかった。

「大丈夫。正直、ほとんど記憶ないんよね。炊き出しで何食べたかも覚えとらん」

結の話を聞いた森川が、一つの提案をする。

「実際に体験された方に話をうかがえるといいんですが」

震災については当事者同士でも話題にするのは微妙で、話を聞くならへアサロンヨネダに集まる気心が知れた人たちしかいない。そこで商店街の集会所に来てもらい、結が班を代表して話を聞くことになった。集まったのは、聖人、愛子、美佐江、福田、高橋、菜摘だ。

結は手始めに、避難所で最初に食べたものが何だったのかを質問した。食べ物の話とはいえ、愛子は集まってくれた人たちが、当時を思い出して傷口が開くことは避けたい。

「ホント、無理だけはしないで」

「なに言うとん。結ちゃんに炊き出し隊長頼んだんはうちゃん。それにあの経験を次の世代に伝えるんは使命や。誰かが伝えていかんと」

美佐江が気を強く持って思い出す。あの恐ろしい地震のあと最初に食べたものは――。


一九九五年一月十七日午前五時四十六分ごろ。日本で初めて最大震度7を記録した都市直下の大規模地震、阪神・淡路大震災が発生した。この地震により死者・行方不明者合わせて六四三七名、十万棟以上の家屋が全壊するというきわめて甚大な被害がもたらされた。

米田家や美佐江など商店街の人たちは、避難所となっている小学校に身を寄せた。救援物資などまったく届かず、地震発生から十五時間近くたっても何も食べるものがなかった。そんな状況の中、被害が少なかった地域に住む有志の女性たちが、おむすびを握って持ってきてくれた。

お腹がペコペコだった結は、喜んで一口食べてあれっとその女性を見る。

「……おばちゃん。これ、つめたい。ねえ、チンして」

その女性が涙ぐんだ。温かいおむすびを食べてほしかったのに、道路も街も壊れていてなかなか先に進めず、この小学校にたどり着いた時にはおむすびは冷め切ってしまったのだ。

美佐江の話を聞くうち、結は当時の記憶がおぼろげによみがえってくる。

「……そうやん。最初に食べたの、おむすびやったね」

愛子のほうは鮮明に覚えている。避難所の人数が多くて、おむすびはふたりで一つを分け合って食べた。空腹を抱えていたし、たまらなくおいしく感じられた。

美佐江も「あの味は今も忘れてへんわ」と大きくうなずく。

「地震から三日目ぐらいか。ようやっと食料回ってきたん。けどなあ……」

福田が苦虫を嚙み潰したような顔をしながら述懐する。


避難所の小学校に、段ボール箱に入ったパン、バナナ、飲料などの食料が運び込まれた。

「みなさん、食料が届きました！　それぞれのご家族分でお願いします！」

若林が待ち構えている人たちに声をかけ、市の職員と手分けして取りに来た人たちに配っていく。だが聖人や美佐江たちがもらおうとした時には、段ボール箱の中身はほとんど残っていなかった。

数に限りがあるからと職員たちが頭を下げるが、疲労と空腹で気が立っている人も多く、家族に高齢者や赤ん坊がいればもらえるはずのものをもらえなかった憤りは大きい。

「さっきのヤツ、独りもんやのに三人家族言うとったぞ！　ちゃんと確認せいや！」

こうした怒りの声が相次ぎ、見かねた美佐江が混乱を収めようとする。

「ギャーギャー言いな、みっともない！　ほな、ルール決めよか」

美佐江が黒板に、食料だけでなく毛布なども含めた支援物資を仕分けするルールを書く。

『その1：物資は一括管理』『その2：子どもとお年寄り優先』『その3：朝晩、おむすび一個とお茶が全員に行き渡るようにする』

ルールを守るには、誰かが責任をもって支援物資を公平に仕分けする必要がある。

「大丈夫。絶対にズルしいひんクソ真面目な人がおる」

美佐江が確信をもって推すと、周囲の人たちの目が一斉に聖人に向けられる。

「そや！　聖ちゃんが、仕分け隊長や！」

実際、聖人が物資を一括管理するようになってから仕分けの問題はなくなった。


ところが一難去ってまた一難。菜摘の具合が悪くなった。美佐江とその夫・義之《よしゆき》が大慌てで医者の高柳《たかやなぎ》を呼び、愛子や聖人たちも心配そうに見守る中、高柳が菜摘を診察する。

「病名はな……便秘や」

幼い菜摘が苦しんでいるのに、美佐江は心外な病名を告げられた気がしてイラッとする。

だが高柳は、便秘を甘く見てはいけないと大真面目に説く。こじらせれば潰瘍や腹膜炎になりかねないというのに、避難生活を強いられている人たちの多くが便秘を訴えている。

「一番の原因は食事や。パンやにぎり飯ばっかりで食物繊維が十分に摂れてへん。水も足りとらん」

野菜やワカメを摂るのが効果的なのだろうが、避難所では支援物資を分け合って食べているのが現状だ。どうすることもできない中、孝雄が段ボール箱を抱えてやって来る。

「やるわ。うちから買い置き、取ってきた」

箱の中には乾燥ワカメや豆類の缶詰などが入っている。

運良くそこに給水車が到着した。福田と高橋は野菜を調達してくる。これで炊き出しができると避難している人たちから歓声があがった。

「……ナベさん、ホンマにありがとう」

美佐江は涙を浮かべ、孝雄に頭を下げた。

聖人がふと見ると、孝雄は黙って行ってしまおうとしている。聖人と若林が追いかけ、若林がどこに行くのかと尋ねると孝雄は自宅に帰るという。

「あきません。まだ余震もある。今は潰れてなくても、危険です」

若林が引き止めるが、孝雄は首を大きく横に振った。

「……真紀はもうおらん。いつ死んでもええ」

聖人と若林に背を向け、孝雄は寂しそうに去っていった。

避難所の小学校では、商店街の人たちが校庭に鍋や調理道具を持ち寄って炊き出しの準備が始まった。避難している人たちが協力し合い、おいしそうな匂いが漂ってくると、結や菜摘がうれしそうな笑顔になる。そうして出来上がったのが、大豆と野菜の味噌汁とわかめご飯だ。

結が炊きあがったばかりの温かいわかめご飯をパクリを食べる。

「おいしー！　でもごはん、かたっー」

愛子や聖人が笑った。美佐江や菜摘たちも食べながら自然と笑みがこぼれる。

商店街の集会所では、最初の炊き出しが、わかめご飯と大豆と野菜の味噌汁だったとみな懐かしく思い出している。久しぶりの温かい食事は人の気持ちを潤した。ご飯が固かったのは、慣れないお鍋で炊いたので水や火の加減がうまくいかなかったからだ。

味付けに関しては、味噌汁がしょっぱかったことを美佐江が思い出す。炊き出しはいつも味が濃かったことを福田が覚えていて、それを聞いて結も舌に残った塩気を思い返す。

「味が濃い……あ、なんかそれ覚えとうかも」

「ホンマ？　うちは具合悪なったんもなんも覚えてへん」

菜摘が首をかしげる。あの当時、結と菜摘はまだ幼稚園児だったから無理もない。

「お母さんは忘れたことあらへん。あん時、ナベさんが食料くれへんかったら、あんた、どうなっとったか」

美佐江は今でも孝雄への恩義を忘れずにいる。


家に帰ってから、結は集会所で感じた疑問を愛子にぶつけてみる。

「ねえ、お母さん。さっきの話だと、美佐江さん、真紀ちゃんのお父さんにすごく感謝しとる感じやったよね。でも普段、めっちゃ嫌ってない？」

「確かに、めっちゃ嫌ってる」

でも、どうしてなのかという美佐江の心の中までは、愛子にもはかり知れない。

米田家は平穏で、愛子はブログに載せるために、結に似たギャルが頭に三角巾をして大きな鍋で炊き出しをしているイラストを描いている。聖人は風呂から上がってきたところだ。

元町に遊びに行っていた歩が帰ってきて、手に持っている布袋を聖人に差し出した。

「これ、真紀ちゃんのお父さんに渡された。修理代一万円だって」

歩が自宅近くまで来ると、孝雄がウロウロしている。どうしたのかと声をかけた歩に、孝雄は聖人に頼まれた靴だと言って布袋を渡したのだ。

聖人が布袋から靴を出すと、ボロボロに傷んでいた靴がきれいに修理されている。

「さすがナベさん、腕落ちとらんな」

「すご！　これ、修理っていうよりカスタムじゃん！」

歩が目を見張った。結がカスタムって何かと聞くと、歩は商品を作り直して生まれ変わらせることだと簡潔に答える。

聖人が床に新聞紙を敷いて足を入れてみる。「最高やな」と声が漏れるほどの履き心地だ。

孝雄はわざわざ届けに来たのに、いろいろあって顔を合わせるのをためらったのだろう。

「ちょっとお礼言ってくる」

聖人が出かけていくと、歩は修理された靴をまじまじと見つめ、ひらめきが形になっていく。

「あ、お母さん、ちょっとお願いがあるんだけど」

聖人は渡辺靴店まで赴いて、一万円では安すぎるからと修理に見合った支払いをしようとする。

孝雄は儲ける気持ちなどさらさらなくて、支払う、いらないで押し問答になる。

「そやったら、また頼んでもええか？」

「もうやらん。今回だけや」

歩と結が走ってきたのは、孝雄が話にケリをつけようとしていた時だ。

「こういうのできません？　古い靴をこういう感じにカスタムしてもらいたいんです」

歩が息を切らしながら依頼し、結が抱えていたスケッチブックを広げる。レディースの革靴をカスタムしたイラストが数点描かれている。

「うちのお母さんが描いたんです。かわいくないですか?」

結が聞きながら表情をうかがうが、孝雄はスケッチブックをちらっと見ただけだ。

「中古の靴の仕入れも販売も私がやりますから」

カスタムしてくれるだけでいいと、歩はなんとか孝雄に承知してもらいたい。

「これ、絶対、ギャルに売れますよ!」

結も言葉を尽くし、どうにかして孝雄にやる気を起こしてもらおうとする。

「……やらん。帰ってくれ」

孝雄はにべもない返事を寄こした。

いったんは引き下がった歩だが、店の外に出るとブヒーッと荒い鼻息をはく。

「私、諦めないよ。真紀ちゃんのお父さんが引き受けてくれるまで何度だって通うから」

歩がドスドスと大股で帰っていくのを、結はいかにも歩らしいと笑って追いかける。そのまた後ろから、聖人は渡辺靴店を気にしつつ帰っていく。

翌日。ヘアサロンヨネダにいつもの顔ぶれがそろい、そこに結の仲間が加わった。

「サッチン、カスミン、モリモリ、うちの栄養学校の同じ班の仲間」

結が三人を美佐江たちに紹介した。急に押しかけたのは、前日の話の疑問を解決するためだ。

「この間言いよったやろ。『炊き出しやった時いつも味が濃かった』って」

結がその話を仲間にすると、なぜ味が濃くなったのかという疑問の声があがり、それでは今度はみなで話を聞きにいこうという流れになったのだ。

福田や美佐江たちは快く取材に応じてくれる。たとえば炊き出しと言っても豚汁、つみれ汁、炊き込みご飯、豆腐の味噌汁など多様で、何を作ったのかをできるだけ思い出してもらって簡単な統計をとっていく。その結果、やはり豚汁が一番多いことがわかった。

「ただ豚汁は豚汁でもトン抜きやけど」

美佐江が苦笑する。地震のあとしばらくは肉が手に入らなかったからで、避難所では「これは豚汁や」と思い込んで食べていた。カレー風味の黄色くないカレーもあり、愛子がカレーは味が薄かったと思い返す。塩や醤油は、愛子も美佐江も分量どおりに使っていたという。

「なんで味が濃かったり、薄かったりしたっちゃろう」

結は謎が増え、佳純はメモしたメニューを見ながら聖人たちに聞く。

「けど災害時やのにメニューのバリエーションは豊富やったんですね」

美佐江と福田が「それは、ねえ」とか「そやそや、なあ?」など言いつつ聖人を見る。

聖人がつい苦い顔をする。

「あん、クソオヤジたい」

地震発生から七日後、結たちが避難所にしている小学校に、永吉がトラックで駆けつけた。永吉が支援物資の段ボール箱を見ると、缶詰、小麦粉、乾麺、干からびた野菜などの食材しか入っていない。この頃の避難所では、それでも何もないよりマシだった。

「食材ば集めてくる」

そう言い残して永吉はどこかへ出かけていった。そして次の日には、両手に何丁もの豆腐が入ったバケツを運んできた。食欲のない歩や、高齢者にも食べやすいものがいいと探し求めたのだ。

「豆腐やったらやわらかいし、栄養パンパンやけん」

驚いた若林がどこの豆腐屋から手に入れたのかと聞くと、永吉は三田《さんだ》市という神戸市の市街地より北、六甲山系を越えたところにある豆腐屋から分けてもらったのだという。

「そこのご主人が言いよった。自分もなにか手助けしたいばってん、行ったら迷惑なんやないかって躊躇してしまっとうって」

永吉の話を聞いた高橋が、同じように考えている人たちがほかにもいるかもしれないと思いつき、若林は神戸市のほうから協力を呼びかけてみると積極的な姿勢を見せた。

ヘアサロンヨネダでは、聖人が当時を振り返り、普段は腹が立つことも多い永吉だが、あの時は奮闘してくれたと認めざるを得ない。

「次の日には野菜を山ほど持ってきて。その次の日には魚やら煮干しを抱えてきて」

「そのおかげで、若い人たちがどんどん食材届けてくれるようになってな」

福田も当時のことを覚えている。永吉の働きには頭が下がる思いだった。

沙智たちはこのあと取材を終えて引き揚げていった。

結は糸島の永吉が懐かしくなり、夕方、永吉の携帯に電話をかけた。

「今度炊き出しやるっちゃけど、商店街の人たちに地震のこと聞きよったら、おじいちゃんの話になって。おじいちゃんが食材いっぱい集めた話。すごいなあって思ったら、なんか声聞きたくなって」

永吉にとって、困っている人を助けるのは当たり前のことだ。

「ばってん、いくら食材集めて、うまそうな炊き出し、作ってもろうても、歩は全然食わんでな」

それで永吉は、聖人の反対を押し切ってでも、家族全員を糸島に連れていくと決めたのだ。

そういうことだったのかと結は感慨にふける。と、そこにいきなり「結、元気ね？」と佳代の声が耳に飛び込んでくる。結が佳代とおしゃべりしている途中で、永吉の声が割り込んできて福西のヨン様の話題になり――。


その頃、翔也は人生初のスランプに陥っていた。翔也が投げる球は、キャッチャーの幸太郎が構えるミットを大きく外れて大暴投になる。隣では澤田が剛速球を投げていて、いやでも翔也の目に入る。翔也は焦りばかりがつのり、日を追うごとにスランプは深刻さを増していった。


炊き出しのメニュー作りは思ったほど簡単ではない。でもその分、結はやりがいを感じながら専門学校を終えて表に出た。すると、そこに、翔也が憔悴《しょうすい》した様子で立っている。

「どうしたん？　練習は？」

「今日はもうあがれって監督が。ちっといいが」

甲子園に行かれなくても切り替えが早かった翔也が、こんなにうなだれているなんておかしい。結はゆっくり話をしようと、中華太極軒で翔也と向き合った。

「スランプ?」

結が聞き返すと、翔也は速球のコントロールが利かないのだと沈んだ表情をしている。このままではエースの澤田に勝つどころか、ベンチ入りも危ない大ピンチに直面している。

「今まで同じチームで俺より速え球投げるヤツなんていないながっだ。だからムキになっで速え球投げようとしでだら、おがしくなった」

「球って速くないとダメなん?　球が遅くても活躍しとう人、いっぱいおるやろ」

「……球が遅くても」

結の素朴な疑問は、行き詰まっている翔也の盲点を突いたのかもしれない。

「翔也。他人の目は気にしない。これ、ギャルの掟だよ。翔也は翔也らしくやればいいとって」

「……俺らしく、か」

ギャルには程遠い翔也だが、結の結らしい励ましは、シャカリキになっている翔也の心にすーっとしみとおった。


結が帰宅すると、リビングの床に広げられた新聞紙に、中古のレディースの革靴がたくさん並んでいる。歩が神戸のリサイクルショップを回って集めた靴で、それらを愛子、チャンミカ、歩が一足一足拭いている。聖人もいるが、目の前に並んだレディースの靴に圧倒されている。

結とチャンミカは初対面だ。

「妹ちゃんもギャルやんな?　ほな、タメ語でええよ」

チャンミカはとても気さくで、結は久々にギャルに会って気持ちがなごむ。

それはともかく、「なんしようと?」と結が並んだ靴を眺めると、歩が靴を拭きながら答える。

「真紀ちゃんのお父さんにカスタムしてもらう靴仕入れてきた」

「こんなに?　やってくれるかな?」

「やってもらう。何かに集中してると、ちょっとは気持ちが軽くなる。私がそうだったから」

歩は好き勝手やっているようで、ずっと悲しみを抱えてきたのだと、結は改めて思う。

「ナベさんがやる気になったら、美佐江さんと仲直りできるかもね」

愛子が期待を込め、次の靴に手をのばしてまた拭き始める。

「あのふたり、商店街のアーケード作った時は、ずいぶんと協力しよったらしい」

聖人が少し前に若林から聞いた話をする。地震から一年ぐらいした頃、孝雄が急にアーケードを作ろうと前向きになった。美佐江がすごく喜び、孝雄と協力し合ってアーケードの設置に向けて動いた。ただ、若林もなぜ孝雄が急に積極的になったかまでは知らないという。

「その時、美佐江さんと揉めたのかな……」

愛子がつぶやいた。


佐久間ベーカリーは、美佐江と義之の夫婦が震災後に開いた店だ。

「あの、ちょっと炊き出しの中間報告に」

結がそう言って店をのぞいた。本当の理由は、美佐江と孝雄に仲直りしてもらいたいからだ。

美佐江がイートインスペースに結を案内し、義之が焼き立てパンをサービスする。

「あ、そういえばなんでお総菜屋さんからパン屋さんにお店替えたんですか?」

「なんでもよかったんよ、あん時は」

美佐江がちょっと笑う。震災後いつまでも避難所にいるわけにはいかず、今後の生活を考えなくてはならなくなった。でも美佐江夫婦の総菜屋は地震で潰れ、福田の整体院も高橋のテーラーも仕事ができる状態ではない。前途多難だが、途方に暮れているだけでは何も始まらない。

それで美佐江は「パン屋でもやろかーっ」と義之に発破をかけた。パンの匂いは人を幸せな気持ちにする。みなが少しでも幸せな気分になって、顔を上げて前に進んでほしかった。

「銀行からお金借りて、商店街で真っ先にお店建て直したん。そしたら徐々にほかの人も続いてくれたんよ。でも、ナベさんだけは変わらへんかった……あの人だけはずっとうつむいたまんま」

アーケードを作る時だけ美佐江に協力したけれど、完成したら以前の孝雄に戻ってしまった。あとは毎日お墓参りをしているだけで、辛気臭いのだと美佐江は口さがない。

「でも、一人娘の真紀ちゃんが亡くなってるんやし、しょうがないと思うんですけど。だから、そろそろ仲直りしてもいいんじゃないですか？　……ずっと商店街で一緒にやってきたんやし、ケンカはよくないっていうか」

「結ちゃん、それ小さい頃も言うとったね。みんな、なかよく、ケンカしたあかんって」

だけど、家族を失ったのは孝雄だけではない。美佐江も兄夫婦を地震で亡くしている。

「悲しんどって戻ってくるんやったら、いくらでも泣く。けど、死んだ人はもう戻ってこうへん。うちら、生きなあかんねん。そやから、あの人みとうとイライラすんねん」

帰宅した結は、美佐江とのやり取りを愛子と聖人に話した。するとふたりとも美佐江が家族を亡くした話を知っていた。美佐江は避難所にいる間は、周囲の人たちに心配をかけたくなくて自分の身内の不幸をずっと黙っていたのだという。

『夏休みこども防災訓練』のイベントから始まった炊き出しの話は、結の予想を超えて、被災を体験した人たちが抱えている心の闇に触れてしまったのかもしれない。


専門学校に行っても、結は心ここにあらずといった体《てい》でいる。

「結ちゃん、わかったよ、炊き出しで味が濃かったり、薄かったりした理由」

佳純が声をかけた。結がボーッとしているので戦力外だとあてにせず、沙智や森川と三人でいろいろ調べてくれたのだ。

味付けが濃くなったのは、作る人も避難所生活で疲れがたまっていたため、体が塩分を欲していたからだと思われる。カレーの味が薄かった原因は、たくさんの野菜から出る大量の水分を加味していなかったのではないか。通常の調味料の分量だと足りなかったのかもしれない。

沙智が「はい、これ！」と、結に大量調理の献立集を渡す。

「班を代表して、あんたが献立考えて。だって炊き出し隊長なんやろ」

結は気持ちをリセットした。家に帰ると大量調理の献立集を開き、ノートに二百人分の食材、レシピなどを書き出していく。それから、電卓を片手に塩分量などを計算していく。


孝雄は外で酩酊するほど酒を飲み、千鳥足で店に帰って作業椅子に腰を落とした。作業台には真紀、妻・晃子《あきこ》、孝雄の幸せそうな家族写真が飾ってあり、見つめる孝雄の目に涙が浮かぶ。

「お父ちゃん、またお酒飲んでるん？　もー、飲み過ぎたら、アカンやん」

声のするほうを振り返ると、真紀が立っている。

「真紀、戻ってきてくれたんか」

孝雄が駆け寄ってその手を握り、ハッと気づくと、歩が手を握られたまま困惑している。

「……あの、靴仕入れてきたんですけど」

歩の傍らにある紙袋には、カスタムを依頼しようとしている革靴がたくさん入っている。

「もうやめてくれ。あんたを見ると、真紀を思い出す……頼む」

孝雄が苦しげに顔をゆがめた。


聖人はこの話を歩から聞くと、翌日孝雄に会いにいき、歩に孝雄の気持ちを逆なでするつもりはなかったのだと弁明した。

「ただ、あいつは、ナベさんが仕事に集中したら、少しは気持ちが軽なるんやないかって」

「俺はもう無理や。仕事なんてできひん」

「いや、そんなことないやろ」

聖人は孝雄が直した靴を履き、靴職人としてまったく腕が衰えていないのに唸らされた。

「アーケード作った時やって商店街のために先陣切ってがんばったんやろ」

「……あれは商店街のためやない。真紀のためや」

孝雄は作業台の引き出しから一枚の紙を出した。『アーケード設置御協力のお願い』と書かれた紙で、日付は一九九四年十二月十日になっている。聖人が責任者だった時に商店街の人たちに署名を求めた紙だ。渡辺靴店は『賛成』に丸が印され、渡辺孝雄の署名がある。

「……真紀の字や」

孝雄が当時のことを辛そうに語る。

あの頃の真紀は父親の酒量が増えるのを心配したり、アーケードの設置にかたくなに反対して商店街の人たちから疎まれるのではないかと気にかけていた。

（ねえ、お父ちゃん、なんでアーケードに反対なん？　お母ちゃんやったら、絶対賛成しとったと思う）

「だから、真紀のやつ、勝手に俺の名前書いて、出そうとしとって。そやのに……あの日……」

孝雄が涙で声を詰まらせた。


大量調理の炊き出しの献立作りは、担任の桜庭が授業に取り入れて各班に出した課題だ。

「食材とか調味料の量を一番考えて作られていたのは……J班の『わかめおむすび』とサバ缶とツナ缶を使った『サバツナけんちん汁』だね」

結たちの献立が評価され、結は佳純、沙智、森川の協力に心から感謝した。

『夏休みこども防災訓練』の前日、結たちは学校の調理実習室を借りて炊き出しの準備をした。

佳純、沙智、森川は翌日のイベントも手伝うつもりで、沙智が段取りを確かめている。

「ねえ『わかめおむすび』のお米って現場で炊くん？」

「ウン、みんなにホカホカのおむすび、食べてもらいたくて」

結がホカホカにこだわっているのは、せっかくの厚意を踏みにじった後悔があるからだ。

「地震が起きてすぐ、地元の人が避難所におむすび持ってきてくれたと。でもうち、冷たいって文句言って。そしたら、その人、涙を浮かべて……」

（ごめんな、おばちゃん家、出た時はおむすび、ホカホカやってんけどな……）

避難所への道路が壊れ、瓦礫が散乱する中を運んでくれたおむすびだった。

子どもだったから仕方ないと森川は慰めるが、結は思い出すたびに悔やまれる。

「あの人、絶対ホカホカのおむすびを食べてもらいたかったんやと思う。やけん……」


結はくたびれて帰ったその足で、聖人と一緒に商店街の集会所に行って防災訓練の打ち合わせに参加した。集まっている顔ぶれは、美佐江、福田、高橋、中華太極軒の明石たちで、若林が一連の流れを説明したあと、結が炊き出しの段取りについての説明を任された。

結は説明の前に、炊き出しの人数が足りないので手を貸してくれる人はいないかと打診してみたが、商店街のメンバーはみな何かを担当していてそのうえ炊き出しの手伝いとなると難しそうだ。

「……だったら、ナベさんに頼みませんか」

聖人がみなの意見を求める。

真っ先に反対したのが美佐江だ。あのオッサンは信用できないと取り合わず、孝雄には孝雄の事情があったみたいだと聖人が弁護しても聞き入れない。

「事情なんて誰にかてあるわ。けどみんな前向いて、必死にやっとる。いつまでもうつむいとん、あの人だけや」

「……あの……いつまでも、うつむいとったらあきませんか」

聖人がとつとつと、立ち直るのにかかる時間は人によって違うと胸の内を明かす。

「俺かてそうです。神戸から逃げて、糸島行って。でもずっと神戸が気になって、また戻ってきたけど、うまく前向けてるんか、まだ全然わからんくて」

ひとりひとりが、各々のやり方であの日と向き合い、毎日を必死に生きている。

「アスパラガス」と、結の口からこの場にそぐわない言葉が飛び出した。

「い、いや、ほら、アスパラガスって収穫できるまで三年かかるやろ。けどトマトは花が咲いたら二か月ぐらいで収穫できて……みんな、それぞれ育つ時間が違っとって。やけん、野菜もそれぞれなように、人それぞれやないかなって」

結は伝えたいことがうまく表現できず、打ち合わせの場がシーンとなる。

「すいません！　うち、訳わかんないこと言ってますね！」

一拍置いて、福田が「いや、わかるで」と言い、高橋も「うん、わかるわ」と、アスパラガスの収穫を例えにした話から結の言いたいことを汲み取ってくれる。

「とにかく結ちゃん、当日の段取りを」

若林が話の軌道を修正し、結は慌てて炊き出しの段取りを説明する。


『夏休みこども防災訓練』の開催日となった。公園に集まった子どもたちを前に、若林と菜摘が紙芝居を使って阪神・淡路大震災で何が起きたのかをわかりやすく伝えている。ヒーローもアイドルも出てこない紙芝居を、子どもたちは真剣に見ている。歩も後ろのほうで見ている。

「――あの大地震でたくさんの人々の命が奪われました。そして今もケガや後遺症で苦しんでいる人たちがたくさんいます。みなさんもどうか一九九五年一月十七日のことを忘れないでください……おわり」

若林が紙芝居を終えると、子どもたちから拍手が起きた。

別の一角では、結たち四人と明石夫婦、義之ら飲食店の人たちによる炊き出しが行われようとしている。

「はーい、みんな、炊き出しできたよ！　これはツナの缶詰と、サバの缶詰で作った『ツナサバけんちん汁』です」

結が大きな声で呼びかけ、その横で佳純が『わかめおむすび』もあると声を張る。

子どもたちが歓声をあげた。好き好きに『ツナサバけんちん汁』と『わかめおむすび』を受け取って思い思いの場所で食べ始める。

聖人たちが楽しんでいる子どもたちを微笑ましく見ていると、孝雄が会場に現れて聖人たちのいるほうに歩いてくる。福田たちが意外そうな顔をし、美佐江が深く息をつく。

「……うちが声かけた。お礼言うたんよ。今さらだけど、あの時、菜摘のこと、ありがとうねって」

菜摘が孝雄に気づき、「あの」と声をかける。

「……母から聞きました。あの時、おじさんがいいひんかったら、うち、どうなっとったか……本当にありがとうございました」

結はホカホカの『わかめおむすび』を孝雄に手渡す。

「おいしいもの食べたら、悲しいこと、ちょっとは忘れられるけん」

孝雄はじっとおむすびを見つめ、黙って食べ始める。

結と菜摘がほっとして、聖人たちもみな安堵の笑みをたたえている。

歩がすーっと聖人と愛子のそばに行く。

「……結って、名前のとおりだね。……いろんな人を結び付けて」

「歩だって名前のとおりじゃない。我が道を歩む」

愛子が微笑むと、聖人が得意そうに小鼻をうごめかす。

「そうたい。どっちも俺がつけたとぞ」


その頃翔也は、野球部の室内練習場で黙々と投球練習をしている。

「ん？　……なんだ、今の変化」

翔也の投げたボールが複雑な変化をした。

「それだ、四ツ木。おまえは速球にこだわり過ぎていた。変化球を磨け」

澤田が声をかけた。いつからか黙って翔也の投球練習を見ていたらしい。

第11章　支えるって何なん？

ヘアサロンヨネダに、『夏休みこども防災訓練』に協力した商店街の人たち、それに大人数分の炊き出しをがんばった結とその仲間が集まった。

若林が紙コップを掲げて音頭を取る。

「防災訓練、お疲れ様でした！　それでは――」

「かんぱーい！」と、元気のいい声が一斉にあがる。『夏休みこども防災訓練』で子どもたちが楽しく学べたのは、結たちの働きによるところが大きいと若林はとても感謝している。それは結たちのほうも同じで、二百食もの大量調理という得がたい経験をさせてもらった。

なごやかな慰労会のさなか、店内にラッパー風のファッションをしたサングラス男が入ってくる。いかにも怪しげで、みなが同時に身構えた時、男がサングラスを外した。

歩の付き人で通訳でボディガードで雑用係でもある佐々木佑馬だ。

「佑馬⁉　あんた、まだ向こういる予定だったでしょ？」

「そうだったんスけど、アユさん、俺と一緒にLA行ってください！」

自宅に戻って佑馬から事情を聞くと、LAつまりロサンゼルスにいるDavidというビジネス相手が、歩と直接じゃないと仕事をしないと言って商談が進まなくなっているらしい。

「行くよ、明日」

歩は元町にでも行くかのように、即座にLA行きを決めた。

夕食後、結の部屋で、結と歩は向き合った。いくら仕事でも、今日の明日LAに行くのは急すぎる。何より歩には、「絶対やってもらう」と鼻息荒く決めたことがあるはずだ。

「真紀ちゃんのお父さんに頼もうとしよった靴はどうするん？」

結が聞くと、歩らしくもなく「無理だよ」とすでに諦めている。

「真紀ちゃんのお父さんに言われたの。私を見ると、真紀ちゃん思い出すって」

それがどれほど苦しいことか歩にはわかるので、もう孝雄に頼むことができなくなった。

「結は小さかったから覚えてないかもしれないけど、真紀ちゃんがよく言ってた……」

歩の話を聞くうちに、結も少しずつ思い出してくる。

この夜、結は二十足の靴を担いで孝雄に会いに行った。

「靴の修理、やっぱり、やってください！　今、お姉ちゃんと話してて思い出したんです、真紀ちゃんが言ってたこと」

震災前、真紀はしょっちゅう歩の部屋に遊びに来ていて、結もよくおしゃべりに入れてもらった。

真紀は高校を卒業したら、東京に行ってギャル雑誌のモデルになるという将来の夢があった。そしてその時は父親を神戸でひとりにせず、東京に呼んでふたりで暮らすつもりだった。

（うちのお父ちゃんなら、どこに行っても大丈夫やもん。日本一の靴職人なんやもん）

結は幼かったけれど、真紀が父親を「日本一の靴職人」と言ったことは覚えている。

「お父ちゃんは仕事をしてる姿が一番カッコいいって。だからお姉ちゃん、靴、頼みたかったんです。真紀ちゃんも仕事してるお父さんの姿が見たいはずやけん。それ、おじさんに言いに行こうって言ったら、自分が行ったら、真紀ちゃんのこと思い出させるからいいって」

結はわかってもらいたくて懸命に話し、翌日には歩は海外に行ってしまうことも伝えた。

孝雄は黙ったまま聞いていて、おもむろに結が持っている袋から革靴を一足取り出した。


翌朝早く、歩は高台にある真紀のお墓に行き、黄色いガーベラを供えて手を合わせた。

「……真紀ちゃん、またしばらく神戸離れる……もしかしたら当分来れないかもしれないけど……ごめんね」

歩が立ち去ろうとした時、孝雄が来て、手にした布袋からカスタムした革靴を取り出した。

「試しに一足だけ作ってみた。この絵のとおりやってみたんやけど、どうや？」

孝雄がポケットから愛子が描いたイラストを出し、歩がカスタムした靴とじっくり見比べる。

「……すごくいいよ。想像以上」

「けど、こない派手な靴、誰が履くんや」

「……真紀ちゃんなら喜んで履くよ。だってギャル、目指してたんだから」

「……なんや、ギャルって」

「ギャルっていうのは、自分が好きなことを貫いて、周りにどう思われるかなんか気にしないで、自分の人生を心から楽しむ人たち」

歩と真紀は、高校生になったら一緒にギャルをやろうって約束した。だから歩は福岡で自分を鼓舞してでもギャルをやった。あの日々があったおかげで、どうにかここまで生きてきた。

「悲しくて、寂しくて、今も時々、泣きそうになるけど、なんとか笑えるようになった」

歩はカスタムしてもらった革靴を友人の店に出す許可を孝雄からもらい、代金はきちんと支払う約束をして、残り十九足の革靴はすべて仕事として引き受けてもらうことにする。

「じゃあ、真紀ちゃん、行ってくるね」

歩が真紀のお墓に声をかけ、孝雄とほんの少しだけれど微笑み合った。

帰宅すると、佑馬が旅支度を整えて迎えに来ている。歩も手早く支度を済ませた。

「じゃあ、仕事終わったら、すぐ戻ってくるから！　行ってきます！」

結、聖人、愛子は手を振って、歩と佑馬を見送った。

すぐに戻ると言った歩は、愛子と聖人の予想どおりなかなか帰ってこない。あっという間に秋が過ぎ、新しい年が明け、春になった。

結が神戸に来て一年がたち、話し言葉は関西弁を使うようになっている。結にも少し変化が見られる。

翔也はスランプを脱し、鋭い変化球を投げて三振の山を築く大活躍をしている。今やエース澤田と並び立つ二枚看板のひとりとして、プロのスカウトも注目するピッチャーとなった。

そして二〇〇八年四月。結たちは専門学校の二年生になり、就職活動が本格的に始動した。結たちはさまざまな企業の会社案内や施設のパンフレットを見てあれやこれやと話をする。

「どこがいいんやろ」

どこがいいか検討している結に、佳純は就職をしなくてもいいのではないかと言い出す。

「彼氏支えたいんなら、就職なんかせんと結婚すんのが一番ちゃう」

「うち、就職するよ」

結が翔也を支えるために栄養士を志してこの学校に入ったのは確かだけれど、元アスリートの沙智と出会い、自分には知識も経験もまだまだ不十分だということを痛感した。

「だから経験を積むためにも、スポーツ栄養に関われる会社に就職しようて思っとう」

沙智は意外そうに「へえ」なんてつぶやく。その沙智が志望しているのは一流企業だ。

「私は、陸上が強いまんぷく食品が第一志望」

佳純は父親に甘えず、東京の病院の就職試験を受けるつもりだ。

森川は再就職になるので、慎重に吟味しているところだという。

「そっか。とにかくみんな、就活がんばろうね！」

結は希望に胸を膨らませている。


結は今のギャル風の茶色い髪を、愛子に頼んで元の髪色の黒髪に染めてもらった。それから自宅のリビングに戻り、愛子と聖人に、就職したい第一志望の会社案内を見せた。

「神戸ヘルスケアっていうリハビリに力入れとう整形外科クリニック。ケガした人の手術やリハビリをやっとって、そういう人たちの栄養管理が主な仕事。スポーツ栄養のいい経験になるかなって」

「ええか、結。就職で大事なんは面接や。元気な笑顔でやる気見せれたらなんとかなる」

聖人が面接時に重視されるポイントを教え、さらに念押しする。

「ただくれぐれも自分のこと『うち』って言うなよ」

「は？　お父さん、バカにしとうやろ？　言うわけないやん」

結は軽く受け流し、愛子もそんなベタな間違いするわけないとまともに取り合わない。


しばらくして、結は神戸ヘルスケアの面接に臨んだ。面接官はふたりで、結と一緒に面接を受けるのは鈴木と佐藤というふたりの男性だ。結は緊張した面持ちで面接官の質問に答える。

「はい！　うちは――」

いきなりベタな間違いをやらかした。結は元気な笑顔を作り、必死に『うち』とは実家の理髪店のことで、接客業を営む両親のおかげで自分も人と接することが好きだと取り繕った。

次に、佐藤に対してもうひとりの面接官が質問する。

「佐藤さんは管理栄養士の資格をお持ちなんですよね」

結はギクッとなる。管理栄養士は、栄養士より難しい専門知識を学び、なおかつ国家試験に合格して得られる資格だ。佐藤は神戸の病院に勤務していた実績を持ち、その経験を生かした栄養管理や指導、サポートを行いたいと理路整然と答えている。

（この人完璧やん！　このままやと落ちる！）

結が焦っているうちに、三人への質問が終わった。最初の面接官が最後にアピールしたいことがあるかと聞くと、鈴木がスッと手を挙げた。鈴木は中学・高校とやっていた空手の型を披露すると言い、「せいっやああああああ！」と裂ぱくの気合で空手を演武する。ハンパないインパクトの強さだ。

結も何かアピールしようと、「はい！」と元気よく手を挙げた。

「じゃあ、パラパラ、踊ります！」

面接官が怪訝な顔をするが、結は気にする余裕もなく笑顔で踊り出す。

「両手をあげてーいえいいいえい！　クロスしてーくるっとピース！」


結は打ちのめされたボクサーのように、ヘアサロンヨネダの待合室に肩を落として座っている。常連たちが集まっていて、聖人にどうしてパラパラなんて踊ったのかと聞かれるが、何かアピールしなくては面接に落ちるという強迫観念に駆られてしまったとしか答えようがない。

「そもそも管理栄養士がおったら勝てんし」

福田などは、結も管理栄養士になればいいなんて気楽に言ってくれるが、そんなに簡単に取れる資格ではない。ますます結がめげていると、若林がスポーツ新聞を片手に店に入ってくる。

「あ、結ちゃん、おったおった！　これ見た？」

翔也のことが記事になっていて「四ツ木の魔球ヨン・シーム冴え渡る！」と書いてある。

「彼氏の四ツ木君、とんでもない変化球投げよるんよ！」

若林は興奮し、翔也の投げるヨン・シームがただのツーシームという変化球ではなく、いかにバッター泣かせの魔球かを解説する。何がなんでも若林が贔屓にしている球団に入ってほしい。

「結ちゃん、頼む！　四ツ木君にオリックスに来るよう言うといて！」

「もー！　そんなん自分で言ってください！」

「なんや、めっちゃ機嫌悪いな」

若林がもの問いたげに聖人を見ると、「就活でちょっと」と聖人が曖昧に応じた。

次こそがんばろうと、結はいくつかの会社の面接を受け、すべてから不採用通知が届く。

専門学校の仲間たちはといえば、佳純は東京の病院から内定をもらい、沙智は第一志望のまんぷく食品から内々定が出ている。沙智は高校時代の陸上の実績が高く買われたようだ。

では森川はどうかと聞いてみようとするが、携帯電話をいじってソワソワしている。

「モリモリ、最近やたら携帯見てへん？」

佳純に言われ、森川は逃げるようにそそくさと行ってしまった。

結の就職先が決まらないまま、八月も終盤に差しかかった。

思いあまった結は、担任の桜庭に相談した。

「……先生、うちの何が悪いんでしょうか」

「まず緊張しすぎっていうのはあると思うけど、そもそも米田さんが狙ってる会社、どこも競争率高いからね。大丈夫、まだ秋の募集はあるから、がんばろう」

これという打開策もなく、苦戦を覚悟で就活し続けるしかなさそうだ。

一方、社会人野球トーナメントが開催され、翔也が所属する星河電器も出場する。勝ち残りのトーナメント方式なので負ければ終わる。星河電器はエース澤田の剛速球を主軸とし、翔也も登板して魔球ヨン・シームを投げ、順調に決勝戦まで勝ち上がった。惜しくも優勝は逃したものの、大活躍した澤田は一気に今年のドラフトの大注目株となる。

スポーツ新聞には「星河電器　澤田龍志、剛腕唸る！」「即戦力ルーキー！　ドラフト争奪戦必至！」などの見出しが躍った。

数日後、結と翔也は中華太極軒で会い、準優勝と翔也の活躍を祝ってウーロン茶で乾杯した。

「澤田さんって来年、プロになると？」

結が聞いた。ふたりのテーブルには料理の皿が並んでいる。

「うん。間違いなくドラフトで指名される。俺も来年あとに続くつもりだ」

翔也が答え、餃子を口に放り込んで言う。

「結婚すっぺ」

翔也が餃子で口をもぐもぐさせながら言うので、結はうまく聞き取れない。

「……え？　今、なんて？」

翔也が餃子をごっくんと飲み込んだ。

「結婚すっぺって」

「けっこん……。えーと、確認したいんやけど……今のはプロポーズ？」

「だな」

「だな、やなくて。プロポーズってさ、もっとロマンチックなお店とか夜景が見える場所で指輪出しながら言うもんやない？　こんな雰囲気ゼロの店で餃子もぐもぐしながら片手にラーメン丼もって、ほっぺにエビチリのソースつけて言う？」

「悪かったな！　雰囲気ゼロの店で！」

店を切り盛りしている太一の声が飛んできた。

太一には悪いけれど、結にとってこの店でのプロポーズなどあり得ない。

「やけん今のはナシ。もう一回、やり直し！」

翔也が頭をかくのを見ながら、結はホントはドキドキしている。

（どうしよう、うち、プロポーズされちゃった……）

これほどムードのないプロポーズなどめったにないだろうと、結は学校の仲間に話さずにいられなくなる。

佳純が「もう結婚しちゃえば」と勧める。家庭に入れば、一番近くで翔也を支えられる。

沙智は男性不信なのか、翔也に好きな女の子ができるかもしれないと結婚に反対する。

森川は携帯電話を見てニヤニヤしていて、結が声をかけるとせかせかと行ってしまった。

実は、結の気持ちは決まっている。

「プロポーズされたのはうれしいっちゃけど、ちゃんと自信をもって支えられるようになりたい。やけん絶対就職する」

しかし、結の決意にもかかわらず、志望した企業からは採用見送りの通知しか届かない。

「あ〜、なんか不採用って言われるたんびに、自分が全否定されとう感じがする」

「全否定って、そんなこと思う必要ないよ」

そんなふうに結を励ます愛子は、十八歳の時にまだ床屋の見習いだった聖人と結婚した。歩を授かっていたし、勢いだったと愛子は言うが、結はよくそれだけの決断ができたと思う。

「でもこの人を支えたいて思たから結婚したんでしょ？　お父さんと一緒に床屋さんやって、糸島に行ったら農業やって。ずっと支えとうやん」

「別に床屋さんも、農業も好きだからやってるだけだよ」

愛子には支えるなどという気負った感じがない。


翔也と幸太郎が昼食をとりに社員食堂に行くと、調理師の立川は野球部の活躍に上機嫌だ。翔也はいずれプロ野球に行くと思い込んでいて、「阪神にせえ！　阪神！」と立川は押しが強い。

「澤田君も阪神行く言うてたぞ！　頼むで！　約束したからな！」

そこに若手調理師の原口尚弥《はらぐちなおや》が、翔也と幸太郎が注文した定食を運んでくる。立川はその皿を見て原口を叱った。野球部なのだからライスは大盛、肉は特盛にするように指示する。

「あ、俺は普通でいいです」

翔也が断っても、来年のエースなのだからスタミナをつけろと立川に押し切られる。

翔也と幸太郎が特盛の定食を食べるのを、澤田は手作りのお弁当を食べながら見ている。

昼の休憩が終わり、翔也と幸太郎は腹がいっぱいのまま室内練習場に行き、澤田やほかの野球部員とストレッチを始める。そこに監督の中村と星河電器茨木支社の部長・谷岡雅史《たにおかまさし》が入ってくると、澤田がさっと立ち上がって中村と谷岡のところに行く。

「うちで野球部専任の栄養士を雇ってもらえませんか？　選手たちの食事管理や栄養面のサポートをしてもらうためです」

澤田は以前から栄養に興味があり、自己流ながら体の管理をしてきた。今回のトーナメントで活躍できたのはその成果だと自負している。さらに、この年の北京オリンピックでソフトボールの日本代表が金メダルを獲ったことを引き合いに出す。

「あのチームにはスポーツに強い栄養士がいて、日々戦うための食事をサポートしていたんです。うちが優勝するには専任の栄養士が必要不可欠です。ぜひご検討をお願いします」


結の就活は滞ったまま十月の中旬になってしまった。仲間と顔を合わせるのが気まずくて、結は専門学校をずる休みした。佐久間ベーカリーで菜摘と話していると、菜摘は四年制の女子大の二年生なのに早くも就活のことを考えているという。

「結ちゃん、リーマン・ショックって知っとう?」

二〇〇八年九月。アメリカの有力投資銀行のリーマン・ブラザーズが破綻し、それをきっかけに世界的に金融不安が起きた。これがいわゆるリーマン・ショックで、日本でも株価が暴落し、非正規雇用者が解雇される派遣切りなどが社会問題化している。

「うちらが就職する頃には、もっとひどなるから今のうちに動いとけって」

菜摘が懸念するように、経済が不安定になれば学生は就職難になるだろう。

結はますます追い込まれ、夜、翔也に電話して不安を聞いてもらう。

「日本ってまだまだ栄養士としてスポーツに関われる企業少ないんやって。そろそろ二次募集始まるけん、そこに賭けてみる」

「……うん、がんばれ」

翔也が励ました。

翌日、翔也がトレーニングルームに行くと、澤田が重そうなダンベルを持ち上げている。

「澤田さん、ちょっと相談があるんですけど。例の栄養士の話って、どうなりました？」

翔也は以前澤田に、付き合っている彼女が栄養士の学校に通っていると話したことがある。

「今、就活中なんですけど、なかなか決まらないみたいで。だからもし専任の方が来んなら、アシスタントみたいな仕事がねえかと思って」

「あれならダメになった」

澤田は前日会議室に呼ばれ、中村と谷岡から栄養士の採用要請を断られた。リーマン・ショックの影響で工場の人員が削減されるかもしれないという時に、野球部に専門の栄養士を雇う予算はないというのがその理由だ。

数日後の十月末。星河電器野球部の室内練習場に新聞記者が集まり、巨人軍の帽子をかぶった澤田を取り囲んだ。写真が撮影され、スポーツ関西の記者・松本《まつもと》が澤田にマイクを向ける。

「澤田君、巨人に入団が決まった今の気持ちは？」

「最高でーす！」

佐久間ベーカリーに若林が来て、イートインスペースにいる結と店番している菜摘に、『澤田、巨人入り』や『契約金一億』を報じるスポーツ新聞を見せた。なぜか結が若林から澤田の巨人軍入団に文句を言われている間に、菜摘が新聞を読み、翔也について書かれた記事を見つけて興奮気味に結を呼んだ。『星河電器の四ツ木翔也も来年のドラフト候補である』と書いてある。

本来なら小躍りして喜ぶはずの結は、「あ、ホントやん」と言ったきり機嫌がよくない。結は先日桜庭から、志望先をスポーツに関わる企業にこだわらず、もう少し範囲を広げたらどうかと言われてしまった。桜庭のクラスで、内定がもらえていないのは結と森川だけになっている。


翔也は室内練習場で黙々とシャドーピッチングをしている。するとそこに澤田が顔を出した。

「四ツ木。おまえの彼女に話がある」

数日後、結は翔也と一緒に、星河電器の社員食堂で澤田と会うことになった。

「わざわざ、ありがとう。澤田です」

結は直接澤田と顔を合わせるのは初めてだ。見た目はガタイが良くてコワモテだが、翔也が言っていたように優しい人のようだ。

「はじめまして。米田結です」

挨拶が済むと、澤田がすぐに用件を切り出す。

「米田さん、うちの社員食堂で働いてくれないかな？」

澤田は少し前に、野球部に専任の栄養士を雇ってほしいと会社に頼んで断られている。その後、澤田はドラフトで巨人に指名されて入団を決め、その話題を引っ提げて再度交渉に臨んだ。

「改めて部長と監督に選手のための栄養士が必要だって話したんだ」

そうすると中村から、「野球部としては雇われへんけど、社員食堂の栄養士としてやったら雇えるちゅうことになった」と前向きな返事がもらえた。

澤田がそれでもいいと条件をのむと、谷岡が「ただ予算は限られとる。せやから給料の高い経験のある栄養士は無理や」と釘を刺した。だとしたら新卒の栄養士を探すしかなく、翔也の彼女である結のことが頭に浮かんだのだという。

結は責任の重さを感じる。

「ムリです。そんな大切な役目、うちなんかじゃ」

「君が四ツ木のために作った献立見た。とてもよくできてた。四ツ木が活躍できているのも間違いなく君の栄養管理のおかげだ」

もちろん結は入社試験と面接を受けなくてはならず、採用か不採用かは会社の上層部の判断に委ねられる。結は、澤田の話に乗るか否かで迷った。

結自身、これは悪い話ではないと思う。でも、どうしても引っかかることがある。社員食堂からの帰り道、結はその引っかかりを翔也に話してみる。

「なんか甘えとう気がする」

「そう思う結の気持ちもわかる。だから結が自分で決めろ」

結はとことん迷って決めなくては納得しないだろうと、翔也はわかっている。

家に帰った結は、聖人と愛子に、社員食堂で働かないかと澤田から持ちかけられた話をした。

「なんかズルやない？」

「でもちゃんと試験受けるんでしょ？　全然ズルくないいじゃない」

愛子はいい話だと賛成するが、聖人は反対する。

「だいたい彼氏がおる会社に入ろうっちゅう考えが甘すぎる」

聖人の考えに、結よりもむしろ、愛子が不服を唱える。

「じゃあ、私はどうなんの？　お父さんが床屋やったら床屋やって、農業やったら農業やって、これも甘い？」

それとこれとは話が違うと聖人が反論し、愛子が違わないと言い張る。

結の就職の話が脇にそれてしまった。


結はなかなか結論が出せない。桜庭の意見を求めると、すごくいいと大賛成する。沙智と佳純も結の相談を聞いていて、佳純が社員食堂で働く栄養士の役割について桜庭に質問した。

「施設によるけど、一番は栄養バランスがとれた献立の作成かな。あとは食材の発注もあるし、衛生管理なんかもある。やりがいがある仕事だよ」

結に向いていそうで、沙智が「ええやん」と勧める。

結はあと一歩が踏み切れない。学校を出て、あれこれ迷いながら歩いていると、携帯にメールが届く。『ネ申戸ついナこ。みωナょ一糸者。あξﾚま〃――』（神戸ついた。みんな一緒。遊ぼー）と書いてあるが、結が登録していないアドレスからだ。戸惑っていると、もう一通メールが届く。『乂ア├〃変ぇナこ』レー　L|ーナこ〃ょー』（メアド変えたルーリーだよー）。

結ははしゃぎたい気分で、神戸の待ち合わせ場所に走った。瑠梨、珠子、鈴音、理沙が、派手なギャルのファッションで結を待っている。結がギャルたちの輪の中に入った。

「みんな、チョー会いたかったよ～！」

瑠梨たちがみな、結に会うためにわざわざ神戸まで来てくれたと知り、ちょうど悩んでいる時だけに、懐かしくて、うれしくて、泣けてくる。

カラオケボックスに場所を移し、結は翔也にプロポーズされたことなどを聞いてもらう。就活の話題も出て、結が今翔也の会社の社員食堂で働くかどうかで迷っていることも話す。

「でもなんかそれってズルい気がして。だって彼氏のコネで就職するってことやん。タマッチ的に言えば、筋通ってなくね？」

「全然。うち、ダンサー仲間にスクールの講師、紹介してもらって働きようし」

珠子は当たり前のように言うし、鈴音は友人のネイルサロンで仕事をしているという。

瑠梨がこれは一石二鳥どころか一石三鳥の話だと言う。翔也を支えるために栄養士になる学校に通ったのだから、その知識を生かして社員食堂で働けば、毎日翔也のそばにいられるし、食べることでも支えられるし、しかも給料をもらえて、「チョーいいやん！」なのだ。

「そうなんやけど、なんか甘えとる気がして」

「てか、甘えてよくね？　それって、ムスビンが信用されとう証拠やし」

瑠梨がカッコよくキメかけた時、浜崎あゆみの『Boys & Girls』の前奏が流れる。ギャルたちがみなマイクを持って、「♪輝きだした～」と楽しそうに歌い出す。

同じ頃、米田家では、愛子がスケッチブックに結に似たギャルが仲間とカラオケで熱唱しているイラストを描いている。そのギャルは、胸のつかえが下りたように生き生きしている。

愛子の携帯にメールが着信した。開くと『ムスｔ〃・／元気レニナょつたょ……』と書いてある。聖人が横からのぞき込み、なんて書いてあるのかと不思議がるので、愛子が読みあげる。

『ムスビン元気になったよ。うちらも会えてうれしかった。呼んでくれてありがとうね、ムスビンママ』

瑠梨たちとバイバイした帰り道、結は見てはいけないものを見てしまった。

神戸の繁華街のカフェから、森川が四十代くらいの女性と親しげに出てきた。森川はその女性を「円香《まどか》さん」と呼び、「ご自宅まで送ります」と優しく腕を取って立ち去っていく。

「……もしかして、モリモリ、不倫？」

結の目撃談は、次に専門学校に行った日に沙智と佳純に伝えられた。森川には陸上をやっていた娘がいるのだから、配偶者がいると考えるのが普通だ。そうなると、携帯電話を見てニヤニヤしていたり、「会いたい」とか小声でコソコソ話していたこともあり怪しく思えてくる。

結、沙智、佳純でヒソヒソ話していると、不倫疑惑の渦中にある森川がニコニコしながら来る。

「みなさん、おはようございます。ワタクシもようやく就職先が決まりました」

森川はうれしげだが、結たち三人はお祝いを述べるどころか態度がひどく冷淡だ。

「うち、見ちゃった。モリモリが昨日、女の人と、三宮《さんのみや》のカフェから出てくるとこ」

結は信頼を裏切られたような気分だが、森川には思い当たる節があるようだ。

「あ〜〜、そういうことですか。ワタクシ、あの方と、結婚するんです」

森川はバツイチで、十年以上前に離婚していた。娘と元妻は東京で暮らしていて、森川と娘は月に一度会っていた。結が見かけた女性、奥寺《おくでら》円香はそうした一切を承知している。森川が体調を崩した時にはいろいろと気にかけ、栄養士の学校に通うのを勧めたのも円香だったという。

「それで、来春には彼女とお弁当屋さんを開くことになりまして。彼女、調理師なんです」

森川は専門学校を卒業すれば栄養士の資格が取れるので、調理師の円香と二人三脚で最高のお弁当屋さんになりそうだ。こんなおめでたい話を森川が黙っていたのは、結が就職のことで悩んでいるのに自分は浮かれているようで、気が咎《とが》めて言えなかったのだと今になって打ち明けた。

「米田さん、就職のこと、あまり難しく考えなくていいと思います。私を見てください。四十六歳で学生やりきったんですよ。だからやりたいことを思いっきりやるべきです」

結を力づけると、森川は四十六歳でやりきった自分を誇るように微笑んだ。


数日後、結は就職の面接を受けるため、星河電器茨木支社に赴いた。面接官の谷岡と人事部の社員を前に、神戸栄養専門学校で栄養士育成コースに通って学び、授業だけでなく、地域の防災訓練では炊き出しの企画から調理まで担当して多くの経験を積んだことを落ち着いて語る。

「高校生の頃からスポーツ栄養学に興味を持ち、専門学校時代にはアスリートのコンディション維持とパフォーマンス向上に関する栄養管理について、独学で学んできました。まだ現場経験はありませんが、やる気と元気と笑顔だけは、誰にも負けない自信があります！　よろしくお願いいたします！」

結は堂々と胸を張り、笑顔で面接を終えた。


明けて二〇〇九年一月八日。米田家のリビングで、結、聖人、愛子、翔也がグラスを掲げ、結の就職祝いと二十歳の誕生日を祝して乾杯をした。

翔也が聖人に、同じ職場で働く夫婦が円満でいる秘訣を聞く。

聖人は、愛子の耳を警戒し、小さな声で翔也に伝授する。

「ひたすら我慢。すばやい謝罪。このふたつを守れば、ほぼほぼうまく行く」

聖人と翔也の内緒話は、愛子と結に筒抜けだ。


それからふた月後の三月。結たちは卒業式を迎え、卒業証書と同時に栄養士の免許証が授与された。それぞれがそれぞれの職場で経験を積み、いかに栄養士として成長していくか。これから本当の正念場を迎えることになる。

結、沙智、佳純、森川は、卒業証書と免許証が入った筒を手に学校を出て歩き始める。

「なんかあっという間やったね、二年間」

結がいろんな出来事を思い返し、咲き誇る桜を見上げる。

「こんなオッサンと分け隔てなく接してくれて、本当にありがとうございました」

森川の誠実な人柄が感じられ、結は胸にこみあげてくるものがある。沙智と佳純もきっと感慨深いだろうと思ってふたりを見る。

「最初からずっとムカついとってん。あんたらに」

「なら、うちもムカついてました～！　あんたの上から目線のえらそーな態度に」

沙智と佳純が減らず口をたたき合いながら、目に涙をあふれさせている。

この仲間と二年間を過ごすことができ、結は心からよかったと思っている。

「なら、最後にみんなであれやろ」

卒業式なので結、沙智、佳純は着物袴姿、森川はスーツ姿でプリ機の前でポーズをとる。「撮るよ！　せーの！」と結の合図で、四人が「アゲー！」と声をそろえ、フラッシュが焚かれた。

満面の笑みの四人に、「祝　２００９年卒業！　Ｊ班、最強！」の文字が書き込まれた。


翌四月。結が初出勤する日になった。新社会人らしい服装とメイクをしている。しばらくギャルファッションは封印だけれど、結の心はいつでも、どこでも、何をしていてもギャルだ。

星河電器茨木支社の前に立ち、結はきっちり気合を入れてから社員食堂に入った。

「米田結です。よろしくお願いします」

結の隣に部長の谷岡が立ち、結の前には調理師の立川、若手調理師の原口、パートの大堀《おおほり》多恵《たえ》、小堀《こぼり》祥子《しょうこ》、酒井《さかい》則夫《のりお》が並んでいる。

「今日から栄養士として働かせてもらうことになりました。みなさん、どうか――」

結の挨拶を、立川が途中でさえぎった。

「先に言うとく。うちに栄養士なんかいらん」

結が固まった。一波乱が起こる予感がする。

そして翔也にも異変が起きている。投球練習をしていた翔也は、それとなく監督に背を向けて右肩を回す。と、一瞬、翔也は右肩に違和感を覚えて顔をしかめた。

第12章　働くって何なん？

結が栄養士として働き始める最初の日に、立川はいきなり不愉快な態度をとると、それだけでは飽き足らずに谷岡に食ってかかる。

「部長、なんでこんなん入れるんですか？」

「せやから、澤田君のたっての頼みや」

「澤田なんか巨人に行った裏切りモンやないですか！」

怒ってカッカする立川を谷岡は適当になだめると、結にここで働く人たちの紹介をする。

「米田さん、この人、うちの社食の責任者の立川さん。口は悪いけど、料理の腕は最高やから」

「よろしくお願いします」

結が挨拶しても、立川は目を合わせようともしない。続いて谷岡が調理師の原口とパートの大堀、小堀、酒井の三人を紹介し、結が挨拶した。そのあとで、原口が谷岡に問いかける。

「あの、栄養士さんって、社食で何をするんですか？」

「米田さんには社食の献立の作成と施設の衛生管理。それと食材の発注と管理なんかをやってもらう」

「献立作っとんのは俺や。ド素人に任せられるか。ほな、仕事始めんで」

立川が厨房に戻ると、原口たちもあとに従ってしまった。

結は女子更衣室で調理着に着替えると、敵陣に乗り込む覚悟で厨房に向かった。

「立川さん、うち、まだ右も左もわからないんで、なんでもいいんでお手伝いさせてください」

「栄養士様にやっていただくことなんかあらしまへんわ」

結は下手に出たのに、立川は露骨な皮肉を返してくる。

原口が見かねて、パートの人たちと仕込みをやってもらいたいと頼んだ。結は大堀や小堀に教わりながら、ジャガイモやタマネギを刻んでいく。


十二時を過ぎると、社員食堂に社員たちが次々と昼食を食べに来る。食堂の入り口付近に定番のメニュー表が写真付きで飾られ、それとは別に『本日の日替わり　アジフライ』と書いた貼り紙がある。社員たちは注文カウンターに並び、大堀と小堀が手際よく注文をさばいていく。

厨房では立川がメインの料理を作り、原口は料理を盛る皿を用意しながら副菜の小鉢も準備する。オロオロするばかりの結に、立川が「ジャマや」と怒鳴った。

またも見かねた原口から「注文取れる?」と聞かれ、結は注文カウンターに立った。

「とんこつラーメン。バリカタ。味玉、高菜多め、ネギ抜き、あと炒飯大盛で」

男性社員が早口で注文する。結は伝票とペンを持って立ち往生し、小堀が横からフォローする。

カレーの注文にほっとしかけるとトッピングを三種類も追加される。対応しきれない結は洗い物に回され、一時半にランチタイムが終わり、二時過ぎに片付けが済むまで皿を洗い続けた。

ようやく昼の休憩になり、小堀と大堀が社員食堂の料理を賄いに食べ始める。結は疲れてぐったりしてしまい、小堀たちが声をかけてくれるが食欲がまったくない。

結の疲れが取れないうちに、夕方から夜にかけて提供する料理の仕込みがスタートする。立川と原口が料理を作り、結は皿洗いなど雑用に終始する。社員食堂の営業は夜の七時半に終了するが、パートの人たちが帰ったあとで、結も立川や原口と一緒に厨房のガス台や床を掃除しなくてはならない。やっと仕事を終えた時には、夜の九時になっていた。

翔也は練習を終え、会社の休憩所で結が仕事を終えるのを待った。昼に社員食堂に行き、結が立川から叱られているのを見てしまった。心配していると、疲れきってフラフラになった結がやっと現れた。仕事の初日だというのに立川は何も教えてくれず、結は仕事の手順もわからずにほとんど雑用で一日が終わってしまったとこぼす。

「最悪。なんもできんかった。なんか栄養士ってだけで目の敵にされて。も〜、うち、これからやっていけるんか、チョー不安」

「だいじだ。すぐ慣れる。もし辛いことがあったら俺に言え。これからは毎日会えんだから」

翔也はお腹が減っていないかと気遣い、その優しさに結はちょっと元気になる。

一週間が過ぎたが、結の仕事は雑用ばかりだ。そんなある日、ホールの片付けをしていた結は、女性社員の大久保と田中が食べ終えた皿に唐揚げや肉が残っているのに気がついた。結は社員食堂の入り口付近で、仕事に戻ろうとしているふたりに声をかける。

「すみません、私、先週から社食に入った栄養士なんですが。なんでお料理、残されたんですか?」

「ああ、うちの社食、量多いんよ」

「味付けも濃いし、野球部にはええけど私らにはちょっと」

女性社員の中にはコンビニでお弁当を買う人もいるという。

結は写真付きの社食のメニューを見ながら思案する。厨房に戻り、皿洗いをしながら立川が料理を作る様子を観察すると、ラードや調味料をかなり使っている。

昼の休憩に入ると、結は賄いの生姜焼き定食を食べてみる。味を確認しながら食べ終えるとバックヤードに行った。立川はスポーツ新聞を広げてパートの酒井と野球談議をしている。

「立川さん、賄い、ごちそうさまでした。おいしかったです。ボリュームもたっぷりで。ただ、女性にはちょっと多いかもしれないです」

立川が面倒くさそうに「あん?」と応じ、原口は何かあったのかとスマホから顔を上げる。

「この量でええねん。野球部のためや」

立川が新聞を畳んで出ていこうとする。

「野球部のため……。ホントにそうでしょうか? ここの料理、全体的に味付けが濃くて、塩分が多いと思うんです。それにラードをめっちゃ使ってますよね?」

結は栄養学校で学んだ知識をもとに立川に説明する。ラードはコクが出て料理がおいしくなるが、飽和脂肪酸が多く含まれていて生活習慣病を発症するリスクが高いと言われている。このままラードをたくさん使う調理をしていては、野球部のためになるとは思えない。

「やけん……メニューを一から見直してみませんか？」

突然、立川が乱暴に前掛けを外した。

「ほな、俺辞めるわ。辞めたるわ！　なんでこんな小娘に俺がやってきたこと否定されなアカンねや！」

「いや、否定やなくて、ご提案です！」

結が弁明するが、立川はすっかり冠を曲げてしまった。

原口が間に入ろうとするが、立川の怒りは収まらず、酒井が大急ぎで谷岡を呼びに行く。

「まあまあまあまあまあ……」

駆けつけた谷岡が取りなし、結が謝罪して、どうにか立川が怒りの矛を収めた。


結は精根尽きて帰宅し、聖人と愛子に愚痴を聞いてもらった。

「結、入社してまだ一週間やろ？　意見すんの早過ぎたんとちゃうか」

聖人がやんわり戒め、結は「野球部のため」と言われてつい感情が入ってしまったと省みる。

「いや、早くない。もう一週間でしょ。結は栄養士として就職したんだから当然だよ」

愛子の考えでは、たとえ新人であっても栄養士として意見することが結の仕事なのだ。

聖人と愛子は考え方の違いから、次第に不穏な雰囲気になっていく。

「あのさ、お父さん、結に言ってるふりして、私に言ってない？」

愛子が腹を立て、昼間、聖人と何を言い争ったか、結に話し始める。

「私が、お店のホームページ作ろうって言ったの」

愛子はインターネットにヘアサロンヨネダの場所や値段や写真を掲載して、店の宣伝をしようと聖人に持ちかけた。ところが聖人は「そんなもん効果ないやろ」と話が通じない。

「余計なことせんでもええねん。地道にコツコツやっとったら、お客さんも増えてくるやろ」

「増えてないから、やろうって言ってんの」

「俺がいらん言うとんやから、いらん。ええか、結。新人なんやから慣れるまで立川さんの言うこと聞いとき」

聖人の話が、ホームページをめぐる愛子との対立から、結の愚痴へとUターンした。

「いい、結、気にしないで、どんどん思ったことぶつけな」

聖人と愛子とでは言うことが正反対で、結の悩みは解消しそうにない。


翌朝結が出社すると、バックヤードで原口が二日酔いでうめいている。前夜、立川の機嫌がだいぶ悪かったので、カラオケで尾崎豊《おざきゆたか》の『15の夜』を歌うまでとことん酒に付き合った。『15の夜』を歌ったら立川の機嫌が直った証拠なのだという。

原口は二年前に調理師学校を卒業してこの社員食堂に就職し、結と同じように量の多さや味付けの濃さに気づいた。原口は半年かけて様子を見て、立川に結と同じことを進言した。

「……立川さん、若い頃、東京のホテルでコックやっとったから、めちゃくちゃ料理にプライド持っとって。現場も知らんガキが黙ってぇって今回以上にキレられた」

以来、メイン料理は立川が作り、原口は添え物だけで味付けも教えてもらえないという。

「料理のレシピってないんですか?」

「あるよ。立川さんの頭ん中に」

立川の性格を考えると、レシピを教えてほしいと頼んでも聞き入れてもらえそうにない。そんな話を結と原口がしていると、立川がバックヤードに現れた。「グッドモ～ニング」なんて結に声をかけ、厨房に入ると『15の夜』を鼻歌で歌いながら三十年来の相棒だという包丁を研ぐ。

原口が何か思いつき、小声で結に耳打ちする。

「レシピ、なんとか作れるかも。あんな――」

ランチタイムは目が回るほどの忙しさだ。立川が忙しそうに生姜焼きを作り始めたので、結は仕事をしながら立川をチラチラ見て、醬油大さじ何杯、ラード何グラムなど、どれくらいの調味料を使ったかを手元のメモに書き込んでいく。

夜、結は仕事を終え、翔也と休憩所で会った。結はさっそく、原口という若い調理師と手を組んで、こっそりレシピを作り始めたことを話す。すると翔也は、結と原口が仲良くなるのが面白くないようだ。翔也のかわいい一面が垣間見えて、結は笑ってしまう。

「そっちはどう？　なんかあった？」

翔也はさりげなく右肩を回す。肩の痛みは日によって違うが、やはり不安は拭えない。その話をしようか迷うが、疲れている結に相談するのはためらわれる。

「……あぁ、新人が入ってきた。大河内《おおこうち》さん。大卒だから俺より年上」

大河内勇樹《ゆうき》のポジションはキャッチャーで、大学時代二年連続でホームラン王を獲った強打者だ。フリーバッティングでも特大のホームランを連発している。

「大河内さんがいれば、今年こそ優勝できるってみんな、大騒ぎで」

「じゃあ、うちも社食の献立見直して、栄養で野球部をサポートできるようにがんばるわ」

翌日は立川が親子丼の割り下を作るのを見て、結は皿を洗いながら調味料の分量をメモする。そしてそのメモをバックヤードでノートに書き込む。原口が隣にいて、かつ丼の割り下も同じだと教え、結がそれもノートに書き入れる。少しずつレシピが増えていく。


数日後の休日。翔也は書店に寄り、医学書のコーナーで『投球傷害とその予防』について書かれた本を手に取った。気になるのは『肩関節唇《かたかんせつしん》損傷』についての解説だ。『野球などの投球動作を反復することによって上腕《じょうわん》二《に》頭筋《とうきん》長《ちょう》頭腱《とうけん》に負荷がかかり、関節唇の付着部が剥がれてしまう状態』と記されている。翔也は『自然治癒することはない』という一文をじっと見つめる。


結は中華太極軒で翔也と待ち合わせた。ふたりの前には料理の皿が並んでいて、結は普段のように食べているのに、翔也はどうしたのか食欲がない。

「元気ないやん？　久々のデートなのに」

結が顔色をうかがうと、翔也は初めて神戸でデートした摩耶山・掬星台に行かないかと誘う。

「……結に、大事な話があって」

中華太極軒では話しにくいようで、結の脳裏によみがえったのは、あの日のやりとりだ。

（プロポーズってさ、もっとロマンチックなお店とか夜景が見える場所で指輪出しながら言うもんやない？　やけん今のはナシ。もう一回、やり直し！）

もしかしたら、翔也はプロポーズをやり直すのかもしれない。そう思った途端、結は急にドキドキ、ソワソワし始める。

ガラッと音を立てて店のドアが開き、糸島の幼馴染、古賀陽太がスーツ姿で入ってくる。

「久しぶりやな～、おむすび」

陽太は出張で神戸に来て、結と翔也がこの店にいるのを愛子から教えてもらったという。

「俺、今、システムエンジニアやっとって。ソフトウェアのアプリケーションをプログラミング言語使って開発する仕事なんよ」

陽太が出した名刺には、『株式会社サイバーソフト　福岡営業所』とある。仕事の内容は、システムのデモンストレーションとか、イシュー洗い出すためにスキーム見直すとか、結にはなんのことだかさっぱりわからないが、要するに大きな仕事を任されたらしい。

デートのじゃまだからと、陽太が引き揚げようとするのを、なぜか翔也が引き止めた。

「あ、いや、結、陽太君、神戸案内してあげたら？」

翔也は何か結に話したいことがあるはずなのだが、今度でいいからと帰ってしまった。

陽太に神戸を案内すると、結は陽太と連れ立って帰宅した。聖人と陽太はうまそうに缶ビールを飲み、陽太はプレゼンするとかプライオリティを決めるなど横文字を使って仕事の話をする。

「すっかりＩＴ企業の人って感じだね」

愛子が感心するので、陽太も悪い気はしない。

陽太は来週まで神戸に滞在するので、それまで米田家に泊まることになった。

「そうだ、陽太、ホームページって作れる？」

愛子が渡りに船とばかりに聞いた。

「まあ、凝ったやつやなかったら」

陽太はホームページ作りを手伝うのはかまわないと請け合うが、聖人が「まだ言いよる」とか「必要ない」など不満そうに口をはさむ。愛子はほとんど無視していたが、とうとうピシャリと言い返す。

「いいじゃない。お金もかかんないんだし、私がやるんだから」

愛子はパソコンを取りにリビングから出ていき、聖人はプイッと風呂のほうに行く。

「なん？　どうしたと？」

陽太は聖人と愛子の板挟みになり、結が困ったように言う。

「ここ最近、このことでずっとケンカしとって」


せっかくのデートが中断してしまったので、結はそのことを翔也に謝りたくて携帯に電話をかけた。

翔也は会社近くの公園のベンチに座り、本屋で買ったばかりの肩のケガに関する本を読んでいる。その中に『肩関節唇損傷が重症の場合、手術が必要』と書いてあり、翔也の気持ちは沈む一方だ。そんな時、結から電話がかかってくる。翔也は気が進まず、出ようかどうか躊躇するが、ほかならない結からだ。努めて明るく「もしもし」と応じる。

「今日、ごめんね。陽太に気いつかって帰ったんやろ」

「久しぶりに積もる話があんじゃねえがなと思ってよ。いろいろ話せたか？」

「うん。それで……話ってなん？　中華食べとう時、言いよったやろ」

翔也は迷った。いっそのこと今言ってしまおうか——。

「いや、電話で言うことじゃねえから、ちゃんと会った時に言う」

電話を切った翔也は、複雑な表情を浮かべている。

一方の結は、ニヤニヤが抑えきれない。これはもう、プロポーズで決まりだろう。


社員食堂のバックヤードで、結はせっせとレシピをノートに書き、原口がメモした唐揚げの漬け込みダレの分量も書き入れる。レシピのノートはかなり完成に近づいている。

「改めてレシピにしたら結構調味料使ってんのわかるな」

原口が言った直後、「おい！」と立川が顔を出し、結が慌ててノートを隠す。

「勝手に料理のレシピ、作ってるやろ？」

立川はとっくに気づいていて、有無を言わせずノートを出させる。

結は観念してノートを差し出すと、許可を得ずにレシピを作ったことを謝った。

「ただ社食で出しとう料理にどれくらいの塩分や糖質、脂質が含まれとるんか、栄養のバランスがどうなっとるんか把握したくて。別に立川さんに逆らうとかやなくて、うちは栄養士として、この社食のために役に立ちたいんです」

結は一生懸命自分の気持ちを伝えた。

「役に立ちたいんやったら、言われたことだけやっとけ」

立川はレシピのノートを取り上げたまま行ってしまった。

だが立川は、結たちの目の届かないところでノートを開き、詳細な書き込みを読んでいる。

結は家に帰ってから、立川の高飛車な態度やレシピのノートを取り上げられた話をする。

陽太が頭にきて、立川のことをぶっ飛ばしてやろうかなど穏やかでないことを言う。

ところが聖人は、立川の立場で考えているようだ。

「いや、結が悪い。前に言ったやろ、慣れるまで待てって」

「いや、結は悪くない。立川さんが自分のやり方を変えたくないだけでしょ」

愛子はまるで自分が軽んじられたかのようで、またもや、聖人と愛子の意見が分かれる。

「俺は立川さんの気持ちわかる。長年やってきたことを新米にケチつけられたら、気分悪いに決まっとう」

「お店のために提案してるなら、いいことでしょ」

愛子が「店」と言って、結の社員食堂の話にヘアサロンヨネダの話を重ねてきたので、聖人はカリカリする。

「いいこともなんも、俺の店や。どうしようが俺の勝手やろうもん！」

その瞬間、愛子の顔から一切の表情がなくなった。今の発言は本音なのかと聖人に確かめ、聖人が本音だと答えると、すっと立ち上がって夫婦の部屋に入ってしまった。

結は口をはさむ余地がなかったが、愛子の表情に危機感を覚える。

「能面みたいな顔しとったやろ？　あれ、一番怒っとうヤツ。絶対謝ったほうがいいって」

だが、聖人も意地になっていて、陽太を連れて酒を飲みに行ってしまった。

夜、翔也は室内練習場に行き、サイドスローでシャドーピッチングをしてみる。やはり肩が痛む。

「翔也。おまえ、肩、痛めてるだろ？」

いつから見ていたのか、幸太郎が声をかけてきた。幸太郎は高校の時から翔也とバッテリーを組み、ずっと翔也の球を受けてきた。だから翔也の異変に気がついている。

翔也はしばし押し黙り、しぶしぶ認める。

「……もしかしたら肩関節唇損傷ってやつかもしんね」

プロの野球選手でも、これが発症して投げられなくなったピッチャーは多い。翔也は肩より上に腕を上げると痛みが走るので、サイドスローなら投げられるかもしれないとシャドーピッチングをしてみたのだが、やはり痛みがあって実際に投げるのは無理だ。

「病院は？　行った方がいい」

幸太郎が勧めるのを、翔也は「行きたぐねえ」と目を伏せる。

「二度と野球できねえって言われんのが、たまんなく怖ええ」

翔也はまだ何か方法があるかもしれないと一縷《る》の望みをかけ、幸太郎に口止めをした。

翌朝、結はリビングルームで酔いつぶれている聖人を揺り起こした。

「お父さん！　お父さん！　ちょっと！　起きてってば！」

寝ぼけ眼をこする聖人に、結は『探さないでください　愛子』と書かれたメモを見せた。

「お母さん、家出しちゃったよ！」

聖人の眠気が吹き飛んだ。愛子の携帯に電話をかけると留守電になっている。

結は携帯でメールを送り、早く返事が来ないかとじりじりして待つ。

陽太も心配し、とにかく心当たりを捜しに行こうとした時、結の携帯に愛子からのメールが届く。

最初に送られてきたのは、有馬温泉の浴衣を着て満面の笑みでWピースする愛子の画像で、続いて送られてきたメールを結が声に出して読む。

「しばらくストライキさせていただきます、だって」


ヘアサロンヨネダでは、聖人がひとりでイライラしている。待合室に集まっている美佐江、福田、高橋がどうしたのかと尋ねると、愛子がストライキ中なのだと聖人が打ち明けた。

「『俺の店や。どうしようが俺の勝手や』って言うたら、急に、能面みたいな顔になってもうて」

聖人は不満げだが、美佐江や高橋から「そらアカンわ」「最悪やな」という声があがる。

「なんでぇ？　たかがそんくらいのことで家出するか？」

聖人が開き直ったのがいけなかった。

「こん人、全然わかってへんわ。愛子さんのありがたみ、身をもって知ったらええわ」

美佐江は聖人を見限ったように、福田と高橋を促して店を出ていってしまった。


愛子が無事なのがわかり、結はひとまずほっとして仕事に出かけた。社食のバックヤードで原口たちと朝の挨拶を交わすと、新聞を読んでいて返事をしない立川にもきちんと挨拶する。

「……なあ、栄養士っちゅうのは料理作れんのか？」

唐突に立川が聞いたので、結は専門学校で調理実習をかなりやってきたと答える。

「ほな今日の日替わり、あんたが考えてみ。味付けも任せる。ここにある食材、どれ使てもええ。ただし日替わりは500円て値段が決まっとる。材料費200円以内で収めろ」

結は勢い込んだ。立川にどんな心境の変化があったのかはわからないが、ランチまでの二時間で利用者に喜ばれる日替わり定食を作りたい。

原口に協力してもらい、まず大型冷蔵庫の中をのぞく。材料費200円以内だと作るものが限られるので、そぼろ用の鶏ひき肉とたくさんストックされた卵などで献立を考える。


結が調理し、原口が手伝う様子を、立川は黙って見ている。やがて試作の料理が出来上がった。

結は厨房にいる一同に作った料理について説明する。

「スコッチエッグの温野菜添えです。鶏ひき肉でゆで卵を包んで揚げました。ブラウンソースを使うことが多いんですけど、野菜をなるべくとりたいんで、キノコの和風ソースをかけてみました。みなさん、味見お願いします」

試食したパートの大堀、小堀、酒井はおいしいと褒めるが、立川は黙ったままだ。

結は野菜を蒸すことで脂質を抑え、たんぱく質は卵と鶏肉でとり、材料費は175円だ。

「……わかった。ほな、今日の日替わりはこれでいく」

立川がオーケーを出した。入り口に貼る日替わりメニューは、結が筆ペンで『本日の日替わりスコッチエッグの温野菜添え』と書いた。元書道部なので、字にはちょっと自信がある。

ランチタイムになると、日替わり定食が飛ぶように売れた。結と原口が慌ただしく作り、立川は黙ってフォローする。味付けも好評だ。しかし、結がフライヤーでスコッチエッグを揚げるのに時間がかかり、日替わり定食以外のメニューも提供が遅れる。注文しても待たされたままの社員が増え、キャンセルして帰ってしまう社員もいる。昼休みは時間が限られている。

とうとう温野菜のストックがなくなった時、立川が動いた。フライパンに油を入れながら、まだ蒸していない野菜を指して原口に指示を出す。

「原口、おまえ、そっちでこれ揚げ焼きせえ」

「いや、でも蒸さんと」

「そんな時間あるか。これも全部こっちで揚げるぞ」

立川がまだ揚げていないスコッチエッグをフライパンで揚げていく。

「すみませんでした！」

ランチタイムが終了すると、結は立川と原口、そしてパートの人たちに頭を下げた。

「ここまで日替わりの注文、殺到したん初めてやから、しゃあないよ」

原口が慰め、大堀や小堀も次に備えればいいと言う。何より、社員たちの受けがよかった。

「いや、今日の献立は、今後ランチでは出されへん」

立川がダメを出した。いくら栄養バランスが良くて原価内に収めても、調理の時間を考慮しなかったため、手間がかかり過ぎて日替わり定食以外の料理の提供まで大幅に遅れてしまった。この日は十一人の人がランチを食べられず、その分だけ売り上げがマイナスになった。

「ええか？　働くっちゅうことは、金を稼ぐっちゅうことや」

結は自分の至らなさを指摘されていて耳が痛い。

立川は社員に迷惑をかけたことを部長に謝りに行くという。

「あれを出そうって決めたのは俺や。責任者の俺が謝んの当然やろ」

出ていこうとする立川に、結は改めて深々と頭を下げた。

「立川さんがいてくれんかったら十一人どころか、もっとたくさんの人に迷惑をかけるところでした。フォローしてくださって、ありがとうございました」


室内練習場で翔也が痛めている肩のことを幸太郎とヒソヒソ話しているところに、大河内がつかつかと来て、一打席だけでいいから翔也のヨン・シームと勝負をしたいと言い出した。

翔也がグラウンドに出ていく。心配する幸太郎に、「一打席だけなら投げられる」とマウンドに立った。スポーツ新聞の記者・松本が来ていて、ふたりの対決を興味津々に見守っている。

翔也は二球続けて直球を投げ、大河内は打つ気がないのでツーストライクになる。

「ねえ、ヨン・シーム投げてよ」

大河内が要求したが、翔也も心の中で決めている。

（……最後はヨン・シームで打ち取る）

グラウンドに監督の中村が来て、何をしているのかと松本に問いかけた。

「大河内君が四ツ木君に勝負を挑んだんです」

「待て！　四ツ木！　投げるな！」

中村が慌てて止めようとするが、翔也はすでに投球モーションに入っている。

翔也が振りかぶってヨン・シームを投げる。だが、球は曲がらず、大河内のバットが真芯でとらえてフェンス越えのホームランになった。

翔也は肩を押さえて蹲《うずくま》り、中村がマウンドに駆け寄った。

「四ツ木、病院行ってこい！」


夜、結はいつものように休憩所で翔也を待った。なかなか来ないので、携帯に電話をかけてみるがつながらない。少したってから翔也からの携帯メールが届いた。『先輩と飲みに行くことになった！　気をつけて帰ってな』とだけ書いてあった。


「……働くのは金を稼ぐこと、か」

陽太は、結が立川から言い聞かされた話を聞いて、なるほどと納得する。

結も同感で、そういう意識をもって仕事をしていなかったのが自分でもよくわかった。

「もしかしたら、まだ働く覚悟みたいなんが足りてなかったんかも」

そんな自分に比べて、陽太は希望どおりＩＴの会社に入って責任ある仕事をしている。

「ちゃんと立派にやっとって、ほんと尊敬するよ」

結が口にした「尊敬」という言葉が、陽太に重くのしかかる。結たちの前ではプレゼンを任されていると見栄を張ってしまったが、実際はただのアシスタントにすぎないからだ。

「カッコいいと思ってＩＴ企業に入ったんやけど、現実は甘くなくて。実力がすべてで、俺なんかよりコンピューターに詳しいヤツ、ゴロゴロおって、どんどん新人に抜かれて。もう辞めようかいなって思っとって。……やけん、尊敬やら、せんで」

陽太が苦い思いを吐き出した。

結が何か言ってあげたいと言葉を探しているところに、ひとりで店を切り盛りしてきた聖人が疲れて帰ってくる。そのまま風呂にも入らず、「寝るわ」と夫婦の部屋に行ってしまった。


結は会社の休日にヘアサロンヨネダの仕事を手伝った。聖人が理髪椅子に座った客の髪を切っている時、もうひとり別の客が店に入ってくる。どういうわけか、この日は次から次へと客が入ってくる。

「ホームページ見たんですけど髭《ひげ》剃りだけでもいいですか？」

あとから来た客に聞かれたが、結も聖人もヘアサロンヨネダにホームページがあるとは寝耳に水だ。そこで、その客のノートパソコンで見せてもらうと、ヘアサロンヨネダの地図と値段表が載っているシンプルな画面で、明らかに愛子が描いたかわいいイラストがついている。

そうしている間にも、母親が七歳くらいの男の子を連れてくる。

「ホームページ見たんですけど、この子、スポーツ刈りできます？」

「も、もちろん。結、とりあえず、あの方の顔剃りの準備頼む」

聖人に頼まれ、結は理髪椅子に座っている客の顔剃りの準備をしようとする。

「お父さん、顔剃り用の石鹸切れとう。どこ」

結が小声で聞くと、聖人の目が泳ぐ。

「え？　えーと、あの棚の下かな」

結がその棚の下を探すが見当たらない。「ないよ」「あれ?」と小声が行き交い、今度はノートパソコンを見せてくれた客が洗面所から出てきて、石鹸がなかったと言ってくる。聖人と結はもう小声でやり取りなどしていられず、「石鹸?」「どこ?」などと言い合う。

「ちょっと! 顔剃りまだ?」

理髪椅子にほったらかされている客が痺《しび》れを切らした。

「はい、顔剃りね。今やりまーす」

愛子が帰ってきて、手早くエプロンをつける。棚の上から顔剃り用の石鹸を取り出し、手際よく理髪椅子の客の顔剃りを始める。結が洗面所の石鹸はどこにあるかと聞くと、顔剃りをしながら洗面台の上の棚にあると教え、スポーツ刈りの子ども用にバリカンの用意を聖人に指示する。

愛子は温泉宿にこもっている間に、ひとりでがんばってホームページを作っていた。

「すごかったんよ、このホームページ効果。次々お客さん、来ちゃって、ねえ、お父さん」

結が高揚して話しかけるが、聖人はむくれてリビングの隅で缶ビールを飲んでいる。

「……悪かった」

聖人がぼそりとつぶやき、愛子がチラッと見る。

「ん? 今、なにか聞こえたけど」

「やけん、『俺の店や。どうしようが俺の勝手や』って言ったこと、悪かった。もう言わんけん」

「言わないだけじゃなくて、そう思わないでほしいの」

愛子は今この時に、これからのことも含めて、きちんと自分の考えをわかってもらいたい。

「私はお父さんの下で働いてるんじゃなくて、お父さんと一緒に働いてるの。だから仕事でうれしいことも、苦しいことも一緒に分かち合いたいの。わかった？」

「……わかった」

聖人が認めたのを以《もっ》て、愛子がストライキの終了を宣言した。

聖人がほっとした顔になる。

「いやあ、俺、てっきりおばちゃん、床屋の仕事好かんのかと思った」

陽太の勘違いを、愛子が笑って否定する。

「嫌いなわけないでしょ。うちで髪の毛切った人、みんなニコニコ、幸せそうな顔で帰っていくんだよ。それ見ると、こっちまで幸せな気分になるの」

「幸せそうな顔か……」

結は何か思うところがありそうだ。

陽太も何かが腹に落ちた。

「よおし！　なら、俺、帰るけん！　帰って、いろいろ考える」

陽太は思い立ったが吉日だと、世話になったお礼を述べて糸島に帰っていく。

結がリビングの片づけをしていると、携帯に翔也からのメールが着信した。

『明日、大事な話がある』と書いてあるのを読んで、結は心の中ではずんだ声をあげた。

（キタコレ！　プロポーズかっ！）

翔也は待ち合わせ場所に、野球部のグラウンドを指定した。練習が休みの日なので、結と翔也しかいない。どうしても結とキャッチボールしたいからと、翔也がグローブを差し出した。

（もしかしてキャッチボールしながらプロポーズするつもりなんかな？）

結は想像しただけでときめき、「軽く投げてよ」なんて言いながらグローブを受け取る。

翔也が山なりの緩いボールを投げたので、ちょっと緊張していた結にも捕れた。

翔也が「もう一球」と、また山なりの緩いボールを投げ、また結が捕る。

（ハッ！　途中でボールやなくて、指輪を投げるつもりなん？）

結は想像を膨らませながら、三球、四球と翔也の投げる山なりの緩いボールを捕る。

「試しにもっと力入れて投げてみて。いいって手加減せんでも」

「……いや、手加減なんてしてねえ。もう、こういう球しか投げらんねえんだ」

「もう？　……どういう意味？」

翔也が押し黙り、結はただごとではないと察して翔也が口を開くのを待つ。

やがて翔也は唇をかむように、途切れ途切れに語り始める。

「……病院……行った。……肩、壊した。……かなり厳しいって。……もう、野球、できねえかもしんねえ。……これが、今の俺の全力だ」

「……嘘やろ」

「……」

翔也の目から涙がこぼれ落ち、そのまま止まらなくなる。

第13章　幸せって何なん？

結と翔也は、ダッグアウトのベンチに並んで腰を下ろした。

「……ずっと肩に違和感があった。でもただの疲れかと思ってて。でもどんどん痛くなってきて」

翔也は何度か結に話そうとしたのだが、陽太が来たりしてタイミングを逸してしまった。

「病院行って、医者の先生に言われた」

医者は翔也のＭＲＩ画像を見て、肩関節唇損傷だけでなく腱板《ばん》も損傷している可能性があり、精密検査の結果しだいでは手術が必要になるかもしれないと告げた。

さらに、また野球ができるのかという翔也の質問に、肩関節唇損傷を起こしても手術後リハビリをして野球をしている人は何人もいると前置きしたうえで、翔也の場合は損傷が激しいので、手術しても元の状態に戻る可能性は高くないとの診断を下した。

翔也はこのことを中村と谷岡に話し、感情を抑えて恐る恐る尋ねた。

「……今年のドラフト、こんな状態でも、自分は指名してもらえますか？」

「残念やけど、肩をそんだけ壊してる投手を指名する球団はない」

中村の答えは、翔也にとって残酷なものだった。

結は身につまされる思いがする。

「でも手術して、リハビリすれば、会社で野球続けられるかもしれんやん」

でもそれは、翔也が追い求めた夢ではない。

「子どもの頃からプロ野球選手になることだけを考えて生きてきた。野球ができても、プロに行けなきゃ意味がねえ。俺の夢は、もう終わったんだ」

打ちひしがれる翔也を、結はただ呆然と見つめることしかできない。


結はこの日翔也と語り合ったことを、聖人と愛子に話した。

「俺の夢は、もう終わったって」

翔也は病院で精密検査を受け、そのあと栃木の実家に帰って家族と今後のことを相談するという。

「うち、どうしたらいいんやろ?」

思い悩む結に、聖人も心を痛めながら言う。

「あいつの気持ちが落ち着くまで、そっとしといてやれ」

結は社員食堂の仕事に集中した。手を止めると翔也のことを考えてしまう。だから仕込みから調理までひたすら仕事に打ち込んだ。

二週間が過ぎたが、翔也からは連絡がない。やきもきしながらランチ後のホールの掃除をしていると、立川が来て結の前にノートを差し出した。結が作りかけていたレシピノートで、立川の手でレシピの続きが書き足してある。

「あらためて自分の料理、レシピにしてみたら、米田の言うとおり、味が濃いと俺も思った」

立川は野球部の部員たちに、たんぱく質をどんどんとって頑丈な体を作ってほしかった。だから食が進む濃い目の味付けにしていたのだが、結に指摘されて考え直してみると、このままでは野球部だけでなく、社員食堂を利用するほかの社員たちの健康にもよくない。

「せやから栄養士の観点で献立作って、うちのレシピ、全部見直してくれ」

「……いいんですか？」

「おう。いろいろ大変やと思うけど、前向け」

立川がそれとなく結をいたわった。翔也のケガや、結の気持ちを心配しているのだろう。


「新しい献立、パソコンで作ってみようと思って」

愛子のパソコンを借りて、結は献立ソフトを使いながら社食のレシピを一から見直し始める。

その翌日の朝、結の携帯に翔也からメールが来た。

『連絡できなくてごめん。今日の仕事終わったら、いつもの場所で会おう』

結が安堵して大きく息をついた。

この日、仕事を終えると、結はすぐに休憩所に走った。翔也はベンチに座って待っている。

「なんで今まで連絡くれんかったと！　すっごい心配しとったんやけん！」

「……結。俺と別れてくんねか」

精密検査の結果、手術をしてもリハビリをしても元の球は投げられないほどの重症だとわかった。

だから野球部には退部届を出し、栃木に帰って家族と今後のことを話し合った。

「おふくろは野球やんねならイチゴ農園手伝えって言ったけど、兄貴たちがやってるし、今さら俺が戻る場所はねえ」

「……それで、なんで別れるってなると?」

結は腑に落ちない。翔也が今どれほど衝撃を受けているか、それは十分に想像がつく。

「けど、野球、ほんとに諦めていいと? 糸島でゆったよね。『そんなもん、書き換えればいい』『人生思いどおりに行かない。何度だって失敗する。でも最終的に夢にたどり着ければそれでいい』って。今、まさにその状況やん。絶対なんか方法あるはず」

結はなんとか翔也の気持ちを奮い立たせようとするが、翔也は首を横に振って叫ぶように言う。

「もう無理なんだ! ゴールまでの道筋ならいくらでも書き換えられる! でも、そのゴールがなくなったんだ! 俺はプロ野球選手になって、結を幸せにしてやりたかった! でも、これじゃ幸せにすることなんてできねえ! だから、別れてくれ」

翔也が涙を浮かべるが、結はしばし押し黙り、やがてむかむかと腹が立ってくる。

「……わかった。じゃあ、別れよ」

結はさっと踵を返し、振り返りもせずに立ち去った。


結が翔也と別れたという話に、愛子も聖人も驚いて、やがて聖人がこんこんと諭す。

「あいつは今、夢も希望も失ってヤケッパチになっとうだけや。そんなん真に受けることないやろ」

「けどなんかめっちゃ頭に来て」

結だって悲しいし、翔也の力になれないのは自分でも情けない。それなのに、翔也の話には何か引っかかるものがあって素直に受け入れられない。

結はすべてのメニューを新レシピで書き、立川と原口に見てもらった。

「ただあくまでもうちが想定で作っただけなんで、調理師のおふたりに実際に作ってもらって修正していただきたいんです」

そこでランチタイム終了後、結、立川、原口、パートの三人が参加して試食会を開いた。味見するメニューは、生姜焼き、唐揚げ、野菜炒めなどだ。

「やっぱり生姜焼き、ラード減らすとコクがなくなりますね」

まず結から意見を出す。だからといって、ラードの量を元に戻したのでは意味がない。

「たとえばラードをごま油にしたら、どや？」

立川がアイデアを出し、結はさすがベテラン調理師だと納得する。

「ごま油は体に重要な必須脂肪酸が多いですから、すごくいいと思います」

ほかにも薄味にした分はニンニクや生姜を多めにするなど、アイデアがどんどん広がっていく。

数日後の日曜日のスポーツ新聞に、『今秋ドラフト目玉の四ツ木翔也　社会人野球トーナメント近畿予選　登録されず。故障か？』という記事が掲載された。

翔也が行くあてもなく大阪の街を歩いていると、「あれ？　星河電器の四ツ木ちゃうか？」「ヨン様、新聞見たで！　ケガ大丈夫か？」などと、あちこちからと声をかけてくる。周囲の人たちが、みなジロジロ見ているような気がして、翔也はいたたまれなくなる。

（もうイヤだ。ヨン様でもなんでもねえ別の人間になりてえ）

思い悩んでいた翔也は、ふと足を止め「別の人間」とつぶやいた。


結は佐久間ベーカリーでパンを食べながら、菜摘に翔也のことを聞いてもらっている。

「ほな、別れようって言うたっきり、話せてないん？」

「うん。あいつ、うちと会社で会わんように避けとうみたいで……」

深くため息をつく結に、菜摘がこれから遊びに行こうと誘いかける。

「オシャレして大阪にでも行こ！　気晴らし気晴らし！」

結は思い切って菜摘の誘いに乗った。大阪の街に繰り出し、ショッピングで気分転換したあと、結はチャンミカがやっている古着の店ガーリーズの2号店に菜摘を連れていった。

「チャンミカ、2号店開店おめでとー。友だち連れてきたー」

チャンミカに挨拶して店内を見回すと、メンズファッションも並んでいる。

チャンミカはちょうど接客中で、試着室にいる客に声をかけてカーテンを開ける。

「めっちゃええやん！」

チャンミカが歓声をあげ、「見て見て」と結と菜摘を呼び寄せる。

試着室から出てきた客を見て、結が目をぱちくりさせた。髪を金髪に染めてギャル男のファッションをしている翔也だ。翔也も目の前に立っている結にうろたえる。

「結⁉　な、なんでおめがここに？」

「いや、こっちのセリフ！　てか、その髪何なん？」

チャンミカがふたりは知り合いなのかと驚き、菜摘が「結ちゃんの彼氏で」と関係を話す。

「そーなんや。この子がちょっと前に来てな――」

チャンミカがその時のことを話し始める。翔也はここはギャルの店かと確かめると、「俺、ギャルになりたいんですけど」と切り出したのだという。

「ギャル男になりたいってことやと思ったから、隣の美容室で髪ブリーチしてもろて、服、うちがコーディネートしてん。めっちゃよくね、写メ写メ」

チャンミカが携帯電話を取り出し、翔也の写真を撮りまくる。

結がどういうことかと説明を求め、翔也が気の進まない様子で話す。

「……どこ行ってもヨン様ヨン様って言われっから、別の人間になりたくて」

糸島フェスティバルで、結がギャルになってパラパラを踊った時のことを思い出した。

「別人みたいで誰も結だって気づかなかったべ。だったら俺もそうなろうと思って。そんで、またまこの店の前通りかかって――」

「ギャル、なめんな。もうホントにもう別れる。大嫌い！」

結は憤然として店を出ていった。

結はふつふつと湧き上がる怒りを、聖人と愛子にぶつけずにはいられない。

「あー！　腹立つわあ、あいつ、あいつ！」

「けどクソ真面目なあいつが髪染めるなんて、相当追い詰められとう証拠とちゃうか？」

聖人は翔也の気持ちを汲むが、結は「二度と顔も見たくない」と怒りはいっこうに収まる気配はない。

「恋の傷は新しい恋でしか癒やせんよ」

そんな慰め方をしたのは菜摘で、次の土曜日にランチ合コンをしようと結に話を持ちかけた。

結に合いそうな相手を連れていくので、おいしい店を探しておいてくれと結に頼んだ。

数日後の土曜日。結は菜摘と菜摘の友人で大学生の男子ふたりと合コンすることになった。結はギャルの格好で、菜摘、近藤《こんどう》、井上《いのうえ》もオシャレしている。結が選んだ店は、中華太極軒だ。

「なんでここなん?」「だっておいしい店、ここしか知らんし」「これ、合コンやで!」

菜摘と結が小声でやりとりするのを聞いて、男子学生たちはこの店でいいと言ってくれる。

そこで菜摘が、結と男子学生を引き合わせる。

「ほな、改めて紹介すんね。同じサークルの近藤君と井上君。こっちが幼馴染の米田結ちゃん」

四人の出会いを記念して、まずは生ビールで乾杯する。結はゴクゴクと生ビールを飲み、何度も追加で注文する。結の酒の強さに、菜摘は目を丸くする。

「おじいちゃん譲りかも。あ、お酒飲むときは野菜をマストで食べてね。アルコールを代謝するときにもビタミンを使うんよ。青菜炒め、お代わりー」

結は酒が強いだけでなく、栄養士らしい気遣いもちゃんとできる。近藤も井上もそんな結に好意的なのだが、かなり酔いが回っているのか饒舌《じょうぜつ》になっている。

「結ちゃん、野球選手を目指しとう彼氏を支えるために栄養士になったんやろ? その彼氏が野球やめたら、結ちゃんが栄養士になった意味なくなってまうやんか!」

「しかもせっかく同じ会社の社食に就職したのも水の泡やん！」

その瞬間、結から笑顔が消えた。


黄昏の神戸さくら通り商店街を、結はひとりでとぼとぼと歩いた。

（大好きな人を助けたくて、栄養士になったのに……会社だって、そのために入ったのに……何もかももう意味ないやん……うち、これからどうしたらいいんやろ……なんのためにがんばればいいんやろ……なんかもうわからんくなってきた……）

結の目にじんわりと涙が浮かんでくる。鼻をすすった時、「結〜」と呼ばれて振り返った。

歩が笑顔で手を振っている。アロハシャツに麦わら帽子をかぶり、サングラスをかけてスーツケースを引いている。いかにもハワイ帰りといった格好だ。

「アロハ〜〜！　ワイハ〜から戻ってきたよ〜ん」

「……お姉ちゃん、うち……うち……」

結は泣きながら歩に抱きついた。


家に帰ると、結は酔いつぶれて自分の部屋で眠ってしまった。

歩はヘアサロンヨネダで聖人と愛子から話を聞き、翔也を襲った肩のケガや、結と翔也の関係がぎくしゃくしていることを知った。

「ギャルなめんな？　チョーウケる！」

歩はつい笑ってしまうが、愛子からすれば逃げ場のない翔也の心情は察するにあまりある。

「でも翔也君も本気で悩んでたんだと思うよ。じゃないと別の人間になりたいなんて言わないでしょ。それっきり、あのふたり、話もしてないみたいで」

歩にもだんだん事情がわかってくる。そういえば結は「なんのために栄養士になったん?」などと泣き言を言っていた。歩はそんな話をしつつ、ハワイ土産を取り出して聖人と愛子に渡す。

受け取った聖人は、歩が中古の革靴のカスタムを孝雄に頼んでいたことを思い出す。

「そや、歩。ナベさんとこ、顔出したか? 行ってみ。驚くぞ」


翌日。歩が渡辺靴店の前まで行くと、賑やかなギャルたちの声が聞こえてくる。店にはギャルがふたりいて、歩とは面識がないが、「マジ、ナベベ、天才!」とはしゃいだのが、メグタムだ。ふたりとも孝雄に靴のカスタムを頼んでいて、仕上がった靴を見て喜んでいる。次はブーツにファーをつけるカスタムを頼もうとしているのが、リオリオだ。

孝雄もすっかり手慣れた様子で、ファッションの流行についてもチェックしている。

「ブーツにファー? あ、今年の秋冬はアニマル系がトレンドらしいからな。できんで」

メグタムとリオリオが店を出ていくと、歩が笑みを浮かべて入っていく。

「ナベべって呼ばれてんだ? 靴、バカ売れしてるみたいね。これ、お土産。アロハ」

歩がかなり派手なアロハシャツを渡す。

「こんなアホみたいな柄、着れるか」

孝雄はけなしたが、歩が着せてみると結構うまく着こなしている。せっかくだから真紀に見せに行こうと言う歩と一緒に、孝雄は派手なアロハシャツを着て真紀の墓参りに向かう。

歩はお墓に黄色いガーベラを手向け、アロハ姿の孝雄を指して真紀に語りかける。

「真紀ちゃん、ただいま。見て、お父さん、アロハ、メッチャ似合うと思わない？　しかもお父さん、ギャルたちにナベべって呼ばれてんだよ。ヤバくね？　うちより、ギャル味でてんだけど」

孝雄はお墓の掃除をしながら、歩から頼まれた靴のカスタムが評判を呼んでギャルたちがどんどん来るようになったと、今日までのことを語り始める。

最初は口の利き方も常識も知らないギャルたちを相手にしていなかったのだが、話を聞くようになるにしたがって考えが変わってきた。ギャルたちは自分の好きなことには真剣で、色や素材などにこだわる。孝雄は職人気質なので彼女たちの要望にきっちり応える。すると孝雄が仕上げた靴にギャルたちは泣くほど喜んだ。気心が知れるようになり、いろいろ話すようになった。

「みんな、家族のことやったり、仕事やったり、いろんな悩み抱えとうのに、明るくて、逞《たくま》しくて、生き生きしとって。毎日、ギャルたちから元気もろうとうわ」

孝雄の表情が明るくなっていて、歩は亡くなった真紀のためにも本当によかったと思う。


せっかくの日曜日なのに、結は二日酔いによる頭痛がひどい。夕方まで部屋のベッドでダラダラしていると、ノックの音がして歩が入ってくる。

「結、次の週末ヒマ？　ちょっと糸島行ってきてよ。糸島の私の部屋にハイビスカスのシュシュあったでしょ。あれ、取ってきてほしいんだよね」

「だったら自分で行けば。お姉ちゃん、ヒマやろ」

結は用事を押し付けられて不服だが、聖人と愛子が話に割って入ってきて、愛子は居間の押し入れにあるスケッチブックを、聖人に至っては耳かきを取ってきてくれと言い出す。

「そんなん送ってもらえばいいやん」

結は釈然としないが、歩、愛子、聖人が糸島に結を行かせようとしているのには理由がある。

永吉や佳代は喜んで迎えてくれるはずで、糸島で結の傷が少しでも癒えるのを願っている。


一週間後。結は糸島に着き、米田家への道を歩いている。母屋の前で立ち止まり、懐かしそうに見上げると作業場に足を向けた。中では、佳代が野菜の袋詰めをしている。

「おばあちゃん！」と声をかけて結が入っていくと、佳代が驚いたように振り向いた。

「……あれ、結？　着くとは夕方やなかったと？」

「なんか待ちきれんくて、早く来た」

結は背負っていたリュックを置き、すぐに野菜の袋詰めを手伝い始める。子どもの頃からやってきたので、今でも手際がいい。結と佳代が談笑しながら作業していると、釣りに出かけていた永吉が戻ってきて、目の前に結がいるのを見て固まってしまった。結がこの日に帰ってくることを、佳代が内緒にしていたからだ。

「たまがる（驚く）やろうねーて思うて」

佳代の思惑どおり、永吉はたまげてしまったのだが、突然、大声をあげる。

「こん大嘘つきがっああああああ！」

ゴールデンウイークには、結が糸島に帰ってくるだろうと楽しみにしていたのだ。

結は就職したばかりだし、問題を抱えていて忙しく、永吉との約束を守れなかった。

永吉は大声を出したからといって、怒っているわけではない。

「心ん底から喜んどる！　うれしゅうてたまらんわ。結、お帰り！」

永吉がニカッと笑った。

結と佳代に永吉が加わって、三人で野菜の袋詰めに取りかかる。永吉も佳代も、急に帰ってきた結に何も聞こうとしない。

「……ねえ。お母さんから、聞いとる？　うちが帰ってきた理由」

佳代は「うんにゃ」としか言わず、永吉が当たり前のように言う。

「家ん帰ってくるとに理由やらいらんやろ」

永吉と佳代の思いやりに、結は泣きそうになる。


大阪の街を、翔也は金髪にギャル男のファッションで顔をうつむけて歩いている。

「あ～、いたいた～、発見～！　ね～ね～、お兄さ～ん、うちらと飲まへん？」

突然ふたりのギャルに絡まれた。声をかけたのがムータンで、もうひとりがま～ゆ～だ。

翔也はまだ昼間だとか、酒は飲めないからと断るが、ふたりは引き下がろうとしない。

ムータンが翔也の腕を取り、ま～ゆ～がもう片方の腕を取る。

「嫌なこと忘れられるよ～」と言われて、翔也の気持ちが揺れ、ふたりに連れていかれてとある店に入った。

そこはキャバクラのような怪しげな空間のバーで、翔也はギャルたちに乗せられてテキーラのショットを何杯も重ねた。翔也はかなり酔っているのに、ま～ゆ～は「次、シャンパン開けちゃう？」なんて言ってまだ飲ませる気なのだろうか。店は貸し切り状態だし、翔也は焦ってくる。

（……まさか、これ、噂のボッタクリバーじゃねが？　やべ。俺、金ねえ）

そこに派手派手しいファッションのギャルたちが次々に入ってきて、「おつ～」とムータン、ま～ゆ～と挨拶を交わしている。翔也は初対面だが、メグタム、リオリオもいる。大勢のギャルたちに囲まれて動揺を隠せない翔也だが、ひとりだけ見覚えのあるギャル、チャンミカがいる。

「あれ？　ギャルの洋服屋の？」

「おつ～。ねえ、彼氏クン、確保したん、誰？」

チャンミカが問いかけると、ムータンとま～ゆ～が「は～い」と名乗り出る。

確保ってなんだよと、翔也は当惑する。そのうち入り口のほうから、「おかえり～」「げんきやった？」など華やいだ声が聞こえてくる。やがてギャルの集団がふたつに割れ、その真ん中から際立って派手なギャルファッションに身を装った歩が現れる。

「やっほ～、アユだよ～～」

歩が声をかけると、大勢のギャルたちがますます盛り上がる。

「ゆ、結のねーちゃん？」

翔也は愕然とした。

翔也の酔いが一気に醒《さ》めた。店内を見回すと、ギャルたちは思い思いのテーブルで食べたり飲んだりおしゃべりして気ままに過ごしている。歩もチャンミカ、メグタム、リオリオと孝雄がカスタムした靴の話などをしてギャハハと笑っている。

「……あ、あの、これは……？」

翔也が戸惑いつつ、歩に聞いた。

「日本に帰ってくるといつも集まんの。みんな九〇年代に一緒にギャルやってたOG」

チャンミカがムータンとま～ゆ～を連れてきて、歩に引き合わせる。

「アユ、この子たちが彼氏、見つけてくれたんやて」

「ありがと～、よく見つけてくれたね～」

歩に感謝されて、ムータンとま～ゆ～は誇らしげだ。

「アユの頼みなら当然やん」

「それにうちらイケメン捜し、チョー得意やし」

翔也にもやっと話の流れが見えてくる。

「え？　ねえちゃんが俺のこと捜してたんですか？」

「そ。翔也の連絡先知らないから久々にギャルネットワーク使った」

ギャルは全国に散らばっていて、横のつながりも縦のつながりも強い。

チャンミカが携帯電話の画像を出して翔也に見せる。古着の店ガーリーズ2号店の試着室で、翔也がギャル男に変身した時にチャンミカが撮った写真だ。チャンミカはこの画像を、大阪と神戸のギャルたちに一斉メールで送ったのだという。

「げっ！　俺の写真⁉　なんでそんなことまでして」

翔也があ然とする。

「だって、あんた、ギャルになりたいんでしょ？　だからギャルがなんなのか教えてあげようと思って。聞いたよ。別の人間になりたくてギャルになろうとしたんだって？」

翔也が仕方なく認めると、歩はほかのギャルたちにも聞こえるような声を出す。

「で、うちの妹にキレられたんだって。ギャル、なめんなって」

「ま〜、でもそりゃ怒るっしょ〜」

リオリオも結と同じように感じるらしいが、翔也にはなぜギャルたちが怒るのか理由がわからない。理由がわからない翔也を、歩もチャンミカも「ヤバい」と言う。

「……俺、なんか悪いことしたんでしょうか？」

「ギャルって、自分を偽るためにやるもんじゃないよ。みんな、好きでやってるの」

歩がギャルを語ると、大勢のギャルたちのテンションが「イエ〜〜イ！」とアゲアゲになる。

「てかさ、どうせギャルやるなら格好じゃなくてここ、真似しなよ。ギャル魂」

歩が自分の胸を叩く。

歩も明るい未来など考えられないほどつらい経験をしたけれど、ギャルになって、過去や未来のことを思い悩むより、まずは今を楽しむことをやってみて救われた。

「大好きな人と、今、この瞬間を大切にして、思いっきり楽しんだら、未来も変わるかもよ」

翔也が考え込み、歩がその気持ちを奮い立たせる。

「大丈夫。これからなんだってできる。あんた、生きてんだから」

翔也を応援するようにパラパラの曲がかかり、ギャルたちが楽しそうに踊り始める。その生き生きとした笑顔をまぶしそうに見ている翔也に、歩がほとんど命令口調で一緒に踊れと言い、ムータン、ま〜ゆ〜、メグタム、リオリオが、翔也の腕をつかんで歩の隣へ引っ張っていく。

「振りなんて間違えたっていい！　難しく考えんな！　今を全力で楽しめ！」

翔也は意を決した。振りがわからないので歩の真似をして踊り始め、いつの間にか無我夢中で踊っている。歩が笑う。ギャルたちが大らかに笑う。翔也も久しぶりに笑顔になっている。


米田家の客間に寝転がり、結は蝉の声を聞いている。窓から差し込む夏の光線がまぶしい。結はくつろいでいるのだが、やはり時折翔也のことが脳裏をよぎる。ふと気持ちが曇った時、玄関から「おじゃましまーす！」と明るい声がして、陽太が当たり前のように入ってくる。

「おむすび！　おまえに会わせたい人がおるっちゃん。おーい」

陽太に呼ばれ、高校のクラスも書道部も一緒だった恵美がおずおずと入ってくる。結が恵美と会うのは久しぶりだ。再会を喜んだ結は、陽太の突然の告白にびっくり仰天する。

「俺たち な、付き合っとるんよ！」

陽太は先月でＩＴの会社を辞めたのだが、そのことについて恵美に相談しているうちに親しくなったのだという。陽太は会社を辞めただけでなく、これからの仕事ももう決めている。

「聞いて驚くな！　牡蠣の養殖たい！」

陽太は漁師を継ぐのを嫌がっていたが、愛子の話を聞いて覚悟を決めたという。

（うちで髪の毛切った人、みんなニコニコ、幸せそうな顔で帰っていくんだよ。それ見ると、こっちまで幸せな気分になるの）

だから陽太も、誰かに喜んでもらって、自分も元気になりたい。

「糸島ん海で育った牡蠣をたくさんの人に食べてもらって、故郷をもっと元気にする。それがこれからの俺の夢っちゃん。で、ゆくゆくは恵美と一緒に――」

陽太がデレッとし、恵美は照れている。仲睦まじい姿が幸せそうだ。

「結ちゃんだって幸せやん。あのヨン様と同じ会社に就職して、プロポーズされたって」

恵美がにこやかに笑いかけたが、結はうやむやな笑いでごまかした。


スナックひみこのカウンターに、結は永吉、佳代と並んで座った。

ひみこが焼酎の水割りを永吉の前に置き、結には飲み物はジュースでいいかと聞く。

「うーん、私も焼酎もらおうかな」

結がお酒を飲むことに、永吉もひみこも驚いた。結はもう二十歳なのだが、ふたりにとっては子どもの頃の『結ちゃん』のままなのだろう。

ところで、陽太が始めた牡蠣の養殖だが、永吉がぜひやるようにと勧めたのだという。

久しぶりに永吉のホラ話を聞いたと、結は笑おうとする。

「ほんなこつたい。糸島ん海は穏やかで栄養豊富やけん、絶対牡蠣の養殖に向いとるって、ずっと前から言うとった」

今では秋になると港に牡蠣小屋ができ、ほかの県からもたくさんの人が押し寄せてきて大賑わいになる。数年前に構想を練っていた大規模直売所もできたし、糸島はこれからもっと活気づくと、永吉とひみこが口をそろえる。

その時、カラオケから永吉の好きな加山雄三の『君といつまでも』の前奏が流れてくる。ひみこがマイクを手渡し、永吉が歌い始める。

佳代はこの曲を永吉が結の結婚式で歌うつもりだと思っているのだが、ひみこが違うと言う。

「これ、佳代さんのために歌いよんしゃあと。いつも感謝しとうけど、照れくさいけんこれ歌いよるんやって」

佳代が意表を突かれたように永吉を見ると、ちょうど歌の語りの部分に差しかかる。

「♪幸せだなぁ。僕は君といる時が一番幸せなんだ……」

結とひみこが笑顔で拍手を送り、佳代もはにかみながら手を叩く。

「おばあちゃん、おじいちゃんのどこが好きなん？」

佳代が恥じらった。

「そうやねえ……ホラばっかり言うし、まともに働かんし、昔から苦労ばっかりかけられたけど、幸せなんよ、一緒におるだけで、毎日が」

「幸せ……」

結がその言葉を繰り返し、永吉と佳代を見ると、ふたりとも幸せそうな顔をしている。

この日の夕食は、結が作ることにした。専門学校でも職場でも調理の経験を重ねてきている。

「まかして。うち、栄養士だよ。なん食べたい？　なんでも言って」

「そうやね……なら、『豚肉と玉ねぎのニンニク炒め』をお願いしようかな」

佳代のリクエストに、結は一瞬言葉を失った。翔也のために、結がぎこちない手つきで玉ねぎを切り、佳代に教えてもらいながら初めて自分の手で作ったお弁当のおかずだ。

結は手際よく玉ねぎを刻みながら、お弁当を受け取った時の翔也の顔や、「めちゃくちゃうまかった！」と書いてきた携帯メールを思い出している。豚と玉ねぎのニンニク炒めが完成すると、サラダを作ろうとしてトマトを手に取った。トマトにも翔也との思い出がある。

翔也と初めて会ったのは、流されていく子どもの帽子を取ろうと制服のまま海に飛び込んだ時だ。泣いている子どもにトマトをあげて、結も一緒に食べているのを翔也はじっと見ていた。

結が料理を作るのを佳代は黙って見ていたが、玄関に誰か来たようなので台所から出ていく。

結はサラダを作りながら、翔也との思い出が次々と胸によみがえってくる。

翔也が夢を叶えるためにやるべきことを書いた『サクセスロードマップ』を一緒に読んだこと。糸島フェスティバルでギャルをやっていることが皆にバレてしまったあと、どうせ翔也も笑うのかと思っていたら「感動した」なんて言って、そして結に聞いた。

（おめ、ここにいる時いつも……寂しそうな顔してた。なんで、そんな顔、すんだ？）

結が阪神・淡路大震災で経験した苦しみや悲しみを語ると、翔也は号泣した。

（……なんであんたが泣くん？）

（……だって……だって……）

結はサラダを仕上げながら、かけがえのない思い出に浸っている。

「おう。米田結」

呼びかけられて振り返ると、以前の黒髪に戻った翔也が立っている。結は混乱した。目の前にいるのは現実の翔也なのだろうか、思い出の中の翔也なのだろうか。

佳代が翔也の傍らにいて、当惑している結に声をかける。

「翔也君が結に話があって、大阪から来たとって」

佳代は気をきかせ、永吉を迎えに行ってくると言い置いて出ていった。

結と翔也はしばし見つめ合い、翔也が静かに口を開く。

「どうしてもおめに謝りたくてきた」

翔也は昨日、歩からギャルとはなんなのかを教えてもらい、パラパラを一緒に踊った。

「思い切り踊ったら、ちょっとだけギャルがなんなのかわかった気がする。俺、おめの言うとおり、ギャルなめてた。本当にごめん」

だから金髪で自分をごまかすのをやめ、聖人と愛子に頼んで元の髪の色に戻してもらった。

「でも、心はギャルだべ。これからは格好じゃなくてギャルの魂を持って、大好きな人と今この瞬間を大切にして、生きていくって決めた。そしたら、一秒でも早くおめに会いたくなった」

翔也のひと言ひと言が心に染みていくのを感じながら、結は出来上がった料理をお皿に盛りつけていく。翔也の手が自然に伸び、そのお皿をテーブルに並べていく。

「……うちも、翔也に会いたかったよ、一秒でも早く」

結は料理を作りながら、どうして翔也のことが好きになったのかといろいろ思い返していた。そうすると、ひとつのことに行き着いた。

「うちね、今まで地震のこと、誰にも話したことなかったんよ。あの日のこと、どうしても思い出したくなかったけん」

話の先を促すように、翔也がそっと結にうなずく。

「でも、この人になら話してもいいと思った。なんでかわからんけど、この人なら、うちの話を真剣に聞いてくれると思った。話したあと、翔也、自分のことみたいにビービー泣いたやろ？

その時、好きになった、翔也のこと。この人となら、つらいことが起きても、悲しいことが起きても、一緒に乗り越えられるって思った」

それなのに、翔也が肩のケガで傷ついてから、ふたりの気持ちがなぜかずれてしまった。

「翔也、言ったやろ？　『俺はプロ野球選手になって、結を幸せにしてやりたかった』『でも、これじゃ幸せにすることなんてできねえ』って。あの言葉がなんかわからんけど、ムカついた」

なんでムカつくのか、自分でもわからなかった理由が、やっとはっきりした。

「うちは、翔也に幸せにしてもらおうなんて思っとらん。なにがあっても、ふたりで幸せになる」

結は顔を上げ、涙に潤んだ目でしっかりと翔也を見つめた。

「やけん、うちと結婚してください」

翔也の目に涙があふれる。ふたりは黙って見つめ合い、やがて翔也が結を抱きしめた。

テーブルには美味しそうな結の手作り料理が、ふたりを祝福するように並んでいる。

根本ノンジ（ねもと・のんじ）

1969年生まれ。千葉県出身。ドラマ『正直不動産』『ハコヅメ～たたかう！交番女子～』を始め、数々のヒットドラマや映画の脚本を手がける。近年の作品に『相棒』『監察医朝顔』『合理的にあり得ない～探偵・上水流涼子の解明～』『サ道』『パリピ孔明』など多数。

NHK連続テレビ小説 おむすび 上
2024年9月25日 第一刷発行
著者 作 根本ノンジ
ノベライズ 青木邦子

発行者 江口貴之
発行所 NHK出版
〒150-0042東京都渋谷区宇田川町10-3
電話 0570-009-321（問い合わせ）
0570-000-321（注文）
ホームページ https://www.nhk-book.co.jp
印刷 亨有堂印刷所、大熊整美堂
製本 二葉製本

Printed in Japan
ISBN978-4-14-005745-2 C0093

台本の雰囲気そのままに味わえる、電子書籍シナリオ集！

『NHK連続テレビ小説　おむすび　シナリオ集』

第1週〜

著・根本ノンジ

NHK連続テレビ小説「おむすび」の全週分のシナリオが、いつでもどこでも読める電子書籍に。1週分ずつ販売し、読みたい週のシナリオだけお求めいただけます。台本のレイアウトそのままに、収録の過程などでカットされたシーンやセリフも余すことなく読み物としてシナリオを楽しめる、朝ドラファン必携で保存版の電子書籍シナリオ集。

2024年10月より電子書籍ストアで順次発売予定。

※本商品は電子書籍のみの販売となります（紙版の販売はございません）。

※電子書籍版はストアにより価格や商品のお取扱い、発売日が異なります。

※ご利用可能な端末やサービス内容は、ストアにより異なる場合があります。ご確認の上お買い求めください。